CARAMBAIA

ilimitada

Gloria Naylor

As mulheres da Brewster Place
Um romance em sete histórias

Tradução
CAMILA VON HOLDEFER

Posfácio
BIANCA SANTANA

11	Aurora
17	Mattie Michael
75	Etta Mae Johnson
101	Kiswana Browne
119	Lucielia Louise Turner
139	Cora Lee
165	As duas
219	A festa no bairro
237	Crepúsculo

. . .

239	Posfácio, por Bianca Santana

Para
Marcia, que me presenteou com o sonho;
Lauren, que acreditou nele;
Rick, que o nutriu e modelou;
e para George,
quem mais alto aplaudiu no coração

O que acontece com um sonho adiado?

Será que seca
feito uva-passa crestada?
Ou inflama feito ferida –
E então nada?
Fede feito carne putrefata?
Ou fica e solidifica
Feito crosta de nata?

Talvez só ceda
feito carga opulenta.

Ou será que arrebenta?

Langston Hughes

Aurora

A Brewster Place era a filha bastarda de diversas reuniões clandestinas entre o vereador do sexto distrito e o diretor da Imobiliária Única. Este último precisava afastar o chefe de polícia do sexto distrito porque ele era honesto demais para aceitar propinas, então continuava a atormentar as casas de apostas das quais o diretor era dono. Por sua vez, o vereador queria que a imobiliária construísse o novo shopping center no terreno do primo, na parte norte da cidade. Eles se juntaram, fizeram propostas, barganharam, e aos poucos arranjaram a consumação dos respectivos desejos. Como adendo, concordaram em erigir quatro conjuntos de construções geminadas em algum aterro imprestável do distrito extremamente populoso. Aquilo ajudaria a reduzir os previsíveis protestos da comunidade irlandesa por causa da destituição do chefe de polícia; e, uma vez que a cidade se encarregaria dos custos, e o vereador poderia usar a construção para apoiar a própria candidatura a prefeito na eleição seguinte, ela não incomodaria nenhum dos dois homens. Então, em uma sala úmida e repleta de fumaça, a Brewster Place foi concebida.

Ela nasceu três meses depois na legislatura municipal, e, uma vez que sua verdadeira filiação foi ocultada, meia comunidade compareceu ao batismo dois anos depois. Aplaudiram em polvorosa enquanto o vereador sorridente esmagava uma garrafa de champanhe contra a lateral de um dos prédios. Ele mal podia ser ouvido por cima dos vivas ensurdecedores enquanto lhes dizia, com uma lágrima no canto do olho, que era o mínimo que podia fazer a fim de ajudar a abrir espaço para os rapazes patriotas que estavam retornando da Primeira Guerra.

Os tijolos cinzentos dos prédios eram da cor da prata fosca durante a juventude da Brewster Place. Embora a rua não fosse pavimentada – depois de uma chuva forte era necessário chapinhar com a água na altura dos tornozelos para chegar em casa –, havia uma sensação promissora naquela rua e naquela época. A cidade crescia e prosperava; havia planos para uma nova avenida logo ao norte da rua, e parecia que a Brewster Place ia virar uma parte da artéria principal da cidade.

A avenida virou um distrito comercial importante, mas, para fins de controle de tráfego, algumas das ruas auxiliares tiveram de ser fechadas. Houve uma batalha feroz na legislatura municipal entre os representantes dessas pequenas vias, pois sabiam que estavam brigando pela força vital da comunidade, mas não havia ninguém para brigar pela Brewster Place. O bairro estava agora cheio de pessoas que não tinham qualquer influência política; pessoas de cabelo escuro e pele trigueira – mediterrâneos –, que falavam uns com os outros fazendo sons aveludados e guturais e que trouxeram comidas estranhas para as lojas do bairro. Os moradores mais antigos se incomodavam com os cheiros penetrantes dos queijos fortes e carnes defumadas que agora permeavam as lojas locais. Então veio o muro e a Brewster Place se tornou uma rua sem saída. Não houve multidões nesse batismo, que aconteceu às três da manhã, quando o filho da sra. Colligan, cambaleando bêbado até *em casa e esquecendo-se de que o muro estava ali, arrebentou o nariz e então se inclinou e vomitou nos novos tijolos.*

A Brewster Place tinha menos a oferecer à segunda geração de filhos – os de sua meia-idade –, mas fez o que pôde por eles. A rua foi finalmente pavimentada graças ao programa WPA[1], e uma nova imobiliária recolhia a hipoteca nos prédios. Apartada das atividades centrais da cidade, a rua desenvolveu uma personalidade própria. As pessoas tinham a própria linguagem, a própria música e os próprios códigos. Tinham orgulho do fato de que a loja da sra. Fuelli era a única na cidade que oferecia scungilli *e* fettucine *de espinafre. Mas a sra. Fuelli ficou arrasada quando o filho voltou da guerra e não se estabeleceu na Brewster Place, nem o filho da prima, nem o da vizinha do andar de cima. E havia os filhos que nem sequer voltaram. A Brewster Place ficou de luto com essas mães porque também já havia perdido filhos – para o chamado de uma vida mais confortável e para o temor desses filhos do presente que um dia foram estranhos, mas agora eram tudo o que tinha. A Brewster Place envelheceu com a sra. Fuelli e com os outros que ou se recusavam ou não podiam ir embora.*

Um ano antes de a decisão da Suprema Corte no caso Brown vs. Conselho de Educação de Topeka realinhar o país inteiro, a dessegregação chegou à Brewster Place nos ombros roliços de um homem baixinho e de pele parda que fora contratado como zelador e faz-tudo dos prédios. Ele

---

1 A Works Progress Administration – chamada, a partir de 1939, de Work Projects Administration – foi uma agência estadunidense criada no New Deal com o objetivo de empregar trabalhadores para a realização de obras públicas. [TODAS AS NOTAS SÃO DA TRADUTORA.]

Aurora 13

se mudou para o porão do 312 e, quando perguntavam seu nome, ele respondia: "Pode me chamar só de Ben". E foi conhecido simplesmente como Ben até sua morte. Houve poucos protestos quanto a ele viver no local porque espalharam que era um bom homem de cor[2] que nunca incomodava ninguém. E quando o senhorio era uma caixa postal em outra cidade, e os radiadores vazavam ou a pia entupia, ou a artrite impedia que você varresse os degraus da frente, era conveniente ter alguém por perto para cuidar dessas coisas, até mesmo esse homem de cabelo esquisito e indícios de bebida rançosa no hálito.

Ben e os mediterrâneos da Brewster Place se acostumaram uns com os outros muito bem à distância. Eles descobriram que, quando eram despertados pelos acordes tristes de Swing Low, Sweet Chariot, Ben estava em uma de suas bebedeiras matinais, e não havia por que lhe pedir que fizesse qualquer coisa naquele dia – ia soltar um "sissiora" para distrair você e simplesmente não ia aparecer. E ele descobriu que, não importava o quanto fosse farta a quantidade de sopa de legumes e de pães de mel com nozes feitos em casa que as velhas senhoras lhe levavam, falando da condição de solteirão dele com cacarejos suaves, sempre seria recebido por olhos frios e desconfiados se batesse na porta delas sem uma chave de fenda ou uma vassoura nas mãos. Como consequência, ninguém nem sequer sabia por que Ben bebia. O mais observador poderia prever o retorno das bebedeiras matinais porque elas sempre ocorriam na manhã seguinte à descida do carteiro até o 312. Se alguém se arriscasse a chegar perto o bastante no outro dia, ouviria Ben resmungando a respeito de uma esposa infiel e de uma

---

2 No original, *colored man*. Optou-se por preservar o sentido racista do original, que, aqui, remete à fala dos moradores mais antigos da Brewster Place.

filha fracassada, ou era uma esposa fracassada e uma filha infiel? Nunca sabiam dizer qual era qual. E, se tivessem se incomodado em perguntar, ele provavelmente poderia ter lhes dito, mas depois de um tempinho o carteiro parou de descer aqueles degraus; ainda assim Ben bebia.

Ben e sua bebida se tornaram um acessório na Brewster Place, exatamente como o muro. Logo pareceu uma bobagem questionar a existência de qualquer um deles — simplesmente existiam. E foram a primeira visão com que se deparou a terceira geração de filhos da Brewster Place, que foi impelida até a vizinhança e acelerou o êxodo dos mediterrâneos que restavam. A Brewster Place se alegrou com esses filhos "africanos" multicoloridos da sua velhice. Eles trabalhavam tão duro quanto os filhos da sua juventude e eram tão ardorosos e diferentes do restante da cidade nos cheiros, comidas e códigos quanto os filhos da meia-idade. Eles se ligaram à rua com um entendimento desesperado de que, o que quer que fosse este lugar, era melhor do que o clima sulista de inanição do qual haviam fugido. A Brewster Place sabia que, ao contrário dos outros filhos, os poucos que iriam embora para sempre seriam a exceção em vez da regra, uma vez que vieram porque não tinham escolha e iam permanecer pelo mesmo motivo.

A Brewster Place se tornou especialmente apegada a suas filhas negras enquanto se agitavam feito espíritos determinados em meio à decadência, tentando transformá-la em um lar. Braços de noz-moscada se inclinavam em peitoris, pernas nodosas de ébano carregavam compras por lances duplos de escada e mãos de açafrão esticavam roupas molhadas nos varais do quintal dos fundos. A transpiração delas se misturava ao vapor de panelas fumegando com carne de porco defumada e vegetais, que se enroscava nas bordas dos aromas das duchas íntimas de vinagre e da colônia Evening in Paris que flutuavam pela rua no lugar onde

Aurora 15

se juntavam – aquelas mulheres com as mãos nos quadris, as costas eretas, a barriga arredondada, o traseiro empinado que atiravam a cabeça para trás quando riam e deixavam à mostra dentes fortes e gengivas escuras. Elas xingavam, atormentavam, veneravam e dividiam seus homens. O amor delas as levou a arremessar panos de prato na cozinha de outra pessoa para ajudá-lo a inteirar o aluguel, ou a arremessar soda cáustica quente para ajudá-lo a esquecer daquela piranha atrás do balcão na lojinha de quinquilharias baratas. Eram duras na queda e tinham coração mole, faziam exigências brutais e eram fáceis de agradar, essas mulheres da Brewster Place. Elas chegaram, partiram, cresceram e envelheceram com extraordinária sabedoria. Feito uma fênix de ébano, cada uma tinha, no próprio tempo e na própria estação, uma história.

Mattie Michael

I

O furgão sacolejante veio se arrastando pela Brewster como uma gigantesca lesma verde. Era flanqueado por um táxi irregular que também dirigia respeitosamente pelos trechos de gelo escondidos sob a neve de um dia. Começou a nevar de novo assim que a pequena caravana chegou ao último edifício da quadra.

Os homens da mudança saltaram da parte da frente do furgão e começaram a descarregar a de trás. Mattie pagou ao motorista e saiu do táxi. O ar cinzento e úmido estava tão carregado quanto o suspiro que se alojou no peito farto dela. Os prédios pálidos começavam a desbotar contra a cobertura suave de neve cinzenta e felpuda vinda do céu que escurecia. Os raios moribundos do sol podiam ser sentidos, mais do que vistos, por trás do céu cor de chumbo do entardecer, e a neve começou a aderir às rachaduras do muro que ficava a apenas 2 metros do prédio dela.

Mattie viu que o muro terminava logo acima dos apartamentos do segundo andar, o que significava que ia bloquear a luz do norte para as suas plantas. Todas as belas plantas que um dia tiveram um alpendre inteiro para elas na casa pela qual dera trinta anos da própria vida para pagar agora iam ter de batalhar pela luz em um peitoril abarrotado. O suspiro virou uma bola de compaixão por aquelas que sabia que iam morrer. Tinha pena delas porque se recusava a ter pena de si mesma e a pensar que também ela ia ter de morrer aqui nessa rua abarrotada, pois simplesmente não havia vida o bastante para fazer tudo de novo.

Alguém estava cozinhando no primeiro andar, e o aroma se infiltrava pela janela embaçada e atravessava o nariz dela. Por um momento, pareceu cana-de-açúcar recém-cortada, e ela inspirou o ar de um jeito apressado e entrecortado para captar o cheiro mais uma vez. Mas ele havia sumido. E, de qualquer forma, não poderia ter sido. Não havia cana-de-açúcar na Brewster. Não, isso foi no Tennessee, num verão que jazia sob os túmulos de 31 anos que só podiam ser reabertos na mente.

Cana-de-açúcar e verão, e o papai e Basil e Butch. E o início – o início da longa e tortuosa jornada dela até a Brewster.

"Oi, menina."

Um homem vermelho-canela se debruçava na cerca dos Michael, e cacarejava suave para Mattie, que estava no quintal alimentando os pintinhos. Ela o ignorou de propósito e correu os dedos em volta da panela para mexer a papa; então continuou a chamar as galinhazinhas. Ele ajustou o ritmo do cacarejo ao dela e chamou de novo, um pouco mais alto. "Eu disse: oi, menina."

"Já te ouvi da primeira vez, Butch Fuller, mas eu tenho nome, sabe", ela disse, sem olhar na direção dele.

A boca larga e com os cantos curvados para cima, que sempre parecia prestes a rebentar num sorriso, abriu-se toda, e ele correu para a outra extremidade da cerca, fazendo uma mesura exagerada diante dela.

"Bom, desculpa nós pobres crioulos ignorantes, srta. Mattie, dona, ou devo dizer srta. Michael, dona, ou devo dizer srta. Mattie Michael, ou devo dizer senhorita dona, ou devo..." E lhe lançou um olhar por cima dos ombros curvados que era uma imitação perfeita da humildade matreira que usavam com pessoas brancas.

Mattie explodiu numa gargalhada e Butch se endireitou e gargalhou com ela.

"Butch Fuller, você nasceu bobo e vai morrer bobo."

"Bom, pelo menos o padre vai ter uma coisa boa pra dizer no meu enterro – era coerente, esse homem aqui."

E eles gargalharam de novo – Butch com franqueza e Mattie com relutância –, pois se deu conta de que havia sido atraída para uma conversa com um homem em relação ao qual o pai a alertara diversas vezes. Esse Butch Fuller é um inútil de um cachorro morto, e nenhuma mulher decente devia ser vista conversando com ele. Mas o riso de Butch era como o limiar de um pôr do sol de abril – translúcido e de tirar o fôlego. Você sabia que não podia durar para sempre, mas ficaria olhando por horas, à espera da oportunidade de vivenciar um mero lampejo dele de novo.

"Agora que passei por tudo isso, espero que me dê o que vim buscar", ele disse devagar, enquanto a olhava bem nos olhos.

O sangue afluiu para o rosto de Mattie e, justo quando a boca dela despencou para lhe atirar um insulto, ele deslizou os olhos calmamente até o barril na lateral da casa. "Um copo daquela água fresca da chuva." E sorriu com malícia.

Mattie fechou a boca depressa, e Butch olhou para baixo e sacudiu a poeira dos sapatos, fingindo não notar o constrangimento dela.

Mattie Michael   19

"É, um mormaço como o de hoje já basta pra fazer a garganta de um homem simplesmente se enroscar e morrer." Ele ergueu os olhos de um jeito inocente.

Mattie largou a panela e andou carrancuda até o barril de água da chuva. Butch ficou olhando intencionalmente para os movimentos circulares do traseiro redondo e empinado sob o vestido fininho de verão, e acompanhou a bainha subindo pelas panturrilhas grossas e escuras quando ela se curvou para extrair a água. Mas, quando ela se virou, ele estava inspecionando de perto um rasgo no macacão.

"Aqui a sua água." Ela quase a atirou nele. "Não ia conseguir negar nem pr'um cachorro um golinho num dia como hoje; mas, quando terminar de beber, é melhor ir andando pra seja lá qual for o lugar pra onde estava indo quando parou aqui."

"Deus do céu, vocês mulheres Michael têm as línguas mais afiadas da região, mas acho que ser feito em pedacinhos por uma boca tão linda não é o pior jeito de um homem morrer." Jogou a cabeça para trás e bebeu a água.

Mattie ficou olhando o movimento da água enquanto passava pela garganta alongada dele, e admirou com relutância os contornos fortes e pardos de seu pescoço e dos braços. Era como se houvesse cintilações de fogo na pele dele, e o sol brincava nos pontos vermelhos de seu corpo. Ele tinha movimentos elegantes e amigáveis, que pareciam dizer: "Estou aqui e não estou reclamando de você, então por que você está?".

"Obrigado, srta. Mattie, dona." Ele lhe entregou o copo com um sorriso especial que dava a entender uma amizade selada pela piadinha interna que agora compartilhavam.

Mattie entendeu, pegou o copo e devolveu o sorriso dele.

"E já que você perguntou pra onde eu tava indo…"

"Eu não fiz isso."

Ele continuou como se ela não tivesse falado. "Estou indo pra ribanceira, vou colher umas ervas pra mim. Então planejo dar uma passadinha na plantação de cana-de-açúcar dos Morgan perto do dique. Acabaram de fazer a colheita, e sobraram algumas canas ótimas e bem roliças por lá. Então, se quiser ir junto e pegar algumas, vou ser mais do que obrigado a carregar elas até aqui pra você."

Mattie quase concordou. Amava melaço de cana e, se encontrasse algumas boas de verdade, poderia cortá-las e cozinhá-las e extrair provavelmente meio litro ou mais de melaço. Mas o pai a mataria se ficasse sabendo que fora vista andando com Butch Fuller.

"Claro, agora, se uma mulher crescida feito você está com medo do que o papaizinho vai dizer…"

Mattie ficou na defensiva, percebendo que ele lera seus pensamentos.

"Não tenho medo de nada, Butch Fuller. E além disso o papai levou a mamãe pra cidade hoje à tarde."

"Porque, bom, como eu dizia… Uma mulher crescida feito você não tem razão pra ficar com medo do que o papaizinho vai dizer. E quanto àquelas corujas velhas de mente suja lá da colina que podem correr até ele com um monte de mentiras — por que a gente simplesmente não toma a estrada secundária até a plantação de cana? Não tem por que deixar elas terem uma insolação descendo a colina pra contar uma coisa que realmente não tem por que contar pra uma pessoa que nem tá aqui… não é?" A voz dele era tão macia e persuasiva quanto o sorriso.

"É", ela disse, e então, olhando bem nos olhos dele, acrescentou devagar: "Bom, preciso só entrar em casa e pegar o facão do papai". Ela esperou até o lampejo de surpresa arregalar os olhos dele de leve e então continuou: "Pra cortar a cana — é claro".

Mattie Michael   21

"É claro." E o sol de abril se pôs em toda a sua glória.

A estrada secundária até o dique era tortuosa e poeirenta. E o mês de agosto em Rock Vale era um período de calor agudo e seco – "calor insidioso", como o pessoal dizia. O ar sem qualquer umidade era quase agradável, mas logo a transpiração começava aos poucos a escorrer das axilas e a fazer a roupa grudar nas costas. E o ar quente nos pulmões se expandia até você sentir que ia explodir; então, a fim de aliviá-los, você arfava por uma boca levemente aberta.

Mattie não pensava no calor enquanto andava ao lado de Butch. Eles eram a companhia quase perfeita, porque ele amava falar e ela era uma ouvinte inteligente, sabendo intuitivamente quando interromper com as próprias observações sobre certa pessoa ou lugar. Ele a divertia com narrativas um pouco editadas dos acontecimentos nos bares da cidade – lugares que eram tão estranhos para ela quanto Istambul ou Paris. E ele também a escandalizava com seu conhecimento em primeira mão de quem estava se encontrando com a esposa de quem perto dos trilhos da ferrovia, só algumas horas antes de aparecerem na igreja na manhã de domingo. Butch lhe contou essa fofoca sem julgar ou escarnecer, mas com a mesma aceitação boa-praça que tinha em relação a tudo na vida. E Mattie se viu aprendendo a rir de coisas que seriam consideradas constrangedoramente feias demais até mesmo para serem mencionadas em casa.

Estava tão absorvida por Butch que não viu a parelha de mulas e a carroça se aproximando até estarem quase em cima deles.

"Ah, não, é o sr. Mike, o diácono da nossa igreja", ela sussurrou para Butch, e se afastou um passo dele e começou a agitar o facão enquanto andava.

A carroça e as mulas foram até onde eles estavam.

"Como vai, Mattie. Como vai, Butch." E o velho cuspiu um bocado de tabaco mascado pela lateral da carroça.

"Ei, sr. Mike", Butch gritou.

"Indo cortar cana, sr. Mike", Mattie acrescentou em voz alta, e agitou uma vez mais o facão para enfatizar suas palavras.

O sr. Mike abriu um sorriso. "Não achei que cê estivesse indo pescar bagre com essa faca, menina. Mas cês não tão pegando o caminho mais longo até o dique?" Ele ficou ali sentado olhando para eles, mastigando o tabaco devagar.

Mattie não conseguiu pensar em nada para dizer e agitou o facão como se a resposta estivesse no arco cada vez maior da lâmina.

"Sol demais na estrada principal", Butch disse com naturalidade. "E já que preto significa pobre por esses lados – Deus sabe que não aguento ficar mais pobre ainda."

Butch e o sr. Mike riram, e Mattie tentou não parecer tão arrasada quanto se sentia.

"Menina, para de sacudir esse facão antes que corte uma perna fora", disse o sr. Mike. "Cê tá planejando cozinhar melaço de cana?"

"Sim, senhor, sr. Mike."

"Que bom. Então, se sobrar, leva uma provinha no domingo pra mim. Adoro xarope de cana fresco com meus biscoitos."

"Claro que levo, sr. Mike."

Ele bateu com as rédeas e as mulas começaram a se mover. "Lembranças pro seu pai e sua mãe."

"Sim, senhor."

"Te vejo na igreja no domingo, Mattie." Ele gritou por cima do ombro: "Te vejo no dia do Juízo Final, Butch".

"Ou em algum ponto por aí, sr. Mike."

O velho deu uma risada e cuspiu pela lateral da carroça de novo.

Mattie Michael   23

Mattie e Butch caminharam em silêncio pelos cinco minutos seguintes. Ele ainda tinha o sorriso enviesado no rosto, mas havia algo em seu andar rígido que disse a ela que ele estava com raiva. Butch parecia ter vetado o acesso de Mattie ao seu espírito.

"Deus, Butch, você sem dúvida consegue pensar rápido", ela elogiou, uma forma de reconciliação. "Eu simplesmente não sabia que desculpa dar pra ele."

"Por que dar uma desculpa?!" As palavras explodiram da boca dele. "'Indo cortar cana, sr. Mike'", ele imitou em falsete. "Por que cê só não ergueu o vestido e mostrou pra ele que as ceroulas ainda tavam grudadas nas pernas? Foi isso que cê quis dizer, não foi?"

"Ah, por que você tem que ser nojento? Ninguém tava pensando nisso."

"Para de mentir, Mattie. Cê não leva em conta que eu sei o que aquela gente santarrona como seu papaizinho fala de mim?"

Mattie saiu em defesa do pai. "Bom, você tem uma má reputação."

"Por quê? Porque vivo minha vida e deixo as outras pessoas viverem a delas? Ora, se eu tivesse uma moça preta bonita feito você como filha, não ia manter ela em casa com quase 21 anos e sem um pretendente pra ficar tão burra que não diferencia a própria bunda do cotovelo? Do que é que ele tá te protegendo? – Dele mesmo?"

Mattie parou abruptamente. "O papai tem razão, no fim das contas. Você não passa de um cachorro morto imundo e desprezível! E eu devia estar louca de achar que podia passar uma tarde civilizada com você." E ela se virou na direção de casa.

Butch agarrou o braço dela. "Deus seja louvado. Devo estar evoluindo aos olhos do seu pai! Ele esqueceu de acrescentar inútil. Cê acha que isso é encorajamento suficiente pra eu ir te cortejar na tarde de domingo?" Ele disse isso com uma inocência gaiata que era absolutamente desprovida de qualquer sarcasmo.

A despeito dela mesma, Mattie teve de morder o lábio inferior para conter um sorriso. "Pra sua informação, sr. Fuller, já tenho um pretendente que vai me cortejar nas tardes de domingo."

"Quem?"

"Fred Watson."

"Moça, isso não é receber a visita de um pretendente. Isso é se sentar num velório."

O sorriso sufocado irrompeu dos lábios comprimidos quando pensou naqueles entardeceres tediosos com o inexpressivo Fred Watson, mas ele era o único homem na igreja que o pai achava bom o bastante para ela.

"E tava eu aqui todo preparado pra ficar com ciúme ou algo assim, e você vem falar do velho e morto do Fred. E por quê, eu podia chegar lá e te sequestrar com duas malas cheias antes que o Fred conseguisse piscar um olho. Já notou que ele leva duas vezes mais tempo do que a maioria do pessoal pra piscar?"

"Não notei nada disso, não", Mattie mentiu.

Butch olhou para ela com o rabo do olho. "Bom, da próxima vez que você e o Fred estiverem sentados na varanda da frente do seu papai numa daquelas ocasiões quentes e apaixonadas de cortejo – antes de cê cabecear de sono –, repara nas piscadas."

Não vou rir, Mattie ficou repetindo para si; não vou rir mesmo se explodir e morrer.

Logo chegaram à extremidade da plantação de cana, Butch tomou dela o facão e entrou no mato alto, selecionando os melhores colmos. Ela sentia uma movimentação inquietante na base do estômago e na ponta dos dedos enquanto observava o corpo forte e longilíneo

Mattie Michael   25

dele se curvar e agitar a faca de lâmina enorme contra os colmos verdes e amarronzados.

Sempre que se deparava com um especialmente maduro, ele o erguia acima da cabeça, os dois braços musculosos cintilando com o suor, e gritava: "Esse é feito você, Mattie – carnudo e doce", ou "Senhor, olha aí como essa moça linda tá me fazendo labutar".

Ela sabia que era tudo de brincadeira. Tudo em relação a Butch era como maria-mole e algodão-doce, mas de qualquer forma ficava entusiasmada quando ele se erguia para gritar a ela pelo mato alto.

Quando tinha cortado cerca de doze canas, Butch as reuniu e as levou para a beira da plantação. Ele se ajoelhou, pegou um pedaço de corda do bolso e atou os colmos em dois feixes. Quando voltou a se erguer, o cheiro dele era uma mistura de suor limpo, melado bruto e terra batida. Ele pegou um feixe de cana sob cada braço.

"Mattie, pega o lenço no bolso de cima do meu macacão. Esse suor tá me cegando."

Ela estava consciente da solidez do peito dele sob os dedos que tateavam enquanto procurava pelo lenço e, quando se pôs na ponta dos pés para secar a testa molhada dele, seus mamilos roçaram o jeans grosso do macacão e começaram a retesar sob o vestido fino. Essas novas sensações confundiram Mattie, e pareceu-lhe que havia ido longe demais flutuando em águas estranhas e que, se não voltasse depressa, ia esquecer por completo em qual direção ficava a margem – ou, pior ainda, que nem ia se importar.

"Bom, pegamos nossa cana. Vamos voltar pra casa", ela disse de repente.

"Ah, se isso não é coisa de mulher!" Butch ajeitou os colmos pesados. "Desviar um homem do caminho dele pra cortar três vezes mais cana do que ia precisar pra si mesmo e aí querer que ele ande mais ligeiro na volta, antes de ele conseguir descansar um minutinho só, ou arrumar as ervas que andou esse caminho todinho aí pra buscar."

"Tá bem." Mattie soltou um muxoxo com impaciência e pegou o facão. "Onde é o lugar que tem ervas?"

"Bem pertinho da clareira do bosque."

A temperatura caiu pelo menos 10 graus na orla do bosque de cornisos cerrado e emaranhado; e o tomilho silvestre e o manjericão de um verde intenso formavam um cobertor aromático na terra musguenta. Butch largou a cana e se deixou cair no chão com um suspiro.

"Jesus, isso é bom", ele disse, olhando em volta e inspirando o ar fresco. Parecia intrigado porque Mattie ainda estava de pé. "Deus do céu, moça, cê não tá com os pés doloridos depois de toda essa caminhada?"

Mattie se sentou com cuidado no chão e pôs o facão do pai entre eles. A umidade refrescante do ar da floresta pouco fez para aliviar o formigamento de calor sob a pele dela.

"Você blasfema demais", ela disse com irritação. "Não devia usar o nome do Senhor em vão."

Butch sacudiu a cabeça. "Vocês e esse 'não deve'. Você supostamente não deve fazer isso e supostamente não deve fazer aquilo. Por isso que eu nunca fui cristão, não — isso pra mim significa que cê não pode aproveitar a vida, e já que cê só tá aqui uma vez só, é uma pena isso."

"Ninguém fala nada de não aproveitar a vida, mas correr atrás de qualquer mulher que se mexa é sua ideia de aproveitar?" Mattie tentava desesperadamente desenvolver uma raiva virtuosa contra Butch. Precisava de algo para neutralizar o efeito duradouro do toque e do cheiro dele.

"Mattie, eu não corro atrás de muitas mulheres, só não fico tempo o bastante pra deixar os momentos bons se transformarem em amargos. Cê sabe, antes da gente

Mattie Michael

cair num buraco e ficar se xingando e brigando e só segurando as pontas porque esqueceu como desapegar. Vê só, as mulheres todas que conheci não conseguem nunca lembrar de dias ruins comigo. Então, quando tão presas com os homens que ignoram elas ou batem nelas e traem elas, elas sentam na varanda dos fundos descascando ervilhas, pensam no velho Butch e dizem: É, aquele era um neguinho vermelho[3] cheio de amor pra dar – todos os nossos dias eram ensolarados; talvez tenha sido pouco tempo, mas com certeza foi bom."

O que ele disse fazia sentido para Mattie, mas havia uma ponta solta nesse raciocínio e ela não conseguia descobrir direito qual era.

"Agora pensa nisso", ele disse, "quantas mulheres com quem eu andei têm algo desagradável pra falar de mim? Talvez as mamães e os papais delas tenham algo, sim", e ele sorriu com malícia do outro lado da grama, "ou os maridos delas – mas elas, nunca. Pensa nisso".

Ela vasculhou a mente e surpreendentemente não conseguiu pensar num nome.

Butch deu um sorrisão triunfante ao observar o rosto dela e quase conseguir enxergar a lista mental que estava repassando.

"Bom", Mattie disparou, "provavelmente existem umas duas ou três que eu ainda nem conheci".

Butch atirou a cabeça para trás e a risada dele iluminou as árvores escuras.

"Deus do céu, é disso que eu gosto em vocês, mulheres Michael – vocês dificilmente ficam sem palavras. Mattie, Mattie Michael", ele cantarolou com doçura a

---

3 No original, *red nigger*, termo usado, em geral com tom pejorativo, para se referir a descendentes de povos originários ou a mestiços de origens negra e indígena.

meia-voz, os olhos acariciando o rosto dela. "Como é que cê conseguiu um *nobrenome* como Michael? Não devia ser Michaels?"

"Nah, o papai disse que, quando veio a emancipação, o pai dele ainda era só um garotinho. E ele nunca ouvia o senhor dele, então todo mundo na plantação tinha que chamar ele duas vezes pra conseguir sua atenção. Como o nome dele era Michael, sempre chamavam ele de Michael-Michael. E quando o escrivão do recenseamento nacional veio e estava registrando as pessoas negras, perguntou qual era o nome do meu vô, e disseram que Michael-Michael era tudo o que sabiam. Então aquele nortista burro escreveu isso, e a gente é Michael desde então."

O pai de Mattie amava contar essa história, e ela, por sua vez, amava repeti-la para qualquer um que questionasse o sobrenome estranho. Enquanto ela falava, Butch teve o cuidado de não deixar os olhos vagarem para qualquer ponto abaixo do pescoço dela. Sabia que ela estava sentada ali como um estorninho assustado, pronto para voar. E o menor dos movimentos dele ia assustá-la e afastá-la de vez.

Então a escutou com os olhos fixos no rosto dela enquanto a mente deslizava pelo pescoço de ébano que era suficientemente roliço para um homem enterrar o nariz ali e sugar pequeninos nacos de carne que eram quase tão sedosos quanto a pele que cobria os seios redondos e cheios que ostentavam mamilos empinados, inclinados e inacreditavelmente mais escuros até do que os seios, de modo que quando se tocava a boca neles havia uma sensação de beber cacau forte e abundante. Um homem podia passar metade da vida só ali, mas o monte macio da barriga sussurrou para ele, e a mente desceu e a amassou muito gentilmente até ficar maleável e à espera. E então a ponta da língua brincou e voltou a brincar em torno da pequena caverna no centro do abdômen, enquanto as mãos tentavam memorizar cada curva e textura da parte interna das coxas e pressionavam de leve para afastar as pernas e poderem se mover pelo meio delas e se perder na eternidade de maciez do traseiro. E ela ia esperar e esperar, ficando mais e mais preenchida até finalmente implorar para ele fazer alguma coisa – qualquer coisa – para frear a expansão antes de arrebentar a pele e explodir em milhões de pedaços entre as raízes das árvores e as folhas do pequeno manjericão.

Quando Mattie terminou a história, Butch tinha baixado os olhos para a cana-de-açúcar e estava passando o cabo do canivete pelas protuberâncias segmentadas e grossas.

"Você sabe comer cana-de-açúcar, Mattie?", ele perguntou, ainda traçando as protuberâncias. Evitava olhar para ela, com medo do que ela ia ler em seus olhos.

"Você é um neguinho doido, Butch Fuller. Primeiro me pergunta sobre meu nome e então se sai com uma pergunta fora de propósito feito essa. Comi cana-de-açúcar a vida inteira, bobo!"

"Nah", disse Butch, "algumas pessoas morrem e nunca aprendem a comer cana do jeito certo". Ele ficou de joelhos, partiu um dos colmos e começou a abri-lo com a lâmina. Falava com tanta suavidade que Mattie teve de se inclinar mais para perto a fim de ouvi-lo.

"Veja", ele disse, "comer cana é como viver a vida. Cê tem que saber quando parar de mastigar – quando parar de tentar extrair cada fiapo derradeiro de doçura de um pedaço – ou vai se ver com uma boca cheia de fibras ásperas que irritam as gengivas e o céu da boca".

A lâmina grossa do canivete deslizou sob a superfície verde-escura do colmo, e um sumo claro e perolado brotou pelo friso e brilhou no sol poente da tarde.

"O truque", ele disse, cortando uma fatia da fibra rígida e amarela, "é cuspir enquanto a lasca ainda tá firme e aquele último fiapinho de sumo – aquele que promete ser o mais docinho de todo o bocado – acaba de escapar da língua. É difícil, mas cê tem que cuspir nessa hora, ou vai se pegar mastigando fibra purinha nessa última rodada. Cê sabe o que eu quero dizer, Mattie?"

Ele finalmente olhou direto para ela, e Mattie se viu flutuando bem longe no mar marrom das íris dele, onde as palavras, linha costeira e âncora, viraram uma espécie de algaravia em alguma língua estrangeira.

"Aqui", ele disse, segurando uma lasca de cana para ela, "experimenta do jeito que eu falei".

E ela experimentou.

II

O pai de Mattie não trocou uma palavra com ela ou com a esposa por dois dias. O silêncio torturante na casa era bem pior do que a tempestade que Mattie se preparara para enfrentar quando a mãe falou a ele de sua gravidez. Samuel Michael nunca fora um homem de muitas palavras, mas seus hábitos tranquilos e estáveis traziam uma sensação de segurança e regularidade ao lar. Mattie era a única filha do outono da vida dele e, até onde sua memória alcançava, ele sempre tinha sido um homem de idade de costumes estabelecidos e rigorosos. Ao contrário da mãe, ele nunca erguia a voz, e, quando os dois tinham uma divergência de opiniões, a mãe ia praguejar pela casa, resmungando e batendo panelas, ao passo que ele ia simplesmente se sentar na cadeira de balanço da varanda e ler sua Bíblia.

Certa vez, Mattie pedira um par de sapatos de verniz roxos como os das meninas da cidade, e a mãe dissera que

Mattie Michael   31

eram caros demais e pouco práticos para as estradas poeirentas do interior. Sam se recusou a apoiar um dos lados na briga pelos calçados, que se estendeu por semanas, mas foi lá e arranjou trabalho na plantação de batata-doce todo sábado durante um mês, trouxe os sapatos para casa e os jogou no colo dela – "usa eles só nos domingos" foram as primeiras e últimas palavras dele sobre o assunto.

O rosto do pai foi o primeiro que Mattie enxergou quando abriu os olhos depois de uma semana de escarlatina que a cegou. Ele simplesmente tocou a testa dela e foi chamar a mãe para vir trocar sua camisola. Foi a mãe, e não ele, que mais tarde lhe contou que ele havia negligenciado a fazenda e insistido em se sentar ao lado da cama de Mattie todos os dias – o dia inteiro – enquanto a vida ardia e transpirava pelos poros dela. A história virou uma lenda naqueles lados, e nem mesmo a mãe ficou sabendo como ele havia conseguido que o médico branco da cidade percorresse aquela longa distância até a casa por causa dela. Sam nunca mencionou aquilo, e ninguém ousava perguntar.

Contudo, esse silêncio era diferente. Estava hermeticamente compactado em um vácuo tão amplo que o espírito se esgotava tentando transpô-lo, e então voltava para repousar, febril, junto ao coração aflito dela.

"Mamãe, não consigo suportar isso por muito mais tempo", ela sussurrou para a mãe, arrasada, enquanto lavavam a louça do jantar.

O pai dela tinha terminado friamente a refeição e fora se sentar na cadeira de balanço, onde ia ficar lendo a Bíblia até tarde da noite.

"Não precisa se preocupar, querida", Fannie suspirou, "ele vai voltar a si. Isso aí magoou ele, só isso".

"Ah, mamãe, tô tão envergonhada."

"Não tem nada pra se envergonhar nisso. Ter um bebê é a coisa mais natural que existe. O Livro Sagrado chama as criança de presente do Senhor. E em lugar nenhum da Bíblia d'Ele diz que os bebê são pecaminoso. O pecado é a fornicação, e isso tá feito e acabado. Deus te perdoou por isso faz muito tempo, e o que tá acontecendo na tua barriga agora não é algo com que esquentar a cabeça – cê lembra disso."

"Você não falou pra ele que foi o Butch, né?"

"Menina, cê acha que eu quero ver meu marido na cadeia por matar gente feito o Butch Fuller? Além disso, não é eu que tenho que falar."

Elas ouviram a porta de tela bater.

"Popô, vem aqui", Sam chamou.

Mattie saltou, desacostumada ao som da voz dele. Por fim estava sendo convocada a atravessar o vácuo, e seu espírito se ergueu instintivamente para obedecer, mas se deteve, com medo do que poderia encontrar lá. Olhou suplicante para a mãe, buscando ajuda com o dilema, e a mais velha lhe deu tapinhas no ombro e sussurrou em seu ouvido: "Vai lá agora. Eu te disse que ele ia voltar a si. Esse homem vive e respira por você".

Ela olhou pela porta da cozinha e não conseguiu encontrar coragem para ir em direção ao velho de costas eretas, que estava encarando a lareira vazia com um rosto tão imóvel e inescrutável quanto um tijolo. Então andou na direção das vibrações finais do apelido, Popô. E foi a lembrança do homem que costumava revolver suas bochechas rechonchudas entre os dedos e dar risada – macia feito um prato com manteiga – que a fez atravessar a sala.

"Sim, papai", ela estremeceu.

Mattie sabia guardar silêncio e esperar. Não havia nada que pudesse explicar, implorar ou argumentar naquele momento que fosse mudar a direção em que a mente dele havia se encerrado, como travas de ferro enferrujadas.

"Venho pensando nessa coisa", ele começou em voz baixa, sem olhar ao redor. Houve uma longa pausa. "Sempre tentei fazer meu melhor com você. Vi que nunca passou um dia de fome ou teve que ir pedir nada pra ninguém, né?"

"Sim, papai."

Ele limpou a garganta e continuou devagar: "Sei que uns dizem que eu te ponho num pedestal, te mantendo perto demais de casa, te colocando acima das outras pessoas. Mas fiz o que me pareceu na época o certo de fazer".

Mattie aos poucos começou a entender contra o que ele estivera lutando nos últimos dois dias. Ele não conseguia se forçar a aceitar defeito algum nela, e, já que precisava de alguém para punir, havia depositado a culpa por aquilo nos próprios ombros. Com pena, notou como o homem orgulhoso estava curvado e vacilante carregando aquele fardo. Apressou-se em vão a aliviá-lo:

"Papai, cê não fez nada de errado. Isso…"

Ele a interrompeu. "Quem sabe, devia ter deixado cê se casar com aquele menino Harris de quem você tava gostando uma vez, mas queria coisa melhor pra você do que um lavrador que perambula por aí querendo te arrastar até o Arkansas, longe da tua família e tudo. Bom, passado é passado. E ainda acho que o Fred Watson é um jovem aceitável, apesar do que fez." Limpou a garganta de novo e ergueu os olhos para ela. "Também já fui jovem um dia. E errei um bocado e ainda vou errar outro tanto."

Mattie ficou abismada que ele pensasse que o bebê era de Fred. Porém era o único homem que permitira que ela visse, e a mente dele fora tão condicionada ao longo dos anos à obediência cega dela que simplesmente não havia lugar para a dúvida. Ouviu com horror à medida que ele prosseguia.

"Então acho que vou até a casa dele amanhã depois do

café esclarecer tudo isso. Sei que ele vai estar disposto a fazer o certo com você."

Mattie sentiu que ia sufocar. A sensação era de que o universo inteiro tinha sido moldado em uma bola e enfiado na sua garganta. "Papai, o bebê não é do Fred" foi arremessado da boca dela, em um turbilhão que fez desmoronar o rosto do pai e explodiu o coração dos dois em incontáveis pedacinhos. Ela viu ambos sendo girados em torno da sala e sugados pelas janelas junto com tudo o que já havia se passado entre eles. Sentiu o bebê sendo arrastado pela ventania, mas segurou firme, tremendo violentamente, porque se deu conta de que agora era tudo o que teria.

"De quem que é?" chegou até ela dos ventos enfraquecidos da tempestade, mas seus ouvidos ainda estavam vibrando e ela não conseguia distinguir os sons direito.

"Eu perguntei de quem que é?" E foi na direção dela, agarrou-a pelo cabelo na parte de trás da cabeça e puxou seu rosto para cima, para que confrontasse o manto de raiva nos olhos dele.

O corpo dela gritou instintivamente para que obedecesse – para que lhe dissesse que era de Butch, para que ele a soltasse, pegasse a espingarda, saísse e arrebentasse Butch em tantos pedacinhos quanto os do mundo dela que agora jaziam ali em volta. Ela não ligava para Butch Fuller, e os dois mal se falaram desde aquele dia, mas esse bebê no fundo não pertencia a ele. Pertencia a algo exterior, ao calor de um dia de agosto e ao cheiro da cana-de-açúcar e das ervas musguentas. Mattie sabia que não existiam palavras para isso, e, mesmo que houvesse, esse velho decepcionado e furioso nunca ia entender.

"Num vou dizer, papai." E abraçou o próprio corpo devido ao impacto da mão enorme e calejada que estava indo na direção do seu rosto. Ele ainda a segurava pelo

Mattie Michael 35

cabelo, então suportou a força dos dois golpes com os músculos do pescoço, e os olhos se turvaram enquanto o sangue escorria, do lábio aberto, pelo queixo. O aperto no cabelo ficou mais forte, e Mattie foi forçada a se aproximar ainda mais do rosto dele enquanto respondia à pergunta silenciosa contida nos olhos que se estreitavam.

"Num vou dizer, papai", murmurou pelo lábio inchado.

"Você vai dizer", ele sussurrou com a voz rouca, enquanto a puxava até o chão pelo cabelo.

Ela ouviu a mãe sair correndo da cozinha. "Chega, Sam!"

"Fica fora disso, Fannie." Ele pegou a vassoura que estava apoiada contra a lareira e a ergueu no ar, ameaçador. "Agora me diz ou vou te bater até cê contar."

O silêncio dela acabou por dar vazão à raiva do pai. Ele queria matar o homem que havia entrado às escondidas em sua casa e desvirtuado a fé e a confiança que depositava na filha. Mas ela havia escolhido o lado desse homem em detrimento do dele, e, em sua fúria, Sam tentava esmigalhar o que mais o magoara e que agora lhe provocava descaradamente – a desobediência dela.

O corpo de Mattie se contraía em um espasmo doloroso a cada vez que o cabo se espatifava nas pernas e nas costas dela, e se curvou em uma bola apertada tentando proteger a barriga. Ele repetia a pergunta a cada golpe do cabo, e o fato de ela continuar em silêncio fazia os golpes se acelerarem e intensificarem. Ele suava e respirava de forma tão pesada que não conseguia mais falar, então simplesmente espancava a menina que choramingava no chão.

A mãe gritou "Jesus amado, Sam!", e pulou nas costas dele, lutando para lhe tirar o cabo.

Ele a arremessou pelo chão e a blusa rasgou até a cintura quando ela saiu deslizando até a parede oposta.

"Ah, Deus, ah, Deus", Fannie entoava de modo febril enquanto se punha de pé com os joelhos esfolados.

A vassoura havia quebrado, e ele agora estava ajoelhado em cima de Mattie, batendo nela com um pedaço espetado que segurava no punho.

"Ah, Deus, ah, Deus", Fannie continuava dizendo enquanto procurava às cegas pela sala. Enfim encontrou a espingarda afixada sobre a porta da frente. Lutou contra a arma pesada, e a mão dela tremia tanto que era difícil carregar os projéteis pesados, mas ela os colocou ali e montou a arma. Passou os dedos pelo gatilho, mirou e apertou. A força do tiro quase a derrubou. O canto da lareira explodiu; lançou fragmentos voadores de tijolos nas costas de Mattie e raspou o lado direito do rosto do pai.

O tiro o atordoou por um instante, e ele olhou na direção da esposa com suor e sangue escorrendo do rosto.

"Pelo sangue de Jesus, Sam!", ela gritou. "Bate na minha filha de novo e vou te ver ligeirinho no inferno!"

Ela engatilhou a arma de novo e dessa vez mirou no meio do peito dele.

"Olha! Só olha o que cê fez!"

Sam parecia um homem saído de um transe. Olhava estupidificado para o cano da arma e dele para o cabo no próprio punho, e dele para a garota encolhida e tendo espasmos no chão. A cabeça continuava se movendo como que entorpecida de lá para cá, feito um brinquedo articulado mal ajustado.

"Fannie, eu… Fannie, ela…", ele murmurava confuso.

Um gemido fraco saiu da pilha de roupas rasgadas e carne ferida no chão. Sam Michael olhou para aquilo, viu que era a filha, deixou cair o cabo e chorou.

III

Uma semana depois, um ônibus da Greyhound que seguia para o Norte acelerou no limite do condado, virou à direita na Interestadual e arremeteu para a primeira parada em Asheville, Carolina do Norte. Era um dentre uma legião de ônibus, trens e automóveis enferrujados que transportavam os jovens pretos do Sul rumo ao chamado sedutor dos empregos gerados pela guerra e da liberdade em áreas urbanas acima da Linha Mason-Dixon. Mattie sentou-se em uma poltrona do corredor e tentou ignorar as paisagens conhecidas que se dissipavam. Não queria pensar na cidade estranha que se situava lá adiante ou mesmo na amiga Etta, que estaria no terminal à sua espera. E não queria pensar no lar que se perdera para ela, ou nas lágrimas de despedida da mãe, ou no rompimento doloroso com o pai que latejava tanto quanto as feridas que não haviam desaparecido de suas pernas e costas. Só queria recostar a cabeça no assento acolchoado e deixar o tempo em suspenso, fingindo que nascera naquele exato instante naquele exato ônibus, e que aquilo era tudo o que havia e tudo o que haveria. Mas naquele momento o bebê se mexeu, então Mattie pôs as mãos na barriga e soube que o que estava nutrindo dentro dela viera antes e viria em seguida. Esse filho ia atá-la ao passado e ao futuro de forma tão inextricável quanto estava agora atado a cada batida de seu coração.

Assim que Rock Vale, Tennessee, estava enterrada sob os quilômetros de asfalto que se estendiam na esteira do ônibus, Mattie se afligiu e fez planos para o filho dentro de si. Quando a mente se voltou para o que veio antes, ela se obrigou a pensar apenas na estrada secundária até a casa, na sensação do verão, no gosto da cana-de-açúcar, no cheiro das ervas silvestres. E, quando o filho nasceu, cinco meses depois, ela o chamou de Basil[4].

"Bom, olha só isso", Etta se maravilhou enquanto acariciava o punho rachado e avermelhado do bebê. "Lá se vai um bom tempo desde que os mais velhos diziam pra gente que os bebês eram enviados do céu. 'A cobrar ou entrega expressa?', você perguntava, e fazia eles uivarem. Acho que agora você sabe o que a coisa envolve."

"Ah, não, Etta", Mattie ergueu a cabeça para a amiga com o filhinho refletido nos olhos, "ainda são. Não é a coisa mais perfeita que você já viu?".

"Dificilmente", Etta caçoou enquanto pegava o bebê do colo de Mattie. "É feio e enrugado feito um macaco, como a maioria dos recém-nascidos. Mas vejo possibilidades concretas. É, acho que temos aqui as qualidades do primeiro presidente negro."

A risada delas assustou o bebê, que começou a chorar. "Deus, ele tá começando a guinchar! Aqui, pega ele. Aqui, pronto, aqui tá a mamãe."

Ela o devolveu a Mattie e ficou olhando enquanto ela o embalava e dava tapinhas para que dormisse. "Viu por que não posso ter filho nenhum? Não tenho paciência pra isso."

"Ninguém tem, Etta, mas isso vem – quando você sabe que é seu e que você é responsável por ele. E você é meu, não é?", ela sussurrou para o bebê adormecido. "Todo meu."

"É isso aí, todo seu – junto com uma dor de cabeça pelos próximos vinte anos. Agora eu, quando quero problema já pronto, arranjo um homem bonito. Nenhuma fralda pra trocar, e posso sair andando quando já deu. E é mais ou

4   O termo também significa "manjericão" em inglês.

Mattie Michael   39

menos o que eu tô pensando em fazer; o Bennett tá começando a me dar nos nervos."

Mattie ergueu os olhos, abalada. "Você tá de partida?"

"Sim, querida. Tava com tudo pronto meses atrás, mas quando você escreveu e disse que tava vindo, fiquei por perto pra ver você se ajeitar com o bebê. Mas essa cidade tá morta."

"Pra onde agora, Etta?", ela perguntou com um suspiro.

"Querida, Nova York é o lugar do momento! Todos aqueles soldados novinhos saltando nas docas com o bolso cheio do pagamento pela baixa e à procura de alguém pra ajudar eles a investirem. E tem um lugar chamado Harlem que tem basicamente médicos negros e corretores por toda parte. Por que cê não vem comigo, Mattie? Com todas essas possibilidades, cê vai ser obrigada a achar um papai rico pro Basil."

O entusiasmo de Etta quase a convencera, mas então caiu em si. "Ah, não", Mattie sacudiu a cabeça, "não vou arrastar meu bebê pelo país inteiro atrás de você. Quando saiu de casa pela primeira vez, você escreveu e disse que St. Louis era o lugar do momento, e então era Chicago, e então aqui. Agora é Nova York. Cê não vai achar o que cê tá buscando desse jeito, o que quer que seja".

"Bom, nem vou achar sentada aqui. Nem você."

"Não tô em busca de nada, Etta." Ela baixou os olhos para o filho. "Tenho tudinho o que preciso bem aqui. E tô contente de ter o que Deus me deu."

"Bom", Etta disse, indo em direção à porta, "do jeito como me contaram, Deus se retirou do ramo dos bebês depois que Jesus nasceu, mas talvez cê saiba de algo que eu não sei". Piscou e saiu.

"O que eu sei", Mattie disse para a porta fechada, "é que esse menino aqui foi entregue a cobrar, e tô disposta a ficar aqui e pagar por ele".

Etta deixou Mattie seis semanas mais tarde com oito embalagens de leite condensado e vales para trocar por pouco mais de 20 quilos de açúcar. Mattie não ousou perguntar de onde vinham, pois sabia o que Etta lhe diria. Na solidão que se apressou em preencher o vácuo que a amiga havia deixado, ela se viu pensando em casa e ansiou por ver a mãe. Escreveu e pediu que ela viesse ficar com o bebê enquanto ia trabalhar, porque não queria deixá-lo com estranhos. A mãe respondeu dizendo que gostaria de ir, porém o pai não andava bem e ela não podia deixá-lo, mas que, por favor, mandasse o bebê para lá enquanto trabalhava.

Mattie olhou em volta do quarto de pensão exíguo com a mobília barata e as paredes sujas que limpeza alguma parecia suavizar, e pensou nas cortinas de organdi e no enorme quintal da frente da casa dos pais – o ar limpo e a comida fresca. Mas dia após dia o bebê se parecia de forma mais inconfundível com Butch, e ela pensou no velho inflexível que ia se sentar com sua Bíblia apertada no punho e vê-lo crescer.

"Não posso fazer isso com você", ela sussurrou. "Nesse momento não posso te dar muita coisa, mas de qualquer forma você é muito pequeno pra enxergar esse quarto. Tudo o que enxerga é a sua mamãe, não é? E cê sabe que a mamãe te ama e te aceita – não importa como você chegou aqui."

Como se respondesse, Basil começou a agitar os braços e pernas e a resmungar. Mattie o pegou e pressionou o corpinho macio de encontro ao peito, amoldando-o ao coração enquanto ele adormecia.

Encontrou trabalho na linha de produção de uma fábrica de encadernação, e pagava à sra. Prell, uma velhinha do primeiro andar, para ficar com ele durante o dia. Mattie achava que a mulher parecia um tantinho senil, e

Mattie Michael 41

tinha três gatos. Para economizar em transporte, Mattie andava os trinta quarteirões até a pensão para ver o bebê durante o intervalo de almoço. Só tinha tempo suficiente para correr, pegá-lo no colo, ver se estava molhado ou com alguma marca e então voltar para o trabalho. A solução era engolir o almoço enquanto corria pelas ruas, já que uma tarde ficou tonta de estômago vazio por causa do calor da fábrica e do cheiro forte de cola.

Mattie não conseguia economizar dinheiro suficiente para se mudar. A sra. Prell lhe custava quase metade do salário semanal, e, depois de pagar uma semana de aluguel e comprar comida, só restava o suficiente para o transporte. Parou de ir ao cinema nas noites de sábado e só comprava roupas e sapatos quando os dela atingiam o estado em que lhe dava vergonha ser vista na rua. Ainda assim, sua conta bancária crescia dolorosamente devagar. Então Basil desenvolveu uma doença estomacal em que não conseguia manter a comida dentro. Portanto, a pequena poupança se foi com um especialista e um tratamento caro.

Ela pensou em cursar a escola noturna a fim de conseguir um emprego melhor, mas, trabalhando seis dias por semana, mal via o bebê do jeito como as coisas estavam. Foi devastador quando perdeu o primeiro passinho dele, e ela chorou durante duas horas quando o ouviu chamar a sra. Prell de "mamãe" pela primeira vez.

Numa noite de sexta-feira, Mattie estava adormecida com Basil; ele havia se contorcido para se libertar dos braços dela e estava deitado de bruços na beirada da cama. A mamadeira tinha caído da boca e rolado pelo chão junto ao cobertor. Um rato saiu rastejando do buraco detrás da cômoda e farejou cautelosamente em volta da parede à procura de farelos. Sem encontrar nada, se tornou mais ousado em sua busca, e ficou dando voltas vagarosas em direção à cama. Havia aprendido a temer o cheiro dos humanos, mas a imobilidade dos corpos e a fome o atraíram para mais perto da cama. Estava prestes a se virar e começar uma nova busca na direção da parede quando sentiu o cheiro de leite seco e açúcar. Soltando um guincho antecipado, foi em direção do cheiro e encontrou a mamadeira do bebê. Lambeu o leite doce e endurecido em volta do buraco do bico e tentou roer a borracha grossa. Então o mesmo cheiro veio flutuando de um ponto acima da cabeça dele, e, abandonando o bico, subiu pelo cobertor em direção ao aroma fresco de leite, açúcar e saliva. Lambeu em volta do queixo e dos lábios do bebê, e, quando não sobrou nada, procurou por mais e afundou as presas na carne macia.

Os gritos de Basil fizeram Mattie saltar ereta na cama, e, na confusão sonolenta, instintivamente puxou os braços para si e viu que estavam vazios. Sentiu alguma coisa saltar da cama e sair correndo pelo piso de madeira na direção da cômoda. Ela alcançou às cegas o filho que uivava, agarrou-o de encontro ao peito e tropeçou na direção do interruptor. Os movimentos repentinos e a claridade do quarto assustaram ainda mais o menino, que chutava e se retorcia em sua dor e confusão.

"Ah, meu Deus!", ela berrou quando viu o sangue escorrendo pelo queixo dele, saído de dois furinhos pequenos. Tentou acalmar o menino aos prantos contra o peito, mas ele sentia o medo dela e continuou a gritar. Ela o deitou na cama, limpou sua bochecha com álcool, o balançou e tranquilizou até o pranto se tornar um lamento. Estendeu a mão para a mamadeira e, vendo o bico roído, atirou-a contra a parede com raiva e nojo. O vidro espatifado assustou o menino de novo; ele começou a chorar e Mattie chorou com ele.

Ficou sentada a noite inteira com as luzes acesas, e Basil finalmente caiu num sono irregular. Na manhã seguinte, levou-o ao hospital para fazer uma vacina antitetânica e passar uma pomada na bochecha. Voltou à pensão, pegou as roupas e, com o bebê em um dos braços e a mala no outro, foi procurar outro lugar para viver.

"Não aceitamos crianças."
"Pago o que for."
"Não aceitamos crianças!"

Andou o dia inteiro, e a mão ficou cheia de bolhas por conta da alça da mala. Basil começava a ficar pesado e inquieto nos braços dela, e sua agitação e as lamúrias constantes lhe exauriam as forças. Pensara que iria encontrar outro lugar dentro de algumas horas, mas as chances eram limitadas. Depois de incontáveis tentativas, descobriu que não havia necessidade de desperdiçar energia subindo escadas nos bairros de pessoas brancas que exibiam placas com vagas, e aprendeu até mesmo a evitar certos bairros perfeitamente bem cuidados de pessoas negras.

"Onde está seu marido?"
"Não tenho um."
"Isso aqui é um lugar respeitável!"

À medida que a noite se aproximava, amaldiçoava os pés doloridos que estavam começando a lhe falhar, e amaldiçoava a pressa em deixar o único abrigo que tinham, mas então pensou no bico da mamadeira roído e continuou andando. Tinha o pagamento semanal; podia arranjar um hotel. Podia comprar uma passagem de ida para casa. Amanhã era domingo; podia procurar de novo. Podia ir para casa. Se não encontrasse nada no domingo, podia tentar de novo na segunda-feira. Podia ir para casa. Se não desse em nada na segunda-feira, tinha de aparecer no trabalho na terça-feira. Quem ia ficar com o bebê? Podia ir para casa. Casa. Casa.

Confusa, Mattie circundara o mesmo quarteirão duas vezes. Lembrava-se de ter passado por aquela velha branca não fazia mais do que alguns minutos. Devia ter andado a esmo até um dos bairros deles de novo. Fez menção de se aproximar dela para pedir informações sobre a parada de ônibus, mas mudou de ideia. Transferiu Basil para o outro braço e passou pela cerca em silêncio.

"Pra onde cê tá indo com esse bebê rubro bonito? Tá perdida, minha filha?"

Mattie procurou a direção de onde a voz saía.

"Se quer ir pro terminal de ônibus, tá indo na direção errada, porque ninguém em sã consciência estaria tentando ir pra estação de trem. Tá vazio do outro lado da cidade."

Mattie se deu conta de que velha de fato estava falando com ela, mas era uma voz de mulher negra. Chegou perto da cerca, hesitante, e encarou incrédula um par de olhos azuis aquosos.

"Tá olhando de boca aberta pro quê? Cê é atrasadinha ou algo assim? Perguntei se cê tava perdida!"

Mattie viu que a luz do entardecer havia escondido os subtons amarelos[5] do rosto branco delicadamente vincado, e que suavizara os contornos amplos do nariz achatado e dos lábios cheios da mulher.

"Sim, dona. Digo, não, dona", gaguejou. "Tava procurando um lugar pra ficar e não consegui encontrar nenhum,

---

5 A autora utiliza, neste e em outros trechos, a palavra "*yellow*" para se referir ao tom de pele da personagem. Trata-se de uma abreviação de "*high yellow*", uma expressão utilizada — sobretudo entre o final do século XIX e o início do XX — para se referir a um indivíduo de pele mais clara que descende de pessoas negras e brancas.

então tava procurando o terminal de ônibus, acho", concluiu de forma confusa.

"Então o quê, seu plano é dormir no terminal com esse bebê hoje à noite?"

"Não, ia comprar uma passagem e ir pra casa, acho, ou encontrar um hotel e tentar de novo amanhã, ou quem sabe encontrar um lugar a caminho do terminal. Não sei, eu..." Mattie parou de falar porque sabia que provavelmente parecia uma idiota completa aos olhos da mulher, mas estava tão cansada que não conseguia raciocinar, e as pernas estavam começando a tremer por causa da falta de sono e da carga pesada que carregara para lá e para cá o dia inteiro. Mordeu o lábio inferior para segurar as lágrimas que ardiam no canto dos olhos.

"Bom, onde cê dormiu noite passada?", a mulher disse baixinho. "Te botaram pra fora?"

"Não, dona." E Mattie lhe falou da pensão e do rato.

"E cê só recolheu tudo e foi embora sem lugar pra ficar? Isso não foi prudente. Por que cê simplesmente não tapou o buraco com um pouco de palha de aço e ficou lá até conseguir coisa melhor?"

Mattie apertou o braço em torno de Basil e balançou a cabeça. De jeito nenhum ia ter conseguido dormir outra noite naquele lugar sem ter pesadelos com coisas que podiam sair rastejando das paredes para atacar o filho dela. Nunca conseguiria levá-lo de volta para um lugar que lhe causara tanta dor.

A mulher olhou para a maneira como ela segurava o menino e entendeu.

"Sabe, cê não pode ficar fugindo das coisas que machucam ele. Às vezes, cê só tem que ficar lá e ensinar ele a enfrentar o ruim e o bom, venha o que vier."

Mattie ficou impaciente com a mulher. Não queria uma palestra sobre cuidados com o filho.

"Se você simplesmente me indicar o caminho até o terminal, vou ficar grata, dona", ela disse com frieza. "Ou se sabe de um lugar que tenha um quarto."

A mulher deu uma risada. "Não tem por que ficar irritada. Esse é um dos privilégios da idade avançada — cê pode dar um monte de conselho porque a maior parte das pessoas acha que é tudo o que te restou mesmo. E agora, talvez eu saiba de algo disponível, talvez não", ela disse, os olhos se estreitando. "Cê tá trabalhando?"

Mattie lhe disse onde trabalhava.

"Cadê teu marido?"

Mattie sabia que essa pergunta viria, e ficou tentada a dizer que fora morto na guerra, mas isso seria uma negação do filho, e ela não achava que houvesse algo vergonhoso naquilo que ele era.

"Não tenho um."

"Bom", a velha deu uma risada, "eu tive cinco — sobrevivi a todos eles. Então posso te dizer, cê não tá perdendo muita coisa". Ela abriu o portão. "Já que cê já pegou a valise, pode muito bem entrar e tirar esse menino do sereno. Tem muito quarto aqui. Só eu e minha netinha. Ele vai ser uma boa companhia pra Lucielia."

Ela pegou Basil dos braços de Mattie. "Meu Deus, ele é pesado. Como é que cê carregou ele o dia inteiro? Olha só essas perninhas gordas, coisinha linda e vermelha. Sempre tive uma quedinha por homens avermelhados. Meu segundo marido era dessa cor, mas tão temperamental!" Arrulhava e falava com o bebê e com Mattie como se os conhecesse havia anos.

Mattie a seguiu pelos degraus de pedra, tentando ajustar a mente a essa rápida reviravolta nos acontecimentos e à velha sem nome que havia alterado o destino deles. Entraram na casa; Mattie deixou a mala no carpete verde e grosso e olhou em volta para a sala de estar

Mattie Michael   47

imensa, repleta de mobília refinada de mogno e de cacarecos de porcelana. Por uma porta à direita, um lustre amarelado de cristal e bronze pendia sobre uma mesa de carvalho grande o suficiente para acomodar doze pessoas.

"Não liga pra casa, minha filha. Sei que tá uma bagunça, mas já não tenho a força que tinha pra manter tudo arrumado. Acho que vocês dois devem estar com fome. Venha até a cozinha." E ela se dirigiu para a parte dos fundos da casa com o bebê.

Mattie estava começando a se recompor. "Mas nem sei como cê se chama!", ela gritou, ainda pregada no chão da sala de estar.

A velha se virou. "Isso significa que cê não pode comer minha comida? Bom, já que precisa ser devidamente apresentada, o nome do que tá na cozinha é carne assada, batatas no forno e vagens. E acho que tem até um bolo dos anjos esperando pra te conhecer." Rumou para a cozinha de novo e disparou por cima do ombro: "E a velha louca com quem agora cê tem certeza de que tá falando se chama Eva Turner".

Mattie se apressou em seguir Eva e Basil até a cozinha.

"Não quis ofender, sra. Turner. É só que isso tudo foi tão repentino e você foi tão gentil e meu nome é Mattie Michael e esse é o Basil e eu nem mesmo sei quanto espaço você tem para nós ou quanto quer cobrar ou algo assim, então entende por que eu tô um pouquinho confusa, não?", concluiu, impotente.

A mulher ouviu a apresentação desabalada com um sorriso calmo. "O pessoal daqui me chama de srta. Eva." Ela pôs o bebê no piso de cerâmica polido e foi até o fogão. Parecia ignorar Mattie e cantarolava para si mesma enquanto aquecia e mexia a comida.

Mattie começava a se perguntar se a mulher de fato podia ser um tantinho louca, e olhou ao redor da cozinha à procura de algum sinal disso. Tudo o que viu foram fileiras de panelas de cobre polidas, plantas enormes em vasos e mais cacarecos de porcelana. Havia um cercadinho de criança enfiado num canto com uma pilha de brinquedinhos de borracha coloridos. Basil também havia visto os brinquedos e estava cambaleando na direção deles. Mattie foi impedi-lo, e ele começou a chorar em sinal de protesto.

A srta. Eva se virou do fogão. "Deixa ele. Não tá incomodando nada. São os brinquedos da Lucielia, e ela tá dormindo agora."

"Quem é Lucielia?", Mattie perguntou.

O olhar da srta. Eva dava a entender que agora duvidava da sanidade de Mattie. "Eu te disse lá fora – é a filha do meu filho. Crio ela desde que tinha 6 meses. Os pais dela voltaram pro Tennessee e simplesmente deixaram a nenê. Nenhum dos dois vale a saliva gasta pra xingar eles. Mas não posso culpar o papaizinho dela. É igualzinho ao pai dele – meu marido, com quem nunca devia ter me casado, mas sempre tive uma quedinha por homens de pele preta."

Ela trouxe os pratos para a mesa, e, enquanto Mattie jantava, a srta. Eva insistiu em dar comida para Basil. Mattie não sabia se era a comida temperada ou o calor da cozinha, mas sentiu que se acomodava feito poeira fina no entorno, e que aceitava a gentileza inexplicável da mulher com uma fome da qual nem suspeitava. À maneira imperturbável dos velhos, a srta. Eva expôs a própria vida e façanhas secretas para Mattie, e, sem perceber que estava sendo questionada, Mattie se viu falando de coisas que havia enterrado dentro dela. A jovem negra e a velha parda ficaram sentadas na cozinha durante horas, misturando suas vidas de modo que o passado de uma e o futuro da outra se tornaram indistinguíveis.

Mattie Michael   49

"Minha filha, eu sei do que cê tá falando. O papai também era assim. Lembro da noite que fugi com meu primeiro marido, que era cantor. O papai caçou a gente durante três meses e então me arrastou pra casa e me deixou trancada num quarto por semanas com todas as janelas pregadas. Mas, assim que me deixou sair, o Virgil voltou e me levou, e a gente sumiu de novo." Ela riu com vontade com a lembrança. "A gente se juntou à turnê do teatro de variedades e acabamos no palco. O papai ficou anos sem falar comigo, mas eu não conseguia manter distância daquele Virgil. Sempre tive uma quedinha por homens de pele parda."

Mattie estava intrigada. "Mas achei que você tivesse dito antes que tinha um quedinha por…"

"Não é mesmo?" O rosto da srta. Eva se abriu em um sorriso enorme. "Bom, gosto de todos eles, pra falar a verdade, mas eles não parecem se dar bem comigo – como as cebolas fritas. Cê gosta de cebolas fritas? Vou preparar um fígado e cebolas fritas pra nós pro jantar de domingo, amanhã."

"Isso seria ótimo, dona, mas você ainda não me disse o quanto vai custar ficar aqui com nosso quarto e nossas refeições."

"Não tenho pensão nenhuma, menina; essa é minha casa. Mas tem um quarto de hóspedes lá em cima em que cê é bem-vinda, e também é na rotina da casa."

"Mas não posso ficar sem pagar alguma coisa", Mattie insistiu, "e com você se oferecendo pra cuidar do bebê também – não posso tirar vantagem desse jeito. Por favor, quanto vai custar?".

"Tudo bem", a srta. Eva disse enquanto olhava para o menino adormecido nos braços, "ainda não decidi, mas quando chegar a hora eu te aviso".

Mattie estava com muito sono para continuar discutindo; mal conseguia manter os olhos abertos. A srta. Eva a levou até o quarto no andar de cima, e Mattie ia guardar até morrer a lembrança do cheiro de óleo de limão e do toque fresco e engomado do linho na primeira noite — dos trinta anos — que passaria naquela casa.

Ela se deitou com o filho e afundou num sono intemporal. A passagem do tempo na memória é como vidro derretido, que pode ser opaco ou se cristalizar à vontade em um momento qualquer: mil dias se fundem numa única conversa, um único olhar, uma única mágoa, e uma única mágoa pode se estilhaçar e seus cacos podem se espalhar por mil dias. É silenciosa e evasiva, se recusando a ser represada e a gotejar dia após dia; rodopia pela mente enquanto uma vida inteira pode passar feito espuma nas ondas enganadoras e transparentes e se pulverizar na consciência a intervalos irregulares e inesperados.

IV

Mattie acordou no domingo de manhã com as batidas e os uivos habituais da casa aos finais de semana. A srta. Eva estava na cozinha brigando com as crianças.

"Vovó, o Basil quebrou o meu giz de cera. Tá vendo, ele mordeu bem no meio — e de propósito!", Lucielia chorava.

"Basil, diabinho vermelho, vem aqui! Não posso preparar o café da manhã em paz?"

"Mas, srta. Eva, a Ciel pegou meu livro de colorir e rasgou todas as páginas."

"Não rasguei", Ciel protestou e o chutou.

Basil começou a chorar.

"Por quê, sua porca de rabo curto cruel? Vou partir seu pescoço!" E ela acertou Ciel nas costas com a colher de pau.

Basil parou de chorar na mesma hora para apreciar a punição de Ciel. "Oba, oba." Mostrou a língua para ela.

Mattie Michael   51

"Oba, oba, você, senhor", a srta. Eva foi atrás dele com a colher, "não esqueci que cê quebrou meu poodle de porcelana hoje de manhã".

Basil se enfiou embaixo da mesa, sabendo que ela não conseguiria se abaixar para alcançá-lo.

"Quer que eu pegue ele pra você, vovó?", Ciel se ofereceu, tentando cair novamente em suas boas graças.

"Não, só quero vocês dois fora da minha cozinha. Fora! Fora!" Acertou a mesa com a colher.

Mattie estava parada na porta da cozinha, bocejando. "Não dá pra ter só uma manhã de paz e silêncio nessa casa – só uma?" Ciel e Basil correram até ela, os dois se interrompendo para relatar as várias injustiças que sofreram. "Não quero ouvir isso", Mattie suspirou. "É cedo demais pra essa ladainha. Agora vão lá se lavar pro café da manhã – cês ainda tão de pijama."

"Não ouviram ela? Agora, vão!", a srta. Eva gritou e ergueu a colher.

As crianças correram escada acima. Eva sorriu pelas costas delas e se voltou para o fogão.

"Bem, bom dia", Mattie disse, e se serviu de uma xícara de café.

"Não é normal, não é normal", a srta. Eva resmungava no fogão.

"São só crianças, srta. Eva. Todas as crianças são assim."

"Não tô falando das crianças, tô falando de você. Cê passou outra semana enfurnada nessa casa e não saiu pra lugar nenhum."

"Ah, isso não é verdade. Na sexta-feira à noite fui ao ensaio do coral, e no sábado levei o Basil pra comprar um par de sapatos e então levei ele e a Ciel no zoológico. E ontem à noite até fui numa sessão dupla no Century, por isso que dormi demais hoje de manhã. Só sobra domingo de manhã, srta. Eva, e hoje tem igreja, e amanhã tenho que voltar pro trabalho. Então não sei do que cê tá falando."

"Tô falando que não ouvi cê mencionar nenhum homem envolvido em todos esses acontecimentos emocionantes da tua vida – a igreja e as crianças e o trabalho. Não é normal uma jovem feito você viver desse jeito. Não lembro da última vez que um homem passou aqui pra te levar pra sair."

Mattie também não conseguia se lembrar. Houve um passeio de ônibus com um encarregado do departamento de expedição do trabalho dela, e tinha saído algumas vezes com um dos porteiros da igreja – mas isso foi na primavera passada, ou foi no inverno passado?

"Humpf." Mattie deu de ombros e bebericou o café. "Tô tão ocupada ultimamente, acho que nem reparei. Faz um bom tempo, mas e daí? Tenho muito o que fazer criando meu filho."

"As crianças cê cria da noite pro dia, Mattie. Então com o que é que cê fica? Eu devia saber. Criei sete e quatro dos netos, e todos foram embora, menos a Ciel. Mas eu sou uma velha, boa parte da minha vida já foi. Não tem desculpa pra você. Porque quando eu tinha a tua idade, tava no segundo marido, e cê ainda tá nessa lerdeza pra conseguir o primeiro."

"Bom, srta. Eva, eu tinha que ter começado vinte anos atrás pra ganhar de você", Mattie brincou.

"Não tô brincando, não, minha filha." E seus olhos aquosos se anuviaram enquanto encarava a jovem. Mattie conhecia bem esse olhar. A velha queria uma discussão e não seria demovida. "Cê nunca tem necessidade nenhuma nesse sentido? Nenhuma jovem quer uma cama vazia entra ano, sai ano."

Mattie sentiu o sangue subindo depressa para o rosto diante do olhar desembaraçado da srta. Eva. Bebeu alguns golinhos de café para se dar algum tempo para pensar. Por

Mattie Michael　53

que nunca se sentiu assim? Tinha mesmo algo de errado com ela? As respostas não estavam ao seu alcance naquele momento, mas a srta. Eva estava esperando, e Mattie tinha de dizer algo.

"Minha cama não ficou vazia desde que o Basil nasceu", ela disse com calma, "e acho que ninguém além de mim ia aguentar o jeito como esse menino chuta durante o sono".

Ela se arrependeu no instante em que as palavras saíram. Aquela era uma batalha antiga entre as duas mulheres.

"O Basil precisa de uma cama só dele. Eu te digo isso faz anos."

"Ele tem medo do escuro. Cê sabe disso."

"A maioria das crianças tem medo no início, mas se acostuma."

"Não vou deixar meu filho se arrebentar de tanto gritar a noite toda só pra te agradar. Ele ainda é um bebê, não gosta de dormir sozinho, e é isso!", disse entre os dentes cerrados.

"Cinco anos não é nenhum bebê", a srta. Eva disse. E então acrescentou com brandura: "Tem certeza de que é o Basil quem não quer dormir sozinho?".

A piedade gentil nos olhos azuis desbotados calou em Mattie as acusações raivosas que queria lançar à velha por constrangê-la. Constrangida por quê? Por amar o filho, querer protegê-lo dos fantasmas invisíveis que espreitavam à noite? Não, esses olhos piedosos haviam deslizado até seu inconsciente como um laser azul e revelado segredos que Mattie escondera até de si mesma. Tinham rastejado por entre seus lençóis e sabiam que o corpo dela sentira fome em certos momentos, sentira a necessidade de ser preenchido e acariciado em espaços internos. Mas nesses momentos impacientes ela havia se virado para o filho homem e deixado a carne macia e adormecida, e a ideia de tudo o que ele era e viria a ser atraía esses anseios para a extremidade dos lábios e a ponta dos dedos dela. E não conseguia dormir até liberar essas sensações represadas acariciando a testa úmida dele e plantando um beijo ali. Um beijo de mãe em um filho adormecido. E os olhos azuis anormais dessa velha transformaram isso em algo que a constrangia.

Queria se levantar da mesa e cuspir naqueles olhos, bater neles até cegá-los — os olhos que a ajudaram, que mantiveram o filho dela longe de objetos pontiagudos e degraus altos quando ia trabalhar, que choraram junto com ela a morte dos pais — queria esmagá-los com os punhos por ousar constrangê-la por amar o filho.

"Não preciso disso", Mattie balbuciou na defensiva. "A gente morar na tua casa não te dá o direito de me dizer como criar o meu filho. Sou uma inquilina aqui, ou ao menos seria se cê deixasse eu te pagar. Só me diz quanto que eu te devo que eu te pago e caio fora antes do fim da semana."

"Ainda não decidi."

"Cê diz isso faz cinco anos!" Mattie estava frustrada.

"E cê tá de mudança sempre que eu menciono alguma coisa sobre aquele teu neguinho mimado. Cê ainda tá poupando o dinheiro do aluguel no banco, não tá?"

"Claro." Mattie havia separado dinheiro religiosamente todo mês, e sua conta crescera um bocado.

"Que bom, vai usar ele rapidinho pra comprar roupas novas pro meu velório. Digo, se é que cê planeja aparecer."

Mattie olhou para as costas curvadas e o pescoço pardo e enrugado com tufos de pelos grisalhos da srta. Eva, e pequeninas agulhas de arrependimento começaram a lhe perfurar o coração. Ela partiria em breve, e Mattie não queria se imaginar enfrentando a morte de outra mãe.

"Cê é uma velha ardilosa. Sempre tenta ganhar uma discussão falando de algum velório. Cê é muito teimosa pra morrer, e sabe disso."

Mattie Michael 55

A srta. Eva deu uma risada. "Algumas pessoas dizem isso. Pra falar a verdade, planejei ficar por aqui até os 100 anos."

Por favor fique, Mattie pensou com tristeza, e então disse em voz alta: "Não, eu não conseguiria aguentar você por tanto tempo – talvez 99 e meio".

Sorriram uma para a outra e concordaram silenciosamente em suspender a discussão por ora.

As crianças entraram correndo na cozinha, limpas e arrependidas. "Deixa eu ver essas orelhas", Mattie disse a Ciel e Basil.

Estava prestes a mandá-lo de volta lá para cima para lavá-las quando ele pôs os braços em volta do pescoço dela e disse: "Mamãe, esqueci de te dar um beijo de oi hoje de manhã". Basil sabia que ia conquistar o indulto assim. A srta. Eva também sabia, mas não disse nada enquanto atirava a aveia nas tigelas e balançava a cabeça devagar.

Mattie só estava ciente da alegria que esses atos espontâneos de ternura lhe davam. Ficou olhando Basil comer o cereal, fixada em cada bocado que engolia porque aquilo mantinha o filho vivo. O alimento se movia pelo sangue e criava células da pele e células do cabelo e novos músculos que eventualmente iam se desdobrar e se multiplicar e esticar a pele da parte de cima dos braços e das coxas, alongar as pernas roliças que só alcançavam o apoio superior da cadeira. E, quando atingissem o apoio seguinte, a srta. Eva estaria morta. Os filhos teriam baixado na bela casa e a esvaziado de tudo o que era valioso e vendido o restante para Mattie. Os pais teriam levado embora uma Ciel aos gritos e, à medida que Mattie revirasse a casa eviscerada, ela entenderia por que a velha parda a fizera poupar dinheiro. Ela quis que seu espírito permanecesse nessa casa através da lembrança de alguém que fora capaz de amar aquilo tudo, como Mattie. Enquanto as pernas de Basil pressionavam rumo ao terceiro apoio, Mattie estaria trabalhando em dois empregos para dar conta da hipoteca da casa. O filho deveria ter um espaço no qual crescer, um quintal no qual correr, um lugar decente para onde trazer os amigos. Seu próprio espírito um dia deveria ter um lugar para descansar porque o corpo não podia, já que forcejava e lutava para tornar tudo em torno deles seguro e confortável. Seria tudo para Basil e para aqueles que viessem das coxas compridas e musculosas dele, que se sentava do outro lado da mesa.

Mattie olhava para o homem que entornava café e despejava aveia na boca. "Por que tá comendo tão rápido? Cê vai engasgar."

"Tenho um lugar pra ir."

"É domingo, Basil. Cê correu a semana toda. Achei que ia ficar em casa e me ajudar com o quintal."

"Olha, eu vou voltar em alguns minutos. Eu te disse que ia cortar a grama, e vou, então para de me encher o saco."

Mattie ficou em silêncio porque não queria discutir enquanto ele comia. Basil tivera um estômago irritável a vida inteira, e ela não queria que ficasse com cólica ou que saísse correndo de casa, se recusando totalmente a comer. Duvidava que voltasse a vê-lo pelo restante do dia, e queria ter certeza de que o filho tinha feito pelo menos uma refeição decente.

"Tudo bem, quer mais torrada ou café?", ela ofereceu, uma forma de se desculpar.

Ele na verdade não queria, mas deixou-a lhe encher outra xícara para mostrar que não estava mais irritado. Como agradecimento, ele ficou para terminar o café da manhã.

"Tá, até daqui a pouco", ele disse, e empurrou a cadeira para trás. "Ei, cê pode me descolar uma grana pra pôr gasolina no carro?" Viu que ela abrira a boca para recusar e continuou: "Não quero ele hoje, mas amanhã tenho que ir procurar outro emprego. Não recebo o cheque do último lugar até quinta, e não quero desperdiçar quatro dias sentado aqui sem fazer nada". Ele se abaixou e sussurrou no ouvido dela: "Cê sabe que não sou o tipo de cara que fica à toa e deixa a mulher sustentar ele". Vendo o sorriso dela, Basil se endireitou e disse: "Mas eu ia dar um bom cafetão, não ia, mamãe?". E fingiu que colocava um chapéu e andou todo empertigado pelo piso.

Mattie riu e fez pouco caso das brincadeiras bobas na frente dele, ao passo que no íntimo admitia que ele devia ser considerado atraente por várias mulheres. Basil era idêntico ao pai, mas as linhas perfeitas e naturalmente curvadas da boca de Butch pareciam transformadas em uma leve carranca quando inseridas no rosto de Basil. Seus olhos castanho-claros eram cheios de cílios, e várias jovenzinhas descobriam um segundo tarde demais que as pálpebras ligeiramente caídas não eram um reflexo da sedução masculina, mas apatia empedernida.

Mattie nunca conhecera nenhuma das namoradas de Basil, e ele raramente as mencionava. Pensou nisso enquanto lhe dava o dinheiro e ficava olhando o filho sair de casa. Tirou a mesa do café da manhã, e de súbito lhe ocorreu que tampouco havia conhecido muitos dos amigos homens. Aonde ele estava indo? Ela honestamente não sabia, e havia ficado subentendido que não iria perguntar. Fazia quanto tempo que as coisas eram assim? Com certeza acontecera num instante. Parecia que poucas horas atrás ele era uma criança que podia abraçar o pescoço dela e se safar de uns bons tapas pela lábia, que trouxera para casa cartões de dia dos namorados feitos com giz de cera e que chorara quando ela conseguiu o segundo emprego. Então quem era esse estranho que havia levado seu menininho embora e a deixado sem ninguém e tão sozinha?

Mattie refletia sobre isso enquanto as mãos mergulhavam na água cheia de sabão da louça e lavava tigelas e talheres mecanicamente. Tentou reaver e congelar os anos para inspecioná-los e conseguir localizar a transformação, mas eles lhe escorregavam pelos dedos e deslizavam pela louça, escondidos sob as bolhas iridescentes que estouravam ao menor movimento da mão. Logo viu que era uma tarefa impossível, e deixou o esforço de lado. Ele crescera, era só isso. Ergueu os olhos da pia e ofegou ao captar seu reflexo na vidraça – quando é que tinha envelhecido?

Qualquer resposta possível havia sumido pelo ralo com a água suja da louça, e observou-a ir sem arrependimento e esfregou a porcelana até brilhar. Mudou as cortinas recém-engomadas da cozinha e encerou mais uma vez os azulejos. Andou pela casa passando o aspirador nos carpetes e tirando o pó de mesinhas imaculadas – eis a prova dos anos perdidos. Havia uma necessidade de tocar e cheirar e ver que tudo estava no lugar. Aquilo sempre estaria ali como consolo e garantia quando não tivesse mais nada.

Não conseguia encontrar o menininho que havia sido o propósito de tudo isso, mas achou uma antiga tigela de vidro lapidado que lavou e poliu e encheu de flores outonais do quintal. Pôs a tigela em um peitoril na varanda ensolarada, e, exausta, se sentou em meio às trepadeiras e plantas enormes, vendo o sol poente se dissolver nas bordas prismáticas da tigela. Amava esse cômodo mais do que todos os outros – um lugar para ver as coisas crescerem. E observara, adulara e nutrira a vegetação em volta dela. A presença da srta. Eva estava lá nos poucos badulaques de porcelana que Mattie havia salvado ao longo dos anos. E era lá onde ia se sentar quando havia um problema ou alguma decisão difícil a ser tomada. Sentiu culpa por não ir à igreja naquele dia, mas, se Deus estava em toda

Mattie Michael   59

parte, com certeza Ele estava aqui em meio a tanta paz e beleza natural. Então Mattie se sentou e rezou, mas às vezes suas súplicas por consolo se destinavam à sabedoria de um espírito pardo e de olhos azuis que previra este dia e tentara alertá-la.

Mattie ficou horas ali sentada, e ainda assim Basil não apareceu. Olhou pelas janelas para a grama comprida e decidiu cortá-la no dia seguinte depois do trabalho, se as costas não a incomodassem muito. Cuidar da casa sozinha se tornava mais difícil a cada ano. Levantou-se toda dura do sofá e subiu as escadas em direção ao quarto.

Seus chinelinhos raspavam as beiradas dos degraus. Irresponsável, os orientadores dele disseram na escola. Cheio de vida, ela retrucou no íntimo. Basil por acaso não dissera que estavam sempre no pé dele; todos estavam contra ele, menos ela. Mattie tinha sido o refúgio quando ele saltava de escola em escola, de emprego em emprego. Os outros exigiam demais. Sentira tanto orgulho porque ele sempre recorrera a ela – corria para ela quando os acusava de lhe pedirem o impossível. "Irresponsável" – a palavra sussurrada no carpete macio à medida que os pés dela se arrastavam pelos degraus escuros. Ela não exigira nada aqueles anos todos, sem jamais duvidar de que ele estaria lá quando fosse necessário. Havia podado o espírito dele com cuidado para repousar somente nos enclaves dos pedidos dela, e tinha pedido tão pouco que ele sentira a tentação de retornar várias vezes ao longo dos últimos trinta anos, porque o simples fato de existir fora o suficiente para satisfazer as necessidades dela. Mas agora suas costas estavam ficando rígidas pela manhã, e a grama estava crescendo sem controle e se espalhando pelo caminhozinho enquanto ela se içava dolorosamente escada acima, sozinha.

V

Mattie teve um sono leve naquela noite, e sonhou que corria e se escondia de alguma coisa entre os colmos altos de bambu e do mato monstruosamente emaranhado. Estava com uma fome terrível e estranhamente assustada com a coisa invisível que a caçava. Levava um pedaço de cana-de-açúcar na mão, e o pôs na boca e mastigou, tentando interromper a queimação da fome no estômago. Procurava desesperadamente mastigar a cana antes de a coisa que a perseguia encontrá-la. Sentiu-a se aproximando pela grama alta, os passos pesados lhe golpeando os ouvidos, sincronizados com as batidas do coração dela. Gritou quando a coisa escancarou a grama que a cobria. Era Butch. Estava sorrindo e cintilando, e seus olhos eram azuis e giravam loucamente nas órbitas. Tentou forçar a boca dela a se abrir para raspar o bocado triturado de cana-de-açúcar. Agarrou-a pela garganta para impedir que engolisse a saliva, e ela abriu a boca e gritou e gritou — notas agudas que vibravam nos ouvidos dela e enviavam terríveis disparos de dor para a cabeça.

Mattie acordou tremendo e ficou deitada entre as cobertas emaranhadas, confusa. Cobriu as orelhas para bloquear os gritos agudos que continuavam a ecoar na cabeça dela. Um instante depois, percebeu que o barulho vinha do telefone em sua mesinha de cabeceira. O coração ainda martelava quando tateou às cegas pelo auscultador.

"Sim?"

"Mamãe, sou eu."

Segurou o fone de plástico duro no ouvido e tentou dar algum sentido aos impulsos elétricos que formavam palavras — palavras estranhas que não podiam ter nenhuma relação com a voz do outro lado.

Um bar. Uma mulher. Uma briga. Um fichamento.

"Basil?" Com certeza era a voz de Basil.

Impressões digitais. Assassinato. Advogado.

Mattie se sentou na cama, agarrada ao aparelho, e tentou acompanhar essas novas palavras à medida que disparavam do fone e rodopiavam, formando padrões bizarros na cabeça dela. Tentava freneticamente conectá-las em sentenças, frases — qualquer coisa que pudesse situar dentro do próprio mundo —, mas nada daquilo fazia sentido.

"Do que é que você tá falando?", ela gritou para o telefone.

"... E os filhos da puta me bateram! Me bateram, mamãe!" E a voz começou a chorar.

Isso ela entendeu. Condicionada por anos de reação instintiva às lágrimas, a cabeça de Mattie se desanuviou de imediato, e ela pulou da cama.

"Quem te bateu? Onde você tá?"

Quando os ventos do fim de novembro perfuraram as pernas e sopraram sob o casaco dela, Mattie tremeu violentamente e se deu conta de que tinha saído às pressas de casa sem anágua ou meia-calça. Puxou o casaco de tweed mais para perto do pescoço para bloquear o vento e impedir o corpo de tremer de frio, e se dirigiu para a delegacia de polícia. O edifício de tijolos e vidro lançava uma luz fantasmagórica no ar matinal. Fez uma pausa para recuperar o fôlego diante das letras de ferro gravadas sobre a porta, e então empurrou a barra de metal oblíqua e entrou.

O ar cálido do ambiente cheirava a tinta envelhecida e saliva seca. Não havia nada ali a não ser alguns bancos de madeira cheios de marcas e fileiras de portas de vidro fumê fechadas. Esperara ver Basil, e a ausência dele a aterrorizou. Com raiva, se aproximou do policial no balcão.

Estavam com o filho dela. Onde estava o filho dela?

Quem era o filho dela?, o rosto cansado inquiriu.

Basil Michael. Tinha acabado de ligar pra ela daqui. Bateram nele e esconderam ele atrás de uma dessas portas. Estava machucado, e ela exigia saber por quê. Tinha vindo levar ele pra casa.

O rosto cansado suspirou, folheou devagar uma prancheta com papéis e leu um para ela. Ninguém tinha batido no filho dela; ele resistiu à prisão, e os policiais envolvidos haviam usado a devida força para conter o suspeito. Estava detido por homicídio culposo e pela agressão de um agente. Seria indiciado no tribunal penal IVA amanhã à tarde.

Mais palavras novas – palavras frias que significavam apenas uma coisa para ela – não podia ver Basil, e ele estava em algum lugar deste edifício e precisava dela. Como ousavam fazer isso?

Onde estava o filho dela? Ela precisava ver o filho.

Podia ver ele amanhã, antes de ser indiciado.

Queria ver ele agora. Talvez tivessem batido no estômago dele. Ele tinha um estômago fraco e pode ser que precisasse de um médico. Não ia embora até ver o filho.

O sargento Manchester massageou a contratura entre os olhos sonolentos e olhou exausto para a perplexidade desesperada que estava parada diante dele. Qualquer pena que pudesse ter sentido dessa velha mulher negra estava enterrada sob a lembrança de cem outros rostos similares em incontáveis manhãs como essa. Nunca acabava – o alguém de alguém –, todos continuamente apresentados a fim de bater cabeça nas paredes rígidas do devido processo legal.

"Senhora", ele disse com um tom de tristeza genuína, "tem um homem deitado no necrotério por causa de uma discussão num bar com seu filho, e um policial está com o pulso quebrado. Você entende? Se quiser ajudar ele agora, sugiro que consiga um advogado, ou volte e converse com o defensor público à tarde. Essa seria a melhor coisa que você poderia fazer por ele agora. Certo? Por favor, vá pra casa. Aqui está o regulamento e as horas de visitação". E ele curvou a cabeça, voltando aos relatórios.

Mattie olhou para as marcas de tinta no pedaço de papel que ditava as condições para ela voltar a tocar em Basil. Estudou as linhas estreitas e as curvaturas, as vírgulas e os pontos que se interpuseram entre eles, e aquilo penetrou na mente dela. Amassou o papel e o deixou cair no chão.

"Obrigada", ela disse, se virando, e andou na direção da porta.

O sargento Manchester olhou para as costas dela, viu o papel no chão e gritou para ela. "Senhora, você esqueceu dos horários de visita."

"Não esqueci, não", ela disse sem se virar, e saiu pela porta.

Não havia razão para se preocupar, o quatro-olhos ficava lhe dizendo mais tarde naquele dia, depois de ver Basil. A absolvição era certa. Ele era réu primário, e a outra parte tinha provocado a briga. Havia várias testemunhas disso, e do fato de que a morte ocorrera quando a cabeça da outra parte atingira a quina do bar. A agressão ao policial seria um pouquinho complicada, mas o tribunal com certeza suspenderia a sentença quando argumentassem que o réu estava em um estado mental excessivamente agitado. Seria de fato um caso simples, seriam no máximo dois dias depois que fosse levado a julgamento. Quando seria? A data seria agendada amanhã na audiência. Claro, agora ela podia entrar e ver o filho. E, por favor, não havia razão para se preocupar.

Cecil Garvin tirou os óculos e bateu a haste contra os dentes enquanto observava pensativo Mattie dando as costas e saindo. Ele se perguntou por que ela não havia deixado o defensor público assumir um caso tão simples. Receberia honorários polpudos por algo que nem sequer ia requerer um julgamento por um júri se tivesse acontecido no condado vizinho. Bom, ele suspirou, e tornou a pôr os óculos. Graças a Deus pelo desconhecimento da lei e pelas mães descontroladas.

"Querido, não tem nada com que se preocupar", ela disse a Basil enquanto lhe acariciava a mão, tentando acalmar seu olhar assustado. "Fui procurar o reverendo Kelly, e ele me encaminhou para um bom advogado criminalista. E ele diz que tudo vai dar certo, e vai."

"Quando é que eu vou sair daqui? É tudo o que eu quero saber." Arrancou a mão e batucou agitado na mesa.

"Amanhã, depois de algum tipo de audiência, eles vão dizer pra gente quando você vai a julgamento."

"Não entendo isso!", ele explodiu. "Por que tem que ter um julgamento? Foi um acidente! E aquele cara ficava vindo pra cima de mim por causa de uma mulher. Nem sei o nome dele."

"Eu sei, amor, mas um homem morreu, e isso requer algum tipo de procedimento."

"Bom, ele tá melhor do que eu. Esse lugar é o inferno, e olha o que aqueles merdas fizeram com meu rosto."

Mattie estremeceu ao se obrigar a olhar para o rosto ferido. "Disseram que você resistiu à prisão, Basil, e quebrou o pulso de um policial", ela disse baixinho.

"E daí?!" Ele a encarou. "Queriam me mandar pra cadeia por algo que não era culpa minha. Eles não tinham o direito de fazer isso comigo, e agora cê tá defendendo eles."

"Ah, Basil", Mattie suspirou, de repente sentindo a tensão das últimas doze horas, "não tô defendendo ninguém, mas a gente tem que encarar o que aconteceu pra poder sair dessa".

"Não é 'a gente', mamãe, sou eu. Eu tô preso aqui – não você. É asqueroso e fedorento, e ouvi até ratos debaixo da minha cama noite passada."

Pequenos espasmos contraíram o estômago de Mattie. "Então quando vou sair?"

"Amanhã na audiência, quando disserem pra gente a fiança, vou dar um jeito e você pode sair."

"Cê não pode pagar o dinheiro da fiança hoje? Não consigo passar mais uma noite nesse lugar."

"Basil, não tem nada que eu possa fazer hoje. A gente tem que esperar." Mattie apertou os olhos com uma mão trêmula para conter as lágrimas. Nunca na vida se sentira tão impotente. Não havia como lutar contra as marquinhas de tinta que agora controlavam a vida deles. Daria qualquer coisa para tirá-lo desse lugar horrível – ele não entendia isso? Mas aquelas curvaturas, vírgulas e pontos azuis deixaram-na de mãos atadas.

"Certo, beleza. Se não tem como, não tem como", ele disse com amargura, e se levantou da cadeira.

"A gente ainda tem tempo, amor, não quer ficar sentado e conversar?"

"Não tem mais nada pra conversar, mamãe, a menos que cê queira ouvir falar de vasos sanitários quebrados com merda velha de três dias ou dos percevejos que morderam minhas costas ou da comida gordurosa que fico vomitando. Não tenho nada pra te dizer além disso."

Ele deixou Mattie ali sentada, entendendo a frustração dele, mas desejando que tivesse escolhido um jeito mais gentil de magoá-la, como um tapa na cara.

O juiz estabeleceu a fiança no dia seguinte, e Basil recebeu uma data próxima para o julgamento. Cecil Garvin tentou recorrer da fiança, mas o tribunal negou o pedido.

"Perdão, sra. Michael, foi o melhor que consegui fazer. Mas não tem razão, de verdade, para tentar levantar tanto dinheiro. O caso vai a julgamento dentro de duas semanas apenas, e não vai ser um trâmite complicado. Conversei com a procuradoria, e não querem insistir demais na acusação de agressão se retirarmos as insinuações de uso de força indevida na prisão. Então vai ser bom para todas as partes envolvidas. E seu filho vai estar em liberdade em menos de quinze dias."

"Ainda quero dar um jeito de arranjar a fiança", Mattie disse.

Garvin pareceu preocupado. "É uma soma considerável, sra. Michael, e você não tem recursos disponíveis para algo assim."

"Tenho a casa; é minha e foi paga. Não posso dar ela como fiança?"

"Bom, pode, mas você deve entender que a fiança só é afixada pra garantir que o réu apareça no julgamento. Se não aparecer, o tribunal emite uma ordem de prisão para a parte ausente e você perde a garantia. Você entende isso?"

"Entendo."

O advogado olhou pensativo para Basil. "É questão de meras duas semanas, sra. Michael. Alguns réus passam meses aguardando julgamento. Talvez devesse pensar melhor."

Mattie o encarou, e pensava na menina loira na moldura de prata na mesa dele. "Se fosse sua filha trancada num lugar como aquele", ela disse com raiva, "você conseguiria ficar aí parado e dizer a mesma coisa?".

Seu rosto corou, e ele gaguejou por um instante. "Não foi isso que eu quis dizer, sra. Michael. É só que com algumas pessoas é melhor... bom, é com você. É o seu filho, no fim das contas. Passe no escritório que lhe dou os papéis necessários para levar a uma fiadora."

A neve veio cedo naquele ano. Quando Basil e Mattie deixaram a delegacia, os flocos graúdos e macios flutuavam em camadas suaves no ar de novembro. Basil estendeu o braço e tentou pegar um, e riu quando derreteu na mão dele.

"Lembra como eu chorava quando tentava levar um floco de neve pra você e ele sempre desaparecia?" Ergueu o rosto para o céu e deixou a neve cair nas pálpebras cerradas. "Meu Deus, mamãe, isso não é lindo?"

"Lindo? Você sempre detestou a neve."

"Não agora, é maravilhosa. Está bem aqui e cai livre, como eu. Amo a neve!" E passou os braços em torno de si.

As entranhas de Mattie se expandiram para acolher a alegria dele.

"E amo você, mamãe." Pôs o braço em volta do ombro dela e apertou. "Obrigado."

Mattie fez um muxoxo e o empurrou de brincadeira. "Por que me agradecer? Menino, vai lá pegar o carro antes que eu arranje uma gripona nessa sua neve linda."

Mattie ficou olhando enquanto ele atravessava o estacionamento quase cantando, e tomou aquela felicidade e a transformou na própria felicidade, assim como fizera com cada emoção que já havia se apoderado dele. Tomou a doçura da liberdade dele e a deixou rolar pela língua enquanto saboreava os sumos aromáticos e deixava que o líquido viscoso revestisse a boca e escorresse devagar pela garganta.

Ela se banqueteou nessa doçura nas duas semanas seguintes. Basil havia voltado para ela, e ela se deleitava na presença dele. Ele a levava de carro ao trabalho pela manhã e quase sempre estava esperando por ela quando saía. Limparam o quintal juntos e cobriram os arbustos com aniagem. Mudaram a mobília de lugar e ajeitaram o sótão, e ele até lavou as janelas para ela — tarefa que odiava desde a infância. As coisas que fazia para Mattie não tinham fim, e ele não se afastou de casa. Era bom ter uma boa casa para onde voltar, Basil lhe disse. E ela se empanturrou com esse néctar e se permitiu sonhar mais uma vez com a esposa que ele traria para casa e com os netos que conservariam o espírito dela ali.

O advogado telefonou ao fim da segunda semana para lembrá-los de comparecer ao tribunal, e Basil ficou irritadiço. Disse que odiava pensar naquele lugar. Tentara fingir que não existia, e tinha sido tão feliz. Agora isso. E se algo desse errado e o prendessem de novo? Não dava para confiar nesses advogados branquelos — por que se importariam com ele? Aquelas pessoas no bar não eram amigas dele — e se mudassem a história? E se aquela garota agora o odiasse e decidisse mentir? Ele se lembrava do jeito como ela havia gritado ao ver o corpo do homem morto. Sim, ela ia mentir para dar o troco. Ele sabia.

"Estouro os miolos antes de passar a vida na prisão", ele disse a Mattie quando a levava para o trabalho.

"Basil, para de falar idiotice!" A voz era aguda. Não tinha conseguido dormir bem nas últimas duas noites, deitada e ouvindo os passos dele pelo quarto. "Só ouvi bobagem nos últimos dois dias, e tô de saco cheio disso."

"Bobagem!" Ele sacudiu a cabeça para lá e para cá.

"Sim, pura bobagem! Cê não vai para a cadeia porque não fez nada para ir para a cadeia. Na terça a gente vai para o tribunal; vão apresentar todas as provas, e cê vai ficar livre. E só. O advogado disse, e ele é quem sabe."

"Mamãe, ele vai dizer qualquer coisa pra conseguir teu dinheiro. Se alguém oferecer pra ele um centavo a mais do que você pagou, ele mesmo vai me jogar na cadeia e engolir a chave. Você não conhece eles como eu conheço, e você não sabe como é naquelas celas. E vão me mandar pra um lugar pior do que uma prisão municipal." Olhou para ela com pesar. "Eu não ia conseguir aguentar, mamãe. Simplesmente não ia conseguir."

Mattie suspirou, virou a cabeça para o outro lado e olhou pela janela. Não havia nada a dizer. O que quer que estivesse faltando dentro dele que tornava impossível enfrentar as dificuldades da vida não poderia ser suprido com palavras. Ela via isso agora. Havia um vazio no ser dele que fora estofado e acolchoado ao longo dos anos, e agora essa cobertura se tornara impenetrável. Mattie mordeu o lábio inferior e reprimiu um soluço. Deus havia lhe dado o que pedira – um menininho que sempre ia precisar dela.

Sentiu que ele olhava para a nuca dela de tempos em tempos e soube que ficara intrigado com seu silêncio. Ele estava esperando ser adulado e mimado até ficar com um humor menos sombrio, mas ela se forçou a continuar olhando pela janela. Quando o carro estacionou em frente ao lugar em que trabalhava, ela murmurou um tchau e estendeu o braço para a trava. Basil pegou a mão dela, se inclinou e beijou-a na bochecha.

"Tchau, mamãe."

Ficou comovida pela gentileza do carinho dele e se arrependeu na mesma hora da atitude no carro. Com o passar do dia, decidiu fazer as pazes com ele. Afinal, ele estava enfrentando uma pressão enorme, e não era justo que tivesse de suportá-la sozinho. Era assim tão ruim que parecesse precisar do apoio constante dela? Não havia sido treinado para esperar por isso? E ele se esforçara tanto nessas duas últimas semanas; ela não podia decepcioná-lo agora. Ia voltar para casa e preparar um jantar especial para ele – frango cremoso com arroz – algo que ele sempre adorara. Então iam se sentar e conversar, e ela lhe diria, mais uma vez, ou quantas vezes precisasse, que ia dar tudo certo.

Basil não estava esperando por Mattie quando o trabalho chegou ao fim, então ela voltou para casa de ônibus e parou no mercado a fim de comprar as coisas de que precisava para o jantar. Viu, enquanto andava pela rua, que o carro dele não estava estacionado ali em frente e que a casa estava às escuras. Ficou parada por um instante ao lado do portão da frente, primeiro olhando para o espaço onde o carro devia estar e então para as janelas onde não havia luz. Normalmente teria entrado pela porta da frente, tirado o casaco e o pendurado no armário do saguão. Nessa noite, ela entrou em casa pela porta dos fundos, que dava direto na cozinha. Tirou o casaco e o colocou em uma das cadeiras. Havia outra jaqueta dele no armário do saguão que não estaria ali.

Lavou as mãos na pia e na mesma hora começou a cortar o frango e a descascar e fatiar os vegetais. Os pés começaram a doer, mas os chinelinhos de usar em casa estavam na sala, debaixo de uma mesa na qual o radinho portátil dele não estaria, então mancou pela cozinha enquanto terminava o jantar. Deixou a água escorrer pela pia por mais tempo do que o necessário, então largou a faca e pôs

Mattie Michael 71

as panelas no fogão com um pouquinho mais de força. Fez o máximo de barulho que conseguia para afastar a quietude do quarto do andar de cima que insistia em se embrenhar na cozinha, carregando consigo gavetas e armários vazios, um espaço desocupado onde houvera uma mala, o creme dental faltando. Bateu as tampas das panelas e mexeu os molhos em tigelas de alumínio até os braços ficarem cansados. Supervisionou e acompanhou de perto o jantar, abrindo e fechando a porta do forno dúzias de vezes — qualquer coisa para manter a quietude longe até que ele chegasse de carro, dissesse que tinha voltado a si, se sentasse e comesse o frango cremoso, salvasse uma vida inteira de trabalho que jazia entre os tijolos da casa dela.

Os vegetais estavam prontos, o frango quase queimado, e os biscoitos haviam saído do forno. Desligou o bico do gás, abriu a porta do forno e estatelou a fôrma de biscoitos no balcão. Olhava freneticamente para as sombras que se arrastavam pela porta da cozinha e corriam para o armário, tomando pratos e talheres. Bateu a porta do armário, e sem pressa, fazendo muito barulho, arrumou a mesa para duas pessoas. Olhava suplicante pela cozinha, mas não havia mais nada a ser feito. Então puxou a cadeira, deixando as pernas de metal se arrastarem pelos ladrilhos. Sentou-se tremendo, pôs a cabeça nas mãos e esperou pela quietude paciente que espreitava logo além da porta da cozinha.

Uma mão tocou o ombro dela, e Mattie deu um gritinho.

"Não quis assustar a senhora, dona, mas a neve tá bem forte, e a gente tem que levar essas coisas lá pra cima. Dava pra senhora subir e abrir a porta?"

De início, Mattie lançou um olhar vazio para o rosto do homem, e então a mente dela voltou para o lugar depois da longa viagem no tempo. O táxi acabava de voltar pela Brewster Place, e ela o observou virar na avenida e sumir de vista. Seus olhos acompanharam devagar os alpendres rachados e as sarjetas cheias de neve até chegar ao prédio dela. Relanceou o muro e, com um suspiro silencioso, voltou a se lembrar das plantas.

O homem da mudança que havia falado com ela a encarava, desconfortável.

"Ah, sim, desculpe", ela disse, desconcertada. "Tô com as chaves bem aqui, não?" Abriu a bolsinha e começou a procurar por elas.

Os dois homens se olharam, e um deles deu de ombros e apontou o dedo para a cabeça.

Mattie agarrou a chave fria de metal numa das mãos, pôs a outra na balaustrada de ferro e subiu até o alpendre da entrada da frente. Quando abriu a porta e entrou no corredor sombrio, um floco de neve entrou em sua gola, derreteu e escorreu por suas costas feito lágrima congelada.

Etta Mae Johnson

As paredes cruas do ambiente comprido e retangular esta-vam impregnadas com o cheiro de frango gorduroso e cerveja quente e choca. Os rostos pretos e rosados flutuavam acima dos rastros de fumaça velha de cigarro feito balões de gás soltos. A mulher rechonchuda e parda com gardênias bran-cas presas na lateral da cabeça estava parada com as costas apoiadas contra a lateral descascada do piano de cauda e tentava penetrar no zumbido dilatado do ambiente com a voz delicada e áspera. Sem se abalar com o fato de a maioria continuar a ignorá-la, gesticulou para o pianista começar.

Não era a música, as palavras ou a mulher que agarrava aquele lugar pela garganta até ele engasgar em busca de ar — era a dor. Ali estava uma mocinha do Sul, Etta Johnson, en-fiada numa mesa de canto, e ela nunca esqueceu. A música, a mulher, as palavras.

> *I love my man*
> *I'm a lie if I say I don't*
> *I love my man*
> *I'm a lie if I say I don't*
> *But I'll quit my man*
> *I'm a lie if I say I won't*

My man wouldn't give me no breakfast
Wouldn't give me no dinner
Squawked about my supper
Then he put me out of doors
Had the nerve to lay
A matchbox to my clothes
I didn't have so many
But I had a long, long way to go[6]

As crianças desabrocharam na Brewster Place durante julho e agosto com bermudas coloridas e camisetas coladas a pernas e braços dourados, negros e castanhos; decoraram as ruas, rivalizando com os gerânios e a hera da avenida bem cuidada do centro. O verão parecia ter desalojado as pessoas dos apartamentos exíguos e as atraído para os alpendres, assim como desalojava as gotinhas de suor das testas e costas.

O Cadillac verde-maçã com capota de vinil branco e placa da Flórida virou na Brewster como uma naja untuosa. Como Etta havia parado em um posto Mobil três quarteirões antes para enxaguar as evidências de uma jornada quente e poeirenta de 2 mil quilômetros até em casa, o cromado absorvia os raios do sol alto da tarde e os disparava direto de volta. Tinha escolhido bem a hora.

---

6 Da música "Billie's Blues", de Billie Holiday: "Amo meu homem/ Sou uma fraude se disser que não/ Amo meu homem/ Sou uma fraude se disser que não/ Mas vou abandonar meu homem/ Sou uma fraude se disser que não// Meu homem não me dava café da manhã/ Não me dava o jantar/ Ralhava por causa da ceia/ Então me pôs para fora/ Teve a audácia de largar/ Uma caixa de fósforos nas minhas roupas/ Não tinha tantas assim/ Mas tinha um longo, longo caminho a percorrer".

As crianças, livres do comedimento condicionado das suas versões mais velhas, correram pelas calçadas flanqueando esse curioso e lento acréscimo ao mundo delas. Cada olho na vizinhança, fosse aberta ou disfarçadamente, estava na porta do carro quando ela se abriu. Foram recompensados pelo surgimento de um par de sandálias brancas de couro atadas a tornozelos estreitos e pernas levemente arqueadas e torneadas. O vestido de verão verde-claro, posto fazia só dez minutos pela mulher baixinha cor de noz-moscada, aderia a um corpo que quase havia vencido a corrida contra o tempo. Óculos escuros enormes e bicolores escondiam a exaustão que resistia ao rímel recém-aplicado e à sombra bege. Depois de levar o dobro do tempo necessário para se espreguiçar, ela estendeu a mão para o banco de trás do carro e puxou a sacola plástica que continha suas roupas e os discos da Billie Holliday.

A curiosidade das crianças chegou ao fim do curto ciclo vital, e elas voltaram às múltiplas brincadeiras. Os adultos soltaram um muxoxo, desapontados, e os mais invejosos sentiram a superioridade moral lhes retorcer o canto da boca. Era só a Etta. Parecia que tinha se virado bem sozinha – dessa vez.

Ela atravessou a rua devagar – a cabeça erguida e os olhos fixos sem hesitação no destino. A meia dúzia de discos estava apertada na frente do peito como uma armadura de papelão.

There ain't nothing I ever do
Or nothing I ever say
That folks don't criticize me
But I'm going to do
Just what I want to, anyway
And don't care just what people say

If I should take a notion
To jump into the ocean
Ain't nobody's business if I do...[7]

E os que se dignavam cumprimentá-la nunca usavam o primeiro nome dela. Ninguém chamava Etta Mae de "Etta", apenas mentalmente; e, quando falavam dela entre si, era Etta Johnson; quando se dirigiam diretamente a ela, porém, era sempre srta. Johnson. Isso a desconcertava, porque sabia o que pensavam a seu respeito, e sempre os chamava pelo primeiro nome e os instava a fazer o mesmo. Porém, depois de algumas tentativas desajeitadas, eles retomavam o padrão com o qual por algum motivo se sentiam confortáveis. Etta não sabia se aquilo era para manter a distância da parte deles ou da dela, mas a distância estava lá. E aprendera a nadar contra a corrente tão bem que, para um observador ocasional, ela dominara o velho segredo de andar sobre as águas.

Mattie estava sentada na poltrona de brocado empurrada até a janela da frente, e ficou observando a aproximação corajosa da amiga pela tela empoeirada. Ainda carregando aqueles discos enormes por aí, pensou. Essa mulher é um mistério.

Mattie se levantou para abrir a porta, assim Etta não teria de se esforçar para bater, com os braços cheios de coisas. "Deus do céu, menina, obrigada", ela soltou, sem fôlego. "Quanto mais jovem eu fico, mais altos esses degraus parecem se tornar."

---

7 Da música "Ain't Nobody's Business If I Do", de Billie Holiday: "Não tem nada que eu faça/ Ou nada que eu diga/ Que as pessoas não critiquem/ Mas simplesmente vou fazer/ O que eu quero de qualquer jeito/ E não ligo para o que as pessoas dizem/ Se eu tivesse a ideia/ De pular no mar/ Não ia ser da conta de ninguém se eu pulasse".

Largou o peso no sofá e arrancou os óculos escuros. Respirou fundo a liberdade que encontrava na presença de Mattie. Aqui não tinha escolha exceto ser ela mesma. As armadilhas construídas com cuidado, que remanejava e mudava constantemente para se ajustarem à situação, não tinham qualquer utilidade aqui. Etta e Mattie se conheciam havia muito tempo, e tinham uma relação singular que reivindicava o conhecimento mútuo de todos os eventos importantes da vida delas, e de quase todos os desimportantes. E, por direito de posse, esse conhecimento não admitia segredos.

"Senta aí e dá uma descansada. Deve ter sido uma viagem difícil. Quando cê disse que tava vindo, não esperava que viesse dirigindo."

"Pra falar a verdade, nem eu esperava, Mattie. Mas o Simeon ficou bem intratável quando eu disse que tava indo pra casa, e não quis me dar o dinheiro que prometeu pra passagem de avião. Então eu disse: só me dá metade que eu pego o trem. Bom, ele não ia dar nem isso. E, Mattie, cê sabe que nem morta eu ia chegar nessa cidade num ônibus velho e esbagaçado da Greyhound. Então uma noite dessas ele tava na minha casa todo bebaço e roncando, e, do jeito mais gentil que foi possível, peguei a chave e o documento do carro, e então aqui estou."

"Meu Deus, mulher! Cê roubou o carro do sujeito?"

"Roubei... nada. Ele me deve isso e uma grana."

"É, mas a polícia não quer saber disso. É surpreendente que a polícia rodoviária não tenha te parado antes."

"Não me pararam porque o Simeon não deu queixa."

"Como é que cê sabe?"

"O pai da esposa dele é o xerife do condado." A risada ficou perigosamente suspensa no canto dos olhos e da boca das duas mulheres.

Etta Mae Johnson   79

"É, mas ele podia dizer que você deu uma de trombadinha."

Etta foi até a sacola de roupas e sacou um calção vermelho e cor-de-rosa com monograma. "Ia ter que ser uma tremenda de uma trombadinha pra levar isso." A risada soltou o aperto fraco na boca delas e começou a ricochetear loucamente pelas paredes da sala.

Them that's got shall get
Them that's not shall lose
So the Bible says
And it still is news

Toda vez que a risada tentava se aquietar, as duas mulheres olhavam uma para a outra e a lançavam entre elas uma vez mais.

Mama may have
Papa may have
But God bless the child
That's got his own
That's got his own[8]

"Deus do céu, Tut, cê é uma figuraça." Mattie secou as lágrimas das bochechas com as costas de uma mão escura enorme.

Etta era incapaz de contar os anos que haviam se passado desde que ouvira alguém chamá-la assim. Olha só praquela menininha estufando o peito por aí feito um

---

8   Da música "God Bless the Child", de Billie Holiday: "Os que têm, têm de ter/ Os que não têm, têm de perder/ É o que a Bíblia diz/ E ainda se fala nisso// Mamãe pode ter/ Papai pode ter/ Mas Deus abençoe a criança/ Que tem o que é dela/ Que tem o que é dela".

galo de briga. Cê ia pensar que ela era a esposa do faraó Tutancâmon. O apelido tinha pegado porque Etta nunca perdeu aquele jeito de andar. O pó desbotado e o barro vermelho do interior de Rock Vale, Tennessee, podiam envolver seus pés descalços e cobrir a parte de trás das pernas fortes e carnudas, mas Etta sempre lançava os ombros para trás das clavículas e projetava o queixo na direção do horizonte que veio a representar tudo o que Rock Vale não representava.

Etta passou os anos de adolescência se metendo em problemas o tempo inteiro. Rock Vale não tinha lugar para uma mulher negra que não só não estava disposta a jogar conforme as regras, como também desafiava, com seu espírito, o próprio direito de o jogo existir. Os brancos de Rock Vale eram dolorosamente lembrados dessa insubordinação quando ela os olhava bem na cara enquanto pegava o pedido do pai na mercearia, quando reservava os "senhor" e "dona" para aqueles que achava que mereciam e quando sorria só se estivesse satisfeita, não importava na presença de quem estivesse. Aquela menina Johnson não estava sendo uma neguinha de nariz empinado, como se dizia; estava simplesmente sendo ela mesma.

> *Southern trees bear strange fruit*
> *Blood on the leaves and blood at the root*
> *Black bodies swinging*
> *In the southern breeze*
> *Strange fruit hanging*
> *From the poplar trees*[9]

9 Da música "Strange Fruit", de Billie Holiday: "As árvores do Sul carregam um fruto estranho/ Sangue nas folhas e sangue nas raízes/ Corpos pretos balançando/ Nas brisas do Sul/ Frutos estranhos dependurados/ Nos álamos".

Mas o condado de Rutheford não estava pronto para o desabrochar da independência de Etta, então ela foi embora numa noite de verão chuvosa, três horas antes do amanhecer e da perseguição dos parentes furiosos do John Brick. Mattie lhe escreveu e disse que haviam esperado dois dias numa emboscada nos limites do condado, e então voltaram e atearam fogo no celeiro do pai dela. O xerife disse ao sr. Johnson que a coisa tinha saído muitíssimo barata — considerando-se a situação. O sr. Johnson também achava. Depois de ler a carta de Mattie, Etta se arrependeu de não ter matado o branco tarado e desgraçado quando teve a chance.

Rock Vale a seguiu até Memphis, Detroit, Chicago e mesmo Nova York. Etta logo descobriu que os Estados Unidos ainda não estavam prontos para ela — não em 1937. E então, junto com as outras incontáveis filhas de Cam desiludidas e inquietas, com tanto a oferecer e nenhum lugar onde oferecer tanto, levou seus talentos para as ruas. E aprendeu a superar, a se ligar a qualquer astro negro promissor em ascendência, e, quando a cintilação dele se apagava, encontrava outro.

Sua juventude declinara depressa sob a pressão implacável dos novos tempos, mas ela existia como sempre existira. Mesmo que alguém tivesse se dado ao trabalho de parar e lhe dizer que o universo havia se expandido para ela, só uns centímetros, ela não saberia como brilhar sozinha.

Etta e Mattie tinham tomado caminhos totalmente diferentes, que, com todas as sinuosidades ilusórias, haviam dado ambos na Brewster Place. A risada agora as atraiu para um círculo conspiratório contra todos os Simeão além daquela rua sem saída, e não cessou até estarem ambas fracas por causa das lágrimas que lhes escorriam pelo rosto.

"Então", Mattie disse, assoando o nariz em um lenço enorme de algodão, "no caso de cê ficar longe da cadeia, que é que cê planeja fazer agora?".

"Menina, não sei dizer." Etta voltou a desabar no sofá. "Eu devia conseguir uns 2 mil pelo carro pra segurar as pontas até aparecer outra oportunidade de negócio."

Mattie ergueu só um milímetro de uma sobrancelha. "Não tá na hora de cê encontrar um emprego normal? Nos últimos anos essas *oportunidades de negócios* aí foram poucas e bem espaçadas."

Etta soltou um muxoxo. "Um emprego pra fazer o quê? Qual é, Mattie, que tipo de experiência eu tenho? Seis meses aqui, três ali. Devia arranjar um homem bom e sossegar pra viver tranquila na velhice." Confiante, penteou com os dedos os cabelos alaranjados e grossos que só precisavam de um leve toque de tinta nas raízes, e se concedeu mentalmente mais quinze anos antes de ter de se preocupar com esse destino final.

Mattie, vendo o cansaço se alastrar pelos olhos dela, lhe concedeu cinco. "Você conheceu uns promissores ao longo do caminho, Etta."

"Não, querida, só parecia que eram. Convenhamos, Mattie. Todos os homens bons estão ou mortos ou esperando pra nascer."

"Por que cê não vai ao culto comigo hoje à noite? Tem uns homens de cabeça boa na nossa igreja, alguns viúvos e tudo o mais. E rezar um pouquinho não ia fazer mal pra sua alma, nem de longe."

"Agradeço se deixar a minha alma em paz, Mattie Michael. E se a tua igreja tá cheia de cristãos direitos, por que é que cê ainda não fisgou um?"

"Etta, faz um bom tempo que apaguei esse fogo, mas vendo que cê ainda tá abanando as brasas...." Os olhos dela estavam repletos de bondade brincalhona.

Etta Mae Johnson 83

"Mal e mal, Mattie, só mal e mal."

E a risada voltou a ressoar no interior do 2E.

"Etta, Etta Mae!" Mattie batia na porta do banheiro. "Sai daí agora. Você tá me atrasando pro culto."

"Só mais um segundo, Mattie. A igreja não vai fugir."

"Deus do céu", Mattie resmungou, "ela é um tiquinho de gente, não devia levar mais do que um tiquinho pra ficar pronta".

Etta saiu do banheiro com uma pressa exagerada. "Minha nossa, cê é a cristã mais impaciente que eu conheço."

"Provavelmente a única cristã que cê conhece." Mattie não se deixou animar ao se curvar para pegar o blusão e a bolsa. Virou-se e ficou atordoada com um bombardeio de cores. Um chapéu de palha branco e enorme reinava sobre camadas de ouro e pérolas que cobriam um busto gigantesco e um vestido minúsculo. "Cê pretende deslumbrar o Senhor, Etta?"

"Bom, querida", Etta disse, olhando a parte de trás da meia-calça para se certificar de que não havia fios puxados, "da última vez que eu tive notícias, Ele não tava disponível. Cê tem novidades?".

"Hum, hum, hum." Mattie pressionou os lábios e balançou a cabeça devagar para engolir a risada que sentiu subindo pela garganta. Vendo que não teria sucesso, desviou o rosto de Etta depressa e se encaminhou para a porta. "Só arrasta a carcaça blasfema lá pra baixo. Já perdi o culto da manhã esperando por você hoje."

A Igreja Batista de Canaã, um colosso taciturno e cinzento, ficava no centro de um quarteirão de casas decadentes. Seus olhos multicoloridos e no formato de cúpula brilhavam em meio à escuridão. Palmas furiosas e acordes trovejantes de um órgão disparavam por sua boca. O culto da tarde havia começado.

A congregação de Canaã, os pobres que viviam numa área de trinta quarteirões em torno da Brewster Place, ainda louvava a Deus fazendo barulho. Não podiam bancar a bênção refinada e abafada dos negros mais prósperos que frequentavam a Sinai Batista no extremo norte da cidade, e, já que cada um de seus pedidos de consolo era tão urgente, não iam arriscar que Deus não os ouvisse.

When Israel was in Egypt's land,
Let my people go
Oppressed so hard, they could not stand
Let my people go!

As palavras eram tão antigas quanto a origem de seu sofrimento, mas o ritmo ficara três vezes mais rápido em sua evolução dos campos de algodão. Agora elas eram cantadas com a determinação desvairada de um povo que se dera conta de que o mundo estava mudando depressa, mas por alguma razão mística e complexa o fardo deles continuava o mesmo.

God said to go down
Go down
Brother Moses
Brother Moses
To the shore of the great Nile River

O coro batia mãos e pés para conferir a cada sílaba uma realidade devastadora, e ao fazer isso a congregação se ergueu, agarrou a frase e tentou bater mãos e pés para voltar a relegá-la ao esquecimento.

Go to Egypt
Go to Egypt
Tell Pharaoh
Tell Pharaoh
Let my people go[10]

Etta entrou pelos fundos da igreja como uma filha pródiga relutante, preparada no máximo para achar graça. A batida estranha, o calor e os corpos escuros reluzentes a arrastaram até o passado, até as cinzas da inocência, a um tempo em que a dor podia ser castrada nas bordas afiadas da fé. Seu sangue disparou até as têmporas e começou a latejar em uníssono com as súplicas musicais em torno.

Yes, my God is a mighty God
Lord, deliver
And he set old Israel free
Swallowed that Egyptian army
Lord, deliver
With the waves of the great Red Sea[11]

Etta lançou um olhar para Mattie, que estava se balançando e murmurando, e viu que as linhas no rosto dela haviam desaparecido quase por completo. Deixara Etta naquele instante para adentrar um lugar onde era

10 Da canção "Go Down Moses": "Quando Israel estava nas terras do Egito/ Liberte meu povo/ Tão oprimidos, eles não suportaram/ Liberte meu povo// Deus disse desça/ Desça/ Irmão Moisés/ Irmão Moisés/ Até a margem do grande rio Nilo/ Vá para o Egito/ Vá para o Egito/ Diga ao faraó/ Diga ao faraó/ Para libertar meu povo".
11 "Sim, meu Deus é um Deus poderoso/ Deus, cumpra/ E ele libertou a velha Israel/ Engoliu aquele exército egípcio/ Deus, cumpra/ Com as ondas do grande mar Vermelho."

livre. Com tristeza, Etta olhou para ela, para todos eles, e ficou com muita inveja. Desabituada à textura irritante da dúvida, sentiu as lágrimas abrasivas à medida que irritavam a pele frágil de sua vida. Poderia ter havido outro caminho?

A canção terminou com uma tremenda expiração, e a congregação se sentou como um único corpo.

"Vem, vamos arranjar um lugar." Mattie a puxou pelo braço.

O diácono grisalho com o terno pendendo frouxo dos ombros inclinados subiu no púlpito para uma leitura dos assuntos da igreja.

"Esse é um dos viúvos de que eu tava falando", Mattie sussurrou e cutucou Etta.

"Huum." A pressão no braço trouxe Etta de volta para o banco de madeira desconfortável. Mas ela não queria ficar ali, então voltou a se elevar e a sair pela janela, pelos olhos de vitral do Bom Pastor de 2 metros, e recomeçou a fútil tecelagem dos *e se* invisíveis e dos escorregadios *quem sabe* em um passado igualmente inalcançável.

As cenas da sua vida oscilavam diante dela com o mesmo roteiro envelhecido; mas agora a visão retrospectiva ocupava a posição de diretora onisciente e fazia a jovem estrela do épico pronunciar frases diferentes e brilhantes e tomar o tipo de decisão impressionante que a impulsionou aos assentos acolchoados da primeira fila ao lado do púlpito do pastor. Ali ela se sentou com as esposas dos diáconos, encarregadas da Liga das Senhoras e principais organizadoras. E, como elas, teria nas costas centenas de pares de olhos respeitosos conquistados com dificuldade, e não com a facilidade com que havia conquistado o vestido de verão vermelho, que agora, autoconsciente, puxava para cima na parte da frente. Era tarde demais?

Etta Mae Johnson 87

Os assuntos oficiais chegaram ao fim, o tesoureiro ajeitou as lapelas puídas, limpou a garganta e anunciou o orador convidado da noite.

O homem era magnífico.

Ele deslizou para o palanque com a facilidade de uma máquina bem lubrificada e ficou parado, imóvel, por um longo e interminável momento. Fitava confiante a congregação. Só precisava de sua atenção por aquela fração de segundo porque, assim que a conquistasse, ia envolver aquelas almas com a voz e apertar até que gritassem para ser soltas. Sabiam que aquilo estava por vir e aguardavam expectantes, respirando em uníssono feito um único corpo. Primeiro ele brincou, e lançou finos fios de seda que lhes afagaram com muita gentileza os músculos do coração. Estremeceram em êxtase com o toque e pediram por mais. Os fios se multiplicaram e se entrelaçaram firmemente em volta do único órgão pulsante que haviam se tornado, e ele apertou de leve, testando a reação.

O "Amém, irmãos" e o "Sim, Jesus" eram a permissão dele para dar aquele pequeno salto do coração para a alma e pôr toda a pretensa gentileza de lado. Agora ele ia ter de forçar e socar com os punhos cerrados para ser sentido, e não ousava interromper o ritmo furioso da voz até as respostas terem atingido aquele tom febril de satisfação. Sim, Senhor — esmerilhe os cortiços gelados! Jesus misericordioso — suma com o patrão que não paga direito. Pai perfeito — me preencha, me preencha até não haver espaço para mais nada, nem mesmo para aquele mundo gigantesco lá fora que exige uma punição tão estranha por eu ter nascido negro.

Era um trabalho duro. Havia tanta coisa neles que precisava ser restituída. O peito do pastor arfava em longos espasmos, e o suor escorria das têmporas grisalhas e rolava até o queixo. A voz potente estava agora rouca, e as pernas e os braços erguidos tremiam à beira do colapso. E, como sempre, estavam satisfeitos meio segundo antes de a resistência dele chegar ao fim. Eles voltaram a se sentar, fracos e exaustos, mas momentaneamente em paz. Nenhum preço era alto demais para esse culto. Naquele instante, eles o teriam seguido em uma batalha contra o imperador do mundo, e tudo o que ia lhes pedir era dinheiro para a "obra do Senhor". E de bom grado dariam mais da metade do pouco que tinham para continuar a confortar aquele homem.

Etta não tinha ouvido a mensagem; ficara observando o homem. O corpo dele se movia com o ar daquele que não conhecera a privação recente. O tom da pele e o volume em torno do maxilar lhe diziam que era abastado, mesmo antes de chegar perto o bastante para ver as unhas bem cuidadas e o anel de diamante no mindinho.

As técnicas que ele usara a fim de deixar uma marca nas mentes da congregação não eram novas para ela. Havia encontrado talentos assim em salões de bilhar, casas noturnas, companhias de seguro encardidas no segundo andar, numerosos antros e em uma dúzia de esquinas. Mas aqui havia uma espécie distinta de poder. Os instintos forjados na luta de um homem como esse podiam levá-la para a parte dianteira da igreja, à frente das esposas dos diáconos e da Liga das Senhoras, e para longe da Brewster Place para todo o sempre. Ia encontrar não apenas luxo, mas um lugar que ia dar o toque final no tipo de mulher que ela havia batalhado aqueles anos todos para se tornar.

"Mattie, esse é seu pastor de sempre?", ela sussurrou.

"Quem, o reverendo Woods? Não, ele só vem de vez em quando, mas com certeza sabe pregar, né?"

"O que você sabe sobre ele, ele é casado?"

Mattie estreitou os olhos para Etta. "Devia ter imaginado que não foi o sermão que te comoveu. Pelo menos espera até depois da oração antes de pular de cabeça nos assuntos do homem."

Durante a canção de encerramento e a oração, Etta pensava em como ia fazer para levar Mattie até a parte da frente da igreja, para apresentá-la ao reverendo Woods. Não ia ser tão difícil quanto imaginou. Moreland T. Woods notara Etta no momento em que ela havia entrado na igreja. Ela sobressaía como um pássaro vermelho brilhante em meio à moral embrutecida que secava os seios e criava camadas em torno da barriga das outras irmãs da igreja. Essa mulher ainda gotejava os sumos de uma vida repleta de carnalidade – o tipo de vida que ele estava prestes a condenar, para o resto da congregação, à danação eterna no inferno –, mas como lhe caía bem. Ele teve de engolir para remover o excesso de fluido na boca antes de se levantar para pregar.

Agora o problema era conseguir chegar até os fundos da igreja antes que ela saísse sem parecer que estava com uma pressa especial. Meia dúzia de tapinhas nas costas, apertos de mão e muito-obrigado-irmãs só lhe permitiram andar dez passos no corredor, e ele estava ficando impaciente. Porém não ousava virar o pescoço e olhar na direção em que a vira pela última vez. Sentiu uma mão no antebraço e se voltou para ver uma Mattie sorridente ladeada pela mulher de vestido escarlate.

"Reverendo Woods, gostei de verdade do sermão", Mattie disse.

"Ora, obrigado, irmã… irmã?"

"Irmã Michael, Mattie Michael." Enquanto ele lhe dirigia as palavras, o sorriso que enviava para Etta por cima do ombro de Mattie era incontestável.

"Em especial da parte", Mattie ergueu um pouquinho a voz, "sobre manter a tentação à distância para salvaguardar a alma. Foi um resumo poderoso".

"O Senhor me toca e eu falo, irmã Michael. Sou só um humilde instrumento da voz dele."

A direção e a intenção do sorriso dele não escaparam a Etta. Ela se posicionou devagar diante de Mattie. "Também gostei, reverendo Woods. Fazia um bom tempo que não ouvia um sermão assim." Ela aumentou a pressão dos dedos no braço de Mattie.

"Ah, perdão pelos meus modos. Reverendo Woods, essa é uma velha amiga minha, Etta Mae Johnson. Etta Mae, reverendo Woods." Deu às palavras uma entonação de quem recitava uma ode.

"Encantado em conhecê-la, irmã Johnson." Ele olhou para baixo e sorriu para a mulher pequenina, segurando a mão dela um segundo a mais do que o usual de propósito. "Você deve ser uma nova membra – não lembro de ter visto você nas vezes que estive aqui antes."

"Bom, não, reverendo. Não sou uma membra da congregação, mas fui criada na Igreja. Sabe como é, quando a gente cresce, às vezes se desvia. Mas, depois do seu sermão, estou pensando de verdade em voltar."

Mattie se enrijeceu, torcendo para que o raio com o qual Deus com certeza ia atingir Etta não a acertasse por engano.

"Bom, você sabe o que diz a Bíblia, irmã. Os anjos se regozijam mais com um pecador que regressa do que com 99 justos."

"Sim, de fato, e tenho certeza de que um pastor como você ajudou vários a retornar para o rebanho." Ergueu a cabeça e lhe deu o benefício completo dos olhos escuros redondos, grata por não ter passado aquela terceira camada de rímel.

"Eu tento, irmã Johnson, eu tento."

"É uma pena que a sra. Woods não estivesse aqui hoje à noite para ouvir você. Tenho certeza que ela deve se orgulhar do trabalho que você faz."

Etta Mae Johnson

"Minha esposa está em outro plano, irmã Johnson. Penso em mim agora como um homem sozinho – e que ela descanse em paz."

"Sim, que descanse em paz", Etta suspirou.

"Por favor, Senhor, sim", Mattie murmurou, fazendo o único pedido sincero entre os três. A intensidade do apelo os surpreendeu, e os dois se voltaram para olhar para ela. "Só Deus sabe como a vida é difícil, ela tá melhor nos braços de Jesus."

"Sim." Etta estreitou os olhos para Mattie e então voltou a se virar para o pastor. "Sou testemunha disso. Ser uma mulher sozinha parece ainda mais difícil. Às vezes você não sabe para onde correr."

Moreland Woods sabia que Etta era o tipo de mulher que não só sabia para qual direção correr como, na maior parte das vezes, tinha aberto a própria estrada quando não havia mais nada ao alcance. Mas estava gostando um bocado do jogo – quase tanto quanto do calor que lhe subia pela virilha.

"Bom, se eu puder ser de alguma ajuda, irmã Johnson, não hesite em falar. Não conseguiria dormir sabendo que uma das ovelhas do Senhor está em apuros. Aliás, se tem qualquer coisa que queira discutir comigo hoje à noite, ficaria feliz de acompanhar você até em casa."

"Não tenho minha própria casa. Sabe, acabei de chegar de outro estado e tô ficando com minha amiga Mattie aqui."

"Bom, quem sabe se nós três fôssemos tomar um café."

"Muito obrigada, mas tenho que declinar, reverendo", Mattie se adiantou antes que Etta recusasse em nome dela. "O culto me cansou muito, mas, se a Etta quiser ir, ela pode."

"Seria ótimo", Etta disse.

"Que bom, que bom." E agora foi a vez dele de lhe dar o benefício de uma boca cheia de dentes fortes e com obturações de ouro. "Só deixa eu me despedir de um pessoal aqui, e encontro você lá fora."

"Menina, cê devia patentear essa velocidade e vender pras companhias aéreas", Mattie disse lá fora. "'Depois desse sermão, reverendo, estou pensando em voltar' — claro!"

"Ah, sossega esse facho."

"Eu tô dizendo que, se você tivesse agitado os cílios só um pouquinho mais rápido, a gente ia ter uma tempestade de areia lá dentro."

"Você disse que queria que eu conhecesse uns caras bacanas. Bom, conheci um."

"Etta, eu quis dizer um homem que quisesse de verdade ter uma vida com você." Mattie estava exasperada. "Ora, cê tá se comportando feito uma colegial. Cê não consegue ver o que tá se passando na cabeça dele?"

Etta virou um rosto indignado para Mattie. "A única coisa que eu vejo é você me dizendo que não sou boa o suficiente para um homem como aquele. Ah, não, a Etta Johnson não. Nenhum homem decente e íntegro jamais ia conseguir enxergar qualquer coisa nela além de uma diversão rápida. Bom, vou te dizer uma coisa, Mattie Michael. Sempre tive tudo do bom e do melhor, talvez não do jeito que cê ia aprovar com todos aqueles belos princípios cristãos, mas pra mim funcionou. E vou continuar por cima até partir desse mundo. Cê acha que eu não tenho espelho? A cada ano tem uma nova ruga pra cobrir. Eu deito com esse corpo e me levanto com ele toda manhã, e a cada manhã ele implora pra descansar um pouquinho mais do que no dia anterior. Bom, finalmente vou ter esse descanso, e vai ser com um homem como o reverendo Woods. E você e o resto desses fofoqueiros palermas da Brewster podem ir pro inferno!" As lágrimas congelaram o final das últimas palavras dela.

"Vão sussurrar num tom diferente quando eu aparecer por lá como a esposa de um grande pregador. Eu sempre soube o que diziam de mim pelas minhas costas, mas nunca pensei que cê tivesse lá com eles."

Mattie ficou estupefata com o discurso da amiga. Como Etta podia ter interpretado tão absurdamente mal as palavras dela? O que tinha acontecido ali para lhe embotar a razão a ponto de ela não enxergar o óbvio? Não era possível que acreditasse, claro que não, que as vibrações emanadas daquele joguinho profano no corredor da igreja iam levar a algo tão definitivo quanto o casamento! Ora, não houve nada além de gestos ostensivos convidando à dança do acasalamento. Mattie tinha feito os mesmos movimentos ao menos uma vez na vida, e Etta devia conhecer dúzias de variações que eram um mistério para ela. E ainda assim, de alguma forma, a música tocada ali embaralhou totalmente os passos da amiga. De súbito, Mattie sentiu a impotência de uma pessoa que é obrigada a explicar algo para o qual não existem palavras.

Ela se virou em silêncio e começou a descer os degraus. Não havia necessidade de se defender contra as acusações de Etta. Compartilhavam pelo menos cem lembranças que podiam desmentir aquelas palavras cruéis. Que falassem por ela.

Às vezes, ser amiga significa dominar a arte de esperar a hora certa. Há uma hora de silêncio. Uma hora de deixar para lá e de permitir que as pessoas se machuquem ao seguir o próprio destino. E uma hora de se preparar para recolher os caquinhos quando estiver tudo terminado. Mattie se deu conta de que esse momento requeria as três coisas.

"Te vejo lá em casa, Etta", disparou com gentileza por cima do ombro.

Etta ficou olhando a figura corpulenta ser engolida devagar pelas sombras. As palavras iradas haviam formado um muco espesso em sua garganta, e não conseguia engoli-las. Começou a correr pela escuridão onde vira Mattie desaparecer, mas naquele instante Moreland Woods saiu da igreja iluminada sorrindo.

Ele lhe tomou o braço e a ajudou a se sentar no banco da frente do carro. As costas dela afundaram no estofamento de couro confortável. Todos os sons noturnos naturais da cidade foram bloqueados pelos vidros grossos e escurecidos e pelo zumbido do ar-condicionado, mas seguiram no encalço da traseira lustrosa do veículo quando ele virou e desceu pela avenida cinzenta e longa.

> *Smooth road*
> *Clear day*
> *But why am I the only one*
> *Traveling this way*
> *How strange the road to love*
> *Should be so easy*
> *Can there be a detour ahead?*[12]

Moreland Woods estava encantado com a linda mulher a seu lado. A carne firme e marrom e os olhos brilhantes dela traziam a essência do néctar de alguma flor exótica e selvagem, e o perfume lhe causava uma agitação agradável na boca do estômago. Ficava maravilhado com a destreza com que ela jogava o jogo. Um observador menos atento podia ser ludibriado, mas a

---

12 Da música "Detour Ahead", de Billie Holiday: "Boa estrada/ Dia luminoso/ Mas por que sou a única/ A ir nessa direção/ Como é estranho o caminho para o amor/ Devia ser tão fácil/ Será que há um desvio mais adiante?".

sobrevivência dele dependia de conhecer as pessoas, de saber exatamente o que dar e o quão pouco tomar. Foi esse instinto refinado que o catapultou para o topo da profissão e que o manteria ali.

E embora ela embaralhasse as cartas com uma confiança descuidada, empurrando as fichas para o centro da mesa como se o estoque fosse ilimitado e pudesse sustentar a partida até o amanhecer, ele sabia. Ah, sim. Era só deixá-la vencer algumas, aí ele venceria algumas a mais, e ela estaria depauperada bem antes de o sol nascer. E então só restaria uma coisa a ser posta na mesa — e ela ia pôr, porque o valor da aposta era muito alto. Mas ela ia perder aquela última coisa. Ia perder porque, quando se sentou naquele carro, para início de conversa, contava plenamente com o fato de que ele não sabia que o jogo existia.

E assim foi. A noite inteira Etta esteve em outro mundo, entrelaçando o terno sob medida e o cheiro da colônia cara dele num futuro personalizado para ela. Foram necessárias as últimas estocadas convulsivas no corpo dela para trazê-la de volta à realidade. Chegou a tempo de senti-lo se debatendo contra ela como uma morsa moribunda, até estremecer e se imobilizar.

Manteve os olhos fechados porque sabia que assim que os abrisse teria as velhas imagens familiares à sua volta. À direita estaria a mesinha revestida de plástico que combinava com a cabeceira entalhada barata da cama em que estava deitada. Sentiu a aspereza do lençol alvejado sob as costas suadas e previu a dureza do tapete desgastado que ia da cama até o banheiro de azulejos brancos com lâmpadas fluorescentes, toalhas esterilizadas e copos de água envoltos em guardanapos. Haveria dois ou três retângulos pequenos e finos de sabonete em invólucros brilhantes e cerosos que traziam o nome do hotel.

Não tentou visualizar qual seria o nome. Não importava. Eram todos iguais, todos mesclados em um único caroço que jazia feito uma bola de ferro no peito dela. E a expressão no rosto daquela massa que respirava à esquerda seria igual à das outras. Podia se virar agora e seguir os rituais que iriam encerrar a noite para ambos, mas queria só mais um segundinho daquela escuridão tranquilizadora antes de precisar encarar os ecos das portas trancadas que, sabia, seriam os olhos dele.

Etta saiu do carro sem ajuda e não se deu ao trabalho de se virar e ficar olhando para as lanternas traseiras enquanto ele arrancava na avenida deserta adjacente à Brewster Place. Tinha lhe pedido para deixá-la na esquina porque não havia necessidade de ele fazer um retorno na rua sem saída, e eram menos de 100 metros até a porta. Moreland ficou aliviado por ela ter simplificado aquilo para ele, pois tinha sido um longo dia e estava ansioso para chegar em casa e ir dormir. E, no fim das contas, a coisa toda tinha corrido de forma bem tranquila depois que saíram do hotel. Nem fora instado a usar qualquer uma das desculpas que havia preparado para explicar por que ia levar um tempinho até vê-la de novo. Um leve franzir de cenho cruzou a testa de Moreland quando se deu conta de que ela parecia tão ávida para se ver livre dele quanto ele estava para ir embora. Bom, deu de ombros e aplacou o ego ferido, essa é a parte boa dessas mulheres mundanas. Elas compreendem a fraqueza temporária da carne e não a transformam em algo maior do que é. Conseguem se divertir sem se agarrar e se pendurar em um homem. Talvez eu devesse fazer uma visitinha um dia. Lançou um olhar para o espelho retrovisor e viu que Etta ainda estava parada na esquina, olhando

Etta Mae Johnson 97

na direção da Brewster. Havia algo na silhueta curvada dela, recortada contra a iluminação fraca da rua, que o fez pisar no acelerador.

Etta ficou parada olhando para o muro que separava a Brewster da avenida mais ao norte e achou difícil acreditar que o vira naquela mesma tarde. Parecera tão diferente na ocasião, com o sol de agosto realçando o marrom e o vermelho dos tijolos e as criancinhas fazendo as bolas de borracha quicarem contra a lateral. Agora se encolhia ali à luz tênue do amanhecer, como uma boca pulsante aguardando a chegada dela. Sacudiu a cabeça com força para se livrar da ilusão, mas foi tomada por um medo inquietante, e suas pernas pareciam de chumbo. Se entrar nessa rua, ela pensou, nunca vou voltar. Nunca vou sair. Ah, meu Deus, estou tão cansada — tão, tão cansada.

Etta tirou o chapéu e massageou a testa contraída. Então, dando um suspiro resignado, pôs-se a caminhar devagar pela rua. Se seus vizinhos estivessem lá fora nos alpendres, poderia ter passado por aqueles corredores poloneses tão anônima quanto o vento noturno. Eles a tinham visto descer aquela rua uma vez em um Chevy destruído que tinha cerca de 5 mil dólares de bebida contrabandeada no porta-malas, e houve até mesmo a vez que voltara para casa com um nariz destruído arranjado numa aventura horripilante em St. Louis, mas nunca havia andado entre eles com um espírito destruído. Essa mulher de meia-idade com o vestido amarrotado e chapéu de palha molenga teria parecido uma estranha para eles.

Quando chegou ao alpendre, Etta notou que havia uma luz sob a escuridão na janela de Mattie, e se pôs em alerta para ouvir o que na verdade parecia música vinda do outro lado da porta de tela. Mattie estava ouvindo os discos dela! Etta ficou parada muito quieta, tentando distinguir um som ininteligível nas ondas de ar descontínuas, mas não conseguia decifrar as palavras. Saiu do estado de alerta quando lhe ocorreu de súbito que não importava qual era a música — alguém estava à espera dela. Alguém que ia negar veementemente que tivesse existido qualquer preocupação — só uma indigestãozinha daqueles cebolas fritas que não me deixou dormir. Achei que podia passar o tempo tentando descobrir o que é que você vê nessa música dissoluta.

Etta riu de leve para si mesma enquanto subia os degraus em direção à luz e ao amor e ao consolo que esperava por ela.

Kiswana Browne

Da janela do conjugado no sexto andar, por cima do muro no fim da rua, Kiswana conseguia enxergar a avenida movimentada que ficava logo ao norte da Brewster Place. As pessoas que faziam compras no fim da tarde pareciam marionetes vestidas com cores vivas enquanto se moviam em meio ao engarrafamento, pressionando as sacolas contra o corpo para protegê-lo das rajadas repentinas do vento gelado do outono. Um carteiro corpulento havia abandonado o carrinho e esbarrava nos passantes indignados enquanto bufava atrás do chapéu que o vento lhe arrancara da cabeça. Kiswana se debruçou para ver se teria sucesso, mas a lateral do prédio bloqueava a visão dela.

Um pombo atravessou a janela, e ela ficou maravilhada com seus movimentos fluidos nas correntes de ar. Depositou os sonhos no dorso da ave e fantasiou que iam flanar para todo o sempre nos círculos diáfanos e prateados, até ascenderem ao centro do universo e serem engolidos. Mas o vento diminuiu, e ela observou com um suspiro enquanto a ave, com movimentos esquisitos e desesperados, batia as asas para pousar na parte de cima enferrujada de uma escada de emergência no prédio em frente. Isso a trouxe de volta à terra.

Humpf, provavelmente está sentado ali cagando na escada de emergência daquele pessoal, ela pensou. Bom, isso é uma ameaça à segurança... E a mente dela voltou a se entreter, criando labaredas e fumaça, e também inquilinos frustrados cuja fuga era dificultada porque escorregavam e deslizavam em merda de pombo. Observou a descida desordenada e cheia de imprecações pelas escadas de emergência até chegarem ao chão. Eles corriam de um lado para o outro, indiferentes aos apartamentos em chamas, planejando furiosos uma passeata até a prefeitura contra os pombos. Conjurou cartazes e faixas para eles, e tinham acabado de chegar à esquina, se esquivando destemidos de mangueiras de incêndio e vidro quebrado, quando sumiram todos.

Uma mulher alta e de pele acobreada havia encontrado aquela manifestação fantasma na esquina, e eles se dissolveram diante de seus passos largos e confiantes. Ela abria caminho pelos vestígios da névoa que desaparecia, inconsciente dos fiapos remanescentes daquelas presenças em sua bolsa de couro e no casaco preto com acabamento de pele. Levou alguns segundos para esse deslocamento de um reino para o outro atingir Kiswana, mas então de súbito reconheceu a mulher.

"Ah, meu Deus, é a mamãe!" Com uma sensação de culpa, baixou os olhos para o jornal esquecido no colo e circulou apressada alguns anúncios de emprego aleatórios.

A essa altura, a sra. Browne havia chegado à porta do prédio de Kiswana e estava conferindo o número do apartamento em um pedacinho de papel que trazia na mão. Antes de entrar no prédio, ficou parada diante do alpendre e inspecionou com cuidado o estado da rua e do imóvel contíguo. Kiswana observava esse levantamento meticuloso com irritação crescente, mas sem querer acompanhava a cabeça da mãe, que girava devagar, forçando-se a ver a vizinhança pelos olhos da mais velha.

O brilho do céu desanuviado pareceu unir forças com a mãe, à medida que destacava cada balaustrada avariada no alpendre e cada tijolo faltando. O sol da tarde cintilava e cascateava até mesmo no menor dos fragmentos das garrafas de vidro quebradas, e naquele exato instante o vento escolheu soprar com mais força de novo, mandando a sujeira não varrida pelos ares enquanto uma lata desgarrada deixada pelos lixeiros descuidados vinha rolando com estridência pelo meio da rua.

Com alívio, Kiswana se deu conta de que pelo menos Ben não estava sentado no lugar de costume, na velha lata de lixo empurrada contra o muro distante. Era só um velho bebum inofensivo, mas Kiswana sabia que a mãe só precisava de um bebum ou algum adolescente com um baseado em um raio de vinte quarteirões para decidir que a filha estava vivendo em um prédio onde pululavam fábricas de entorpecentes e pontos de encontro de vadios. Se tivesse visto Ben, nada a teria feito acreditar que praticamente todo apartamento abrigava uma família, uma Bíblia e um sonho de que um dia se poderia guardar o suficiente dos contracheques miseráveis dos finais das semanas para tornar a Brewster Place uma lembrança remota.

Enquanto observava a cabeça da mãe sumir no prédio, Kiswana agradeceu em silêncio que o elevador estivesse quebrado. Isso lhe daria pelo menos cinco minutos de tolerância para ajeitar o apartamento. Disparou até o sofá-cama e o fechou depressa, sem esticar os lençóis e cobertores amarrotados ou tirar a camisola. Sentia que de algum jeito as cobertas emboladas iam entregar o fato de que não dormira sozinha na noite passada. Desculpou-se em silêncio com a lembrança de Abshu enquanto esmagava sem piedade o espírito dele entre as molas de aço do sofá. Deus, aquele homem era um querido.

Kiswana Browne   103

Os dedinhos dela se dobraram de forma involuntária com o pensamento passageiro dos lábios grossos dele se movendo devagar pelo peito de seu pé. Abshu era um homem ligado a pés, e sempre começava a fazer amor de baixo para cima. Por esse motivo, Kiswana trocava a cor do esmalte das unhas dos pés toda semana. Ao longo do relacionamento deles, tinha passado dos tons de vermelho para o marrom, e estava agora nos roxos. Vou ter que começar a misturá-los logo, logo, pensou em voz alta ao dar as costas para o sofá e correr para o banheiro a fim de remover quaisquer rastros de Abshu dali. Pegou a espuma de barbear e a lâmina dele e as atirou na última gaveta da cômoda, ao lado do diafragma. A mamãe não ia se atrever a bisbilhotar as gavetas bem na minha frente, pensou ao fechar a gaveta da cômoda. Bom, pelo menos não a *última* gaveta. Podia surgir com uma desculpinha qualquer para abrir a gaveta de cima, nas não a última.

Quando ouviu as duas primeiras pancadinhas rápidas na porta, os olhos dela deram um giro final pelo apartamentinho, procurando desesperadamente qualquer mínimo delito do qual precisasse se defender. Bom, não havia nada que pudesse fazer a respeito da rachadura na parede acima da mesa. Tinha corrido atrás do senhorio para consertar aquilo durante dois meses. E não houvera tempo para varrer o tapete, e todo mundo sabia que aquele cinza desbotado sempre parecia mais sujo do que de fato estava. E o maldito caos da cozinha. Como esperavam que ficasse na rua o dia inteiro procurando emprego e ainda assim tivesse tempo de manter uma cozinha que se parecesse com a da mãe, que nem sequer trabalhava e que ainda tinha uma pessoa que ia lá duas vezes por mês para uma limpeza geral. E além disso...

A discussão imaginária foi interrompida de forma abrupta por uma segunda saraivada de batidas, acompanhadas por uma voz penetrante que dizia: "Melanie, Melanie, você está aí?".

Kiswana se apressou em direção à porta. Começou antes mesmo de ter entrado. Ela sabe que esse não é mais o meu nome.

Abriu a porta com um puxão para encarar a mãe levemente corada. "Ah, oi, mamãe. Sabe, achei que tinha ouvido uma batida, mas achei que fosse pro pessoal aqui do lado, já que dificilmente alguém me chama de Melanie." Um ponto para mim, pensou.

"Bom, é tremendamente estranho que você consiga se esquecer de um nome pelo qual atendeu durante 23 anos", a sra. Browne disse, passando por Kiswana ao entrar no apartamento. "Minha nossa, foi uma baita subida. Faz quanto tempo que o elevador quebrou? Querida, como você faz com a roupa lavada e com as compras com todos esses degraus? Mas acho que você é jovem, e isso não incomoda você como me incomoda." Essa longa sequência de perguntas disse a Kiswana que a mãe não tinha intenção de começar a visita com outra discussão a respeito do novo nome africano dela.

"Sabe que eu teria ligado antes de vir, mas você ainda não tem telefone. Não queria que achasse que eu estava xeretando. Pra falar a verdade, não esperava encontrar você em casa. Pensava que ia ter saído pra procurar emprego." A sra. Browne percorreu o apartamento inteiro mentalmente enquanto falava e tirava o casaco.

"Bom, acordei tarde hoje. Pensei em comprar o jornal vespertino e começar cedo amanhã."

"Parece uma boa ideia." A mãe foi em direção à janela, pegou o jornal largado e deu uma olhada nos anúncios circulados na pressa. "Desde quando você tem experiência como operadora de empilhadeira?"

Kiswana prendeu a respiração e se xingou em silêncio

Kiswana Browne　105

pela estupidez. "Ah, minhas mãos escorregaram – queria circular arquivista." Tomou depressa o jornal antes que a mãe pudesse ver que também havia assinalado vendedor de talheres e motorista.

"Tem certeza de que não estava aqui se lamentando e sonhando acordada de novo?" Centelhas de riso cor de âmbar lampejaram nos cantos dos olhos da sra. Browne.

Kiswana jogou os ombros para trás e tentou sem sucesso disfarçar o constrangimento com indignação.

"Ah, meu Deus, mamãe! Não faço isso há anos – isso é coisa de criança. Quando é que você vai se dar conta de que eu sou uma mulher agora?" Procurou desesperada por alguma coisa de mulher para fazer, e escolheu se atirar no sofá e cruzar as pernas no que esperava que parecesse um arco despreocupado.

"Por favor, sente-se", ela disse, tentando copiar os tons e gestos que vira Bette Davis usar nas sessões noturnas no cinema.

Baixando os olhos para ocultar o riso, a sra. Browne aceitou o convite e se sentou perto da janela, também cruzando as pernas. Na mesma hora, Kiswana viu como devia ter feito aquilo. A pose de celuloide contrastava fortemente com a dignidade tranquila da mãe, e ela descruzou as pernas depressa. A sra. Browne virou a cabeça para a janela e fingiu não notar.

"Pelo menos você tem metade de uma vista decente daqui. Fiquei me perguntando o que tinha do outro lado daquele muro apavorante – é a avenida. Querida, sabia que você consegue ver as árvores de Linden Hills daqui?"

Kiswana sabia muito bem, porque havia muitos dias solitários em que se sentava no apartamento cinzento e ficava olhando para aquelas árvores e pensando em casa, mas preferia engasgar a admitir aquilo para a mãe.

"Ah, sério? Nunca reparei. Então, como vai o papai? E as coisas em casa?"

"Vão bem. Estamos pensando em redecorar um dos quartos sobressalentes agora que vocês crianças saíram de casa, mas o Wilson insiste que é capaz de dar conta de todo aquele trabalho sozinho. Eu lhe disse que no fundo ele não tem o tempo ou a energia necessários para tudo aquilo. Hoje, quando chega em casa do escritório, ele está tão cansado que mal consegue se mexer. Mas você sabe que não dá para dizer nada para o seu pai. Sempre que ele começa a reclamar do quanto você é teimosa, digo a ele que a menina pegou isso do ar, honestamente. Ah, e seu irmão deu uma passada lá ontem", ela acrescentou, como se aquilo tivesse acabado de lhe ocorrer.

Então é isso, Kiswana pensou. É por isso que ela está aqui.

O irmão de Kiswana, Wilson, tinha ido visitá-la dois dias atrás, e ela havia pegado 20 dólares emprestados com ele para quitar a última prestação do casaco de inverno. O filho da puta provavelmente correu direto para a mamãe — e depois de jurar que não ia dizer nada. Eu devia saber, ele sempre foi um dedo-duro arrogante, pensou.

"Deu?", ela disse em voz alta. "Ele também passou aqui pra me ver, no começo da semana. E peguei um dinheiro emprestado com ele porque o cheque do seguro-desemprego não foi compensado pelo banco, mas agora compensaram e tá tudo certo." Pronto, vou me adiantar a você nessa.

"Ah, eu não sabia disso", a sra. Browne mentiu. "Ele não chegou a mencionar você. Tinha acabado de ficar sabendo que a Beverly estava grávida de novo, e foi correndo nos contar."

Merda. Kiswana teve vontade de se enforcar.

"Então ela tá embuchada de novo, é?", disse com irritação.

A mãe deu um pulo. "Por que você tem que ser sempre tão grosseira?"

"Pessoalmente, não entendo como ela consegue transar com o Willie. Ele é tão seboso!"

Kiswana ainda se ressentia da postura que o irmão assumira na faculdade. Quando todos na graduação estavam descobrindo sua própria negritude e protestando no campus, Wilson sempre se manteve à parte; tinha até mesmo se recusado a usar um afro. Isso deixara Kiswana furiosa, porque, diferente dela, ele tinha a pele escura e o tipo de cabelo grosso e crespo o suficiente para um bom "fro". Kiswana ainda insistira em cortar o próprio cabelo, mas ele era tão fino e sem textura que se recusava a engrossar mesmo depois de lavado. Então tinha de escová-lo para cima e passar um laquê para impedi-lo de despencar. Nunca perdoou Wilson por lhe dizer que ela não parecia africana, parecia uma galinha eletrocutada.

"Mas que jeito de falar. Não sei por que você se põe contra o seu irmão. Ele nunca me tirou uma noite de sono, e agora está bem estabelecido com uma família e um bom emprego."

"Ele é assistente de um sócio minoritário-assistente numa empresa de advocacia. O que é que tem de especial nisso?"

"O emprego tem futuro, Melanie. E pelo menos ele terminou a faculdade e conseguiu o diploma de direito."

"Diferente de mim, em outras palavras, né?"

"Não ponha palavras na minha boca, mocinha. Sou perfeitamente capaz de dizer o que quero."

Amém, Kiswana pensou.

"E não entendo por que você está tentando me atacar desde o momento em que entrei. Não vim aqui para brigar.

Esse é seu primeiro lugarzinho longe de casa, e só queria ver como você estava vivendo e se está tudo certo. E tenho que dizer, você ajeitou esse apartamento muito bem."

"Sério, mamãe?" Ela se viu amolecendo à luz da aprovação da mãe.

"Bom, considerando o que tinha à disposição." Dessa vez examinou o apartamento abertamente.

"Olha, sei que não é Linden Hills, mas dá pra fazer muita coisa aqui. Assim que vierem pintar, vou pendurar meu pôster axante na parede do sofá. E achei que uma samambaia-americana grande ia ficar legal naquele canto, o que acha?"

"Seria ótimo, querida. Você sempre teve um bom olho para a harmonia."

Kiswana estava começando a relaxar. Pouco do que fazia lhe granjeava a aprovação da mãe. Era como uma ave rara, e tinha de andar com cuidado em volta dela para que não voasse.

"Você vai deixar aquela estátua ali assim?"

"Por quê, o que tem de errado? Ia ficar melhor em outro lugar?"

Havia uma pequena reprodução de madeira de uma deusa iorubá com seios fartos e avantajados na mesa de centro.

"Bom", a sra. Browne estava começando a corar, "é só que é um pouquinho sugestiva, não acha? Já que agora você mora sozinha, e sei que vai receber a visita de amigos homens, você não ia querer que tivessem nenhuma ideia. Digo, hã, sabe, não tem por que se colocar em nenhuma situação desagradável porque podem ter a impressão errada e, hã, sabe, digo, bom…". A sra. Browne gaguejava miseravelmente.

Kiswana amava quando a mãe tentava falar a respeito de sexo. Era a única ocasião em que ficava sem palavras.

Kiswana Browne 109

"Não se preocupe, mamãe." Kiswana sorriu. "O tipo de homem com quem eu saio não ia ligar pra isso. Agora, se tivesse pés grandes, talvez…" E ficou histérica pensando em Abshu.

A mãe lhe lançou um olhar penetrante. "Que espécie de bobagem é essa a respeito de pés? Estou falando sério, Melanie."

"Desculpa, mamãe." Ela se recompôs. "Vou tirar a estátua de vista e colocar no armário", disse, sabendo que não ia fazer isso.

"Ótimo", a sra. Browne disse, também sabendo que ela não ia fazer isso. "Imagino que você ache que sou cri-cri demais, mas a gente se preocupa com você aqui. E você se recusa a ter um telefone para que a gente possa ligar e ver como você está."

"Não me recuso, mamãe. Eles querem um depósito de 75 dólares, e não posso bancar isso agora."

"Melanie, posso te dar o dinheiro."

"Não quero que você fique me dando dinheiro – te disse isso antes. Por favor, me deixa fazer isso por conta própria."

"Bom, então deixa eu te emprestar."

"Não!"

"Ah, então você pode pegar dinheiro emprestado com seu irmão, mas não comigo."

Kiswana desviou o rosto da mágoa nos olhos da mãe. "Mamãe, quando pego dinheiro emprestado do Willie, ele me faz pagar o que devo. Você nunca me deixa pagar o que devo", ela disse para o interior das próprias mãos.

"Não ligo. Ainda acho que é completamente egoísta da sua parte ficar sentada aqui sem nenhum telefone, e às vezes ficamos duas semanas sem ter notícias suas – podia acontecer qualquer coisa – especialmente vivendo entre essa gente."

Kiswana ergueu a cabeça num átimo. "O que é que você quer dizer com *essa gente*? São sua gente e minha gente, mamãe — somos todos negros. Mas talvez você tenha se esquecido disso em Linden Hills."

"Não é disso que estou falando, e você sabe muito bem. Essas ruas — esse prédio — tão pobre e decadente. Querida, você não precisa viver assim."

"Bom, é assim que pessoas pobres vivem."

"Melanie, você não é pobre."

"Não, mamãe, *você* não é pobre. E o que você tem e o que eu tenho são coisas totalmente distintas. Não tenho um marido no ramo imobiliário com um salário de cinco dígitos e uma casa em Linden Hills — *você* tem. O que tenho é um cheque semanal do seguro-desemprego e uma conta-corrente no negativo numa cooperativa de crédito. Então esse conjugado na Brewster é tudo o que eu posso pagar."

"Bom, você poderia pagar algo bem melhor", a sra. Browne rebateu, "se não tivesse largado os estudos e precisasse apelar para esses empregos administrativos sem perspectiva".

"Aham, sabia que você logo ia chegar nisso." Kiswana conseguia sentir os anéis de raiva começando a se apertar em torno de sua lombar, e eles a empurraram para a frente no sofá. "Você nunca vai entender, né? Essas faculdades burguesas são contrarrevolucionárias. Meu lugar era nas ruas com minha gente, lutando por igualdade e por uma coletividade melhor."

"Contrarrevolucionários!" A sra. Browne estava erguendo a voz. "Onde está sua revolução agora, Melanie? Onde estão todas aquelas pessoas negras revolucionárias que estavam gritando e se manifestando e erguendo um bocado de poeira com você naquele campus? Hein? Estão sentados em escritórios com painéis de madeira com os diplomas em molduras de mogno, e nem sequer passam de carro nessa rua porque a prefeitura não conserta os buracos nessa parte da cidade."

"Mamãe", ela disse, balançando a cabeça devagar, incrédula, "como você – uma mulher negra – pode se sentar aqui e me dizer que aquilo pelo que a gente lutou durante o Movimento não foi importante só porque algumas pessoas se venderam?".

"Melanie, não estou dizendo que não foi importante. Foi terrivelmente importante erguer a voz e dizer que vocês tinham orgulho do que eram e conseguir o direito ao voto e outras oportunidades sociais para todas as pessoas neste país que tinham esse direito. Mas vocês crianças acharam que iam virar o mundo de cabeça para baixo, e simplesmente não foi assim. Quando toda a poeira baixou, vocês se viram com um punhado de novas leis federais e com um país ainda repleto de obstáculos para as pessoas negras ultrapassarem no caminho delas – só porque são negras. Não teve revolução, Melanie, e não vai ter revolução."

"Então o que eu devia fazer, hein? Só lavar as mãos e parar de me importar com o que a minha gente passa? Não devo continuar lutando pra melhorar as coisas?"

"Você pode fazer isso, é claro. Mas vai ter que lutar de dentro do sistema, porque ele e as assim chamadas faculdades 'burguesas' vão continuar aqui por um bom tempo. E isso significa ser esperta como vários dos seus antigos amigos e conseguir um emprego importante onde possa ter alguma influência. Você não precisa se vender, como diz, e trabalhar para alguma corporação, mas poderia se tornar deputada ou advogada em prol das liberdades civis ou abrir uma escola da liberdade[13] neste mesmo bairro.

---

13 Tipo de escola temporária e alternativa destinada a educar crianças negras, fruto do movimento pelos direitos civis.

Desse jeito, você realmente ia conseguir ajudar a comunidade. Mas de que ajuda você vai ser para essas pessoas da Brewster vivendo com uma mão na frente e outra atrás em empregos de arquivista, esperando por uma revolução? Você está jogando seus talentos fora, menina."

"Bom, não acho que estejam sendo jogados fora. Pelo menos estou aqui tendo contato diário com os problemas da minha gente. Que bem eu ia fazer depois de quatro ou cinco anos de um bocado de lavagem cerebral de brancos em alguma instituição de prestígio hipócrita, hein? Ia ser como você e o papai e como esses outros negros educados sentados lá em Linden Hills com um caso terminal de amnésia de classe média."

"Você não tem que viver em uma favela para se preocupar com condições de vida, Melanie. Nos últimos 24 anos, seu pai e eu fomos membros destacados da NAACP[14]."

"Ah, meu Deus!" Kiswana jogou a cabeça para trás em uma expressão de nojo exagerada. "Isso é se preocupar? Essa coisa conciliatória, o depósito de lixo do Pai Tomás para os republicanos negros!"

"Pode escarnecer o quanto quiser, mocinha, mas essa organização tem auxiliado as pessoas negras desde a virada do século, e ainda auxilia. Onde é que estão todos esses seus grupos radicais que vão pôr um Cadillac em todas as garagens e o Dick Gregory na Casa Branca? Vou te dizer onde."

Sabia que você ia dizer, Kiswana pensou com raiva.

"Eles se exauriram porque queriam demais, rápido demais. Os objetivos deles não tinham lastro na realidade. E esse sempre foi o seu problema."

---

14 Associação Nacional para o Progresso de Pessoas de Cor, tradução literal de National Association for the Advancement of Colored People, instituição fundada em 1905.

Kiswana Browne

"O que você quer dizer com meu problema? Sei exatamente o que defendo."

"Não, não sabe. Vive permanentemente em um mundo de fantasia – sempre partindo para extremos –, transformando borboletas em águias, e a vida não é isso. É aceitar o que existe e trabalhar a partir daí. Deus, lembro do quanto você me preocupou, passando todo aquele laquê no cabelo. Achei que ia ficar com câncer de pulmão – tentando ser o que não é."

Kiswana pulou do sofá. "Ah, meu Deus, não aguento mais isso. Tentando ser algo que não sou – tentando ser algo que não sou, mamãe! Tentando ter orgulho da minha herança e do fato de ser descendente de africanos. Se isso é ser o que não sou, ótimo, então. Mas prefiro estar morta a ser como você – a neguinha de um homem branco que tem vergonha de ser preta!"

Kiswana viu raios de luz dourados e negros acompanharem o corpo da mãe que voava da cadeira. Foi sacudida pelos ombros e obrigada a encarar a imobilidade mortal nos olhos da mulher irada. Estava chocada demais para gritar de dor por conta das longas unhas que se cravaram no ombro dela, e foi levada a ficar tão perto do rosto da mãe que viu o próprio reflexo, distorcido e oscilante, nas lágrimas que se acumulavam nos olhos da mais velha. E ela ouviu naquela imobilidade uma história que escutara de uma criança.

"Minha avó", a sra. Browne começou devagar, em um sussurro, "era uma iroquesa puro-sangue, e meu avô, um homem negro livre de uma longa linhagem de assalariados que viviam em Connecticut desde a fundação das colônias. E meu pai era um barbadiano que veio para este país como grumete em um navio mercante".

"Eu sabia disso tudo", Kiswana disse, tentando impedir o tremor nos lábios.

"Então fique sabendo disso." E as unhas se cravaram mais fundo ainda na carne. "Estou viva por causa do sangue dessas pessoas orgulhosas que nunca padeceram, mendigaram ou se desculparam por aquilo que eram. Viveram pedindo apenas uma coisa deste mundo — que a deixassem ser. E aprendi através do sangue dessas pessoas que a cor preta não é bonita e não é feia — a cor preta simplesmente é! Não é cabelo crespo e não é cabelo liso — simplesmente é.

"Fiquei devastada quando você mudou de nome. Eu te dei o nome da minha avó, uma mulher que teve dez filhos e educou todos eles, que deteve seis homens brancos com uma espingarda quando tentaram arrastar um de seus filhos para a cadeia por 'não saber o lugar dele'. E ainda assim você teve que lançar mão de um dicionário africano para encontrar um nome que te deixasse orgulhosa.

"Quando levei meus bebês do hospital para casa, meu filho negro e minha filha dourada, jurei diante de quaisquer que fossem os deuses que iam ouvir — os da gente da minha mãe ou os da gente do meu pai — que ia usar tudo o que eu tinha e que viesse a conseguir para garantir que meus filhos estivessem preparados para enfrentar este mundo nos próprios termos, para que ninguém pudesse diminuir ou deixar eles com vergonha do que eram ou da aparência que tinham — o que quer que fossem ou qualquer que fosse a aparência que tivessem. E, Melanie, isso não é ser branca, vermelha ou preta — isso é ser mãe."

Kiswana seguiu o próprio reflexo nas duas únicas lágrimas que correram pelas bochechas da mãe até se fundir com elas na pele acobreada da mulher. Não havia coisa alguma e então havia muita coisa que queria dizer, mas a garganta ficava se fechando toda vez que tentava falar. Manteve a cabeça baixa e os olhos fechados, e

Kiswana Browne 115

pensou: Ah, meu Deus, só me deixa morrer. Como posso encarar ela agora?

A sra. Browne ergueu o queixo de Kiswana com delicadeza. "E a única lição que quero que você aprenda é não ter medo de encarar ninguém, nem mesmo uma velha ladina como eu que consegue vencer você numa discussão." E ela sorriu e piscou.

"Ah, mamãe, eu…", e deu um abraço apertado na mulher.

"Sim, querida." A sra. Browne deu tapinhas nas costas dela. "Eu sei."

Ela beijou Kiswana na testa e limpou a garganta. "Bom, agora é melhor eu ir andando. Está ficando tarde, tenho um jantar para fazer, e preciso dar uma aliviada nos pés — esses sapatos novos estão me matando."

Kiswana baixou os olhos para os sapatos de salto de couro bege. "São bem elegantes. São ingleses, não são?"

"Sim, mas, meu Deus, fazem pressão bem no meio do peito do pé." Ela tirou o sapato e se sentou no sofá para massagear os pés.

O esmalte vermelho cintilou para Kiswana pela meia-calça. "Desde quando você pinta as unhas dos pés?", ela arquejou. "Você nunca fez isso antes."

"Bom…", a sra. Browne encolheu os ombros, "seu pai meio que me convenceu a fazer isso, e, hã, sabe, ele gosta e tudo o mais, então pensei, hã, sabe, por que não, então…". E deu a Kiswana um sorriso envergonhado.

Não é possível, a jovem pensou, sentindo o rosto inteiro arder. O papai curte pés! E ela olhou para a mulher que corava no sofá e de repente se deu conta de que a mãe havia palmilhado o mesmo universo pelo qual ela agora viajava. Kiswana não estava abrindo nenhuma trilha nova, e eventualmente ia acabar a só 50 centímetros de distância naquele mesmo sofá. Encarou a mulher que havia sido e que ia se tornar.

"Mas nunca vou ser republicana", se viu dizendo em voz alta.

"O que é que você está resmungando aí, Melanie?" A sra. Browne calçou o sapato e se levantou do sofá.

Ela foi pegar o casaco da mãe. "Nada, mamãe. Foi legal você ter vindo. Você devia fazer isso mais vezes."

"Bom, já que não é domingo, acho que você tem direito a pelo menos uma mentira."

As duas riram.

Depois de Kiswana ter fechado a porta e lhe dado as costas, avistou um envelope enfiado entre as almofadas do sofá. Foi até lá e o abriu; havia 75 dólares ali.

"Ah, mamãe, caramba!" Correu até a janela e começou a gritar para a mulher, que havia acabado de emergir do prédio, mas de repente mudou de ideia e se sentou na cadeira com um longo suspiro que apanhou a corrente de ar ascendente do vento de outono e desapareceu no topo do prédio.

Lucielia Louise Turner

A luz do sol ainda estava rala quando Ben veio se arrastando pela Brewster Place, e a rua havia pouco começara a bocejar e a se espreguiçar. Ele se acomodou na lata do lixo que fora empurrada contra o muro inclinado de tijolos que transformava a Brewster em uma rua sem saída. O frio metálico da tampa da lata se infiltrava pelos fundilhos das calças finas dele. Chupando um pedaço de salsicha do café da manhã que ficara preso nos dentes de trás, começou a devanear. Um bocado frias, essas manhãs de primavera. Nos velhos tempos, dava para acender uma fogueirinha em um daqueles barris para se manter aquecido. Bom, não quero nenhuma intimação agora, e não dá para morrer de frio. É, não dá para morrer de frio.

Findo o solilóquio diário, pôs a mão no bolso do casaco e tirou um saco de papel amassado que continha o sol da manhã. O líquido vermelho barato desceu devagar pela garganta, fornecendo uma justificativa imediata enquanto o sangue começava a esquentar no corpo dele. Na luz difusa, uma figura escura e esguia começou a subir devagar o quarteirão. Hesitou diante do alpendre no 316, mas, olhando em volta e vendo Ben, correu até lá.

"Fala aí, Ben."

"E aí, Eugene, imaginei que era você. Não te vejo tem uns dias."

"É." O jovem enfiou as mãos nos bolsos, franzindo o cenho para o chão, e chutou o canto da lata de Ben. "O enterro é hoje, cê tá ligado."

"É."

"Cê vai?" Ele ergueu os olhos para o rosto de Ben.

"Nah, não tenho nem roupa pra essas coisas. Não suporto isso aí de jeito nenhum — triste demais —, e sendo um bebezinho e tudo o mais."

"É. Eu vou, as pessoas esperam isso, tá ligado?"

"É."

"Mas, cara, o jeito como os amigos da Ciel me olham e tudo — como se eu estivesse imundo ou algo assim. Saca, até tentei ir ver a Ciel no hospital, ouvi dizer que ela surtou e tudo."

"É, foi um baita de um golpe pra ela."

"É, bom, cacete, foi um golpe pra mim. Era minha filha também, tá ligado? Mas a Mattie, aquela vadia preta e gorda, só ficou parada lá no saguão do hospital dizendo pra mim — dizendo *pra mim*, bom, 'Que que cê quer?'. Como se eu fosse a porra de um germe ou algo assim. Cara, só virei as costas e fui embora. Cê tem que ser tratado com respeito, tá ligado?"

"É."

"Tipo, eu devia estar lá hoje com minha mulher na limusine e tudo, sentado lá, fazendo a coisa certa. Mas como é que cê vai ser homem com essas castradoras dizendo pra todo mundo que foi culpa minha e que eu é quem devia ter morrido? Cacete!"

"É, um homem tem que ser homem." Ben sentiu que devia molhar a resposta com outro golinho. "Quer um pouco?"

"Nah, vou indo lá – a Ciel não precisa de mim hoje. Aposto que aquela cadela da Mattie tá sentada na frente da limusine, vestindo as calças. Caralho – deixa elas." Voltou a erguer os olhos. "Tá ligado?"

"Isso aí."

"Pega leve, Ben." Ele se virou para ir embora.

"Cê também, Eugene."

"Ei, cê tá indo?"

"Nah."

"Nem eu. Até mais."

"Até mais, Eugene."

Engraçado, Ben pensou. Fazia um bom tempo que Eugene não parava para conversar assim – quase um ano, é, um ano inteirinho. Tomou outro gole para ajudar a se lembrar da conversa de um ano atrás, mas não deu certo; o segundo e o terceiro também não. Mas recordava que havia sido no início de uma manhã de primavera como essa, e Eugene usava aquela mesma calça jeans apertada. Na ocasião também hesitara diante do 316. Mas daquela vez tinha entrado...

Lucielia havia acabado de pôr água em uma chaleira e a levava ao fogo quando ouviu a tranca virar. Ele não precisou bater na porta; a chave ainda se encaixava na fechadura. Os nós dos dedos finos agarraram a alça da chaleira, mas ela não se virou. Ela sabia. Os últimos onze meses de sua vida ficaram suspensos e comprimidos no ar entre o clique da fechadura e o "E aí, gata?".

As vibrações daquelas palavras flutuaram feito parasitas nas ondas de ar e dispararam cozinha adentro, rompendo a compressão em dias e horas indistinguíveis que rodopiavam vertiginosos diante dela. Estava tudo ali: a frustração de ser abandonada sozinha, doente, com um bebê de um mês; a humilhação refletida nos olhos azuis da assistente social diante do sorriso de "você pode até encontrar ele, mas não pode fazer dele um homem", para o qual não havia resposta; as urgências carnais que rastejavam sem serem convidadas por entre as coxas dela em incontáveis noites; os eternos por quês, todos misturados com o ódio compreensível e o amor incompreensível. Continuaram a rodar em um padrão tão confuso diante dela que Lucielia não parecia capaz de agarrar um único com o qual lhe responder. Então não havia nada no rosto de Lucielia quando ela o virou na direção de Eugene, parado na porta da cozinha segurando um coelhinho da Páscoa cor-de-rosa ridículo, nada além de puro alívio...

"Então ele tá de volta." Mattie estava sentada à mesa da cozinha de Lucielia, brincando com Serena. Era raro Mattie falar mais de duas frases com qualquer um a respeito de qualquer coisa. Não precisava. Escolhia as palavras com a precisão afiada de uma ferramenta de cortar diamantes.

"Cê acha que eu sou uma tonta, não acha?"

"Não disse isso."

"Nem precisava ter dito", Ciel disparou.

"Por que cê tá zangada comigo, Ciel? A vida é tua, querida."

"Ah, Mattie, cê não entende. Ele realmente se emendou desta vez. Arranjou um novo emprego nas docas que paga muito bem, e tava simplesmente tão deprimido antes com o novo bebê e nenhum trabalho. Cê vai ver. Ele até saiu agora pra comprar tinta e coisas pra consertar o apartamento. E, e a Serena precisa de um papai."

"Cê não vai me convencer, Ciel."

Não, não estava falando com Mattie, estava falando consigo mesma. Estava convencendo a si mesma de que eram o novo emprego e a tinta e Serena que lhe permitiam voltar para a vida dela. Ainda assim, a verdade verdadeira estava além do alcance do entendimento. Quando deitou a cabeça no vão do pescoço dele, havia um intenso perfume almiscarado naquele corpo que lhe trazia os fantasmas do solo do Tennessee da infância dela. O perfume subia e lhe impregnava o interior das narinas, de modo que inalava a presença dele praticamente a cada minuto da vida. A sensação da carne fuliginosa penetrava na pele de seus dedos e percorria o sangue e se fundia, em algum lugar, onde quer que estivesse, ao ser verdadeiro dela. Mas como você diz a si mesma, quanto mais a essa mulher mais velha e pragmática que a ama, que ele tinha voltado por causa disso? Então você não diz nada.

Você se levanta e prepara outra xícara de café para vocês duas, acalma o bebê que se agita no seu colo com a chupeta, e reza em silêncio – em silêncio absoluto – por trás dos olhos velados para que o homem fique.

Ciel tentava lembrar exatamente quando aquilo havia começado a dar errado de novo. A mente procurava os fios delicados de uma pista que pudesse seguir de volta – talvez – a algo que tivesse feito ou dito. Suas sobrancelhas se contraíam de concentração enquanto ela dobrava toalhas, alisava e voltava a alisar os vincos, como se a resposta estivesse oculta nas dobras obstinadas do tecido atoalhado.

Os meses desde a volta de Eugene começaram a aparecer devagar diante dela, e Lucielia examinou cada um a fim de localizar o ponto em que o problema começou a sussurrar com insistência em seu cérebro. A fricção das toalhas aumentou quando chegou ao mês em que ficara grávida de novo, mas não podia ser aquilo. As coisas eram diferentes agora. Não estava doente como estivera com Serena, ele ainda estava trabalhando – não, não era o bebê. Não é o bebê, não é o bebê – o ritmo daquelas palavras acelerou a velocidade das mãos, e as havia praticamente puxado, dobrado e pressionado até se transformarem em uma realidade quando, confusa, se deu conta de que não havia mais toalhas.

Ciel deu um pulo quando a porta da frente se fechou com um estrondo. Esperou, tensa, pela pancada metálica das chaves dele na mesinha de centro e pela explosão do rádio. Ultimamente era assim que Eugene anunciava sua presença em casa. Ciel entrou na sala com os movimentos de uma banhista entrando em um lago gelado.

"Chegou mais cedo, hein, Eugene?"

"Tá vendo mais alguém sentado aqui?" Ele falava sem olhar para ela, e se levantou para ligar o rádio.

Ele quer começar uma briga, ela pensou, confusa e magoada. Ele sabe que a Serena está tirando a soneca dela, e agora eu supostamente devia dizer, Eugene, a bebê tá dormindo, por favor desliga a música. Então ele vai dizer, cê tá insinuando que um cara não pode nem relaxar na própria casa sem ser pentelhado? Não estou pentelhando você, mas vai acordar a bebê. O que sempre ia levar a: Cê não dá a mínima pra mim. Qualquer um é mais importante do que eu – aquela menina, suas amigas, qualquer um. Sou só a titica de galinha por aqui, né?

Tudo isso passava pela cabeça de Ciel enquanto o observava se afastar do rádio e voltar a se atirar no sofá, desafiador. Sem dizer uma palavra, ela se virou e entrou no quarto. Baixou os olhos para o rosto tranquilo da filha e acariciou com delicadeza a bochecha macia. Seu coração se inflou, e ela se deu conta, esta é a única coisa que já amei sem dor. Puxou os lençóis com cuidado sobre os ombrinhos da filha e fechou bem a porta, protegendo-a da música. Então foi até a cozinha e começou a lavar o arroz para o jantar.

Eugene, vendo que havia sido deixado sozinho, desligou o rádio e foi se postar na porta da cozinha.

"Perdi o emprego hoje", ele gritou para Ciel, como se ela fosse a culpada.

A água estava ficando turva na panela de arroz, e a força do jato da torneira formava bolhas espumosas na superfície. Elas estouravam e espalhavam pequenas partículas de amido pela superfície suja. Cada bolha que estourava parecia aumentar o volume dos alertas obstinados que seguira ignorando nos últimos meses. Derramou a água suja do arroz para destruí-las e silenciá-las, então ficou olhando com uma alegria maligna enquanto sumiam no ralo.

"E aí, que diabos vou fazer agora sem nenhum dinheiro, hein? E outro pirralho vindo aí, hein?"

A segunda troca de água estava levemente mais clara, mas as bolhas com partículas de amido continuavam lá, e dessa vez não havia como fingir surdez diante da mensagem delas. Já havia parado na frente daquela pia incontáveis vezes, lavando arroz, e sabia que a água nunca ia ficar totalmente limpa. Não podia ficar ali para sempre – seus dedos estavam ficando gelados, e o resto do jantar tinha de ser feito, e Serena ia acordar logo e querer atenção. Febril, derramou a água e tentou uma vez mais.

"Tô com a porra do saco cheio de nunca progredir. Bebês e contas, é só pra isso que cê serve."

As bolhas estavam quase transparentes agora, mas quando estouravam deixavam um leve rastro de amido na superfície da água que se enroscava nos dedos dela. Sabia que seria inútil tentar de novo. Derrotada, Ciel colocou a panela molhada na boca do fogão, e as chamas saltaram vermelhas e alaranjadas, transformando em vapor as gotinhas de água que aderiram à parte de fora.

Virando-se para ele, ela aquiesceu em silêncio. "Tá bom, Eugene, o que cê quer que eu faça?"

Ele não ia deixá-la escapar assim tão fácil. "Olha, gata, não ligo pro que cê faz. Só não consigo ter toda essa complicação em cima de mim agora, tá ligada?"

"Vou arranjar um emprego. Não me importo, mas não tenho ninguém pra ficar com a Serena, e você não quer que a Mattie cuide dela."

"A Mattie – nem pensar. Aquela vadia gorda vai pôr a criança contra mim. Ela não quer ver meu rabo na frente dela nem pintado de ouro, cê sabe disso."

"Não, Eugene, não é verdade." Ciel se lembrava de atirar aquilo na cara de Mattie um dia. "Cê odeia ele, não odeia?" "Nah, querida", e tinha posto as duas mãos em concha no rosto de Ciel. "Talvez eu só te ame demais."

"Não ligo a mínima pro que cê diz – ela não vai cuidar da minha filha."

"Bom, olha, depois que o bebê vier, podem ligar minhas trompas – não me importo." Engoliu em seco para manter a mentira lá no fundo.

"E como diabos a gente vai alimentar ele quando vier, hein – com ar? Com dois filhos e você nas costas, nunca vou ter nada." Ele se aproximou e a agarrou pelos ombros, e estava gritando na cara dela. "Nada, tá me ouvindo, nada!"

"Nada com que se preocupar, sra. Turner." O rosto acima dela era tão tranquilo e antisséptico quanto o quarto em que estava deitada. "Por favor, relaxe. Vou lhe dar uma anestesia local e então fazer uma curetagem, ou o que você chamaria de raspagem para esvaziar o útero. Então você vai descansar aqui por mais ou menos uma hora e seguir seu caminho. Nem vai ter muito sangramento." A voz zumbia em seu monólogo treinado, eivado de gentileza estéril.

Ciel não estava escutando. Era importante se manter completamente à parte daquele entorno. Todos os eventos de sua vida que tiveram lugar na semana anterior estavam enrolados e enfiados do lado direito do cérebro dela, como se pertencessem a alguma outra mulher. E, quando tivesse suportado essa última coisa por ela, ia empurrá-la para lá também, e então um dia daria tudo para aquela outra – Ciel não queria nada daquilo.

Nos dias seguintes, Ciel achou difícil voltar a se conectar com o próprio mundo. Tudo parecia ter assumido novas cores e texturas. Quando lavava a louça, a sensação dos pratos nas mãos era peculiar, e estava mais consciente da suavidade e do calor da água. Havia uma fração de segundo perturbadora entre alguém falando com ela e as palavras penetrando o bastante para suscitarem uma resposta. Os vizinhos a deixavam com cenho levemente franzido, confusos, e Eugene era visto murmurando "Vadia temperamental".

Tornou-se incrivelmente possessiva com Serena. Recusava-se a deixá-la sozinha, mesmo com Eugene. A menininha ia a toda parte com Ciel, cambaleando nas perninhas rechonchudas e instáveis. Quando alguém pedia para segurá-la ou brincar com ela, Ciel ficava sentada ali perto, observando cada movimento. Ela se viu entrando no quarto várias vezes enquanto a criança tirava uma soneca para conferir se ainda respirava. Toda vez se censurava por essa tolice despropositada, mas nos minutos seguintes alguma força estranha ainda assim a levava de volta.

A primavera estava aos poucos começando a se anunciar na Brewster Place. O frio artrítico varria os tijolos cinzentos e gastos, e os inquilinos cujas janelas dos apartamentos davam para a rua eram acordados pela luz do sol das seis da manhã. A música não ribombava mais no interior do 3C, e Ciel se fortalecia com a tranquilidade do lar. A risada alegre da filha, ouvida com mais frequência agora, trazia uma espécie de redenção com ela.

"Ela não é maravilhosa, Mattie? Sabe que ela tá até tentando formar frases inteiras. Vai lá, querida, fala para a titia Mattie."

Serena, nem um pouco interessada em corresponder às afirmações orgulhosas da mãe, tentava arrancar um botão dourado do decote do vestido de Mattie.

"É tão fofo. Ela até sabe o nome do pai. Ela diz, meu pa-pai é o Gene."

"Melhor ensinar o teu nome", Mattie disse enquanto brincava com a mãozinha do bebê. "Ela vai usar mais."

A boca de Ciel se abriu para perguntar o que ela queria dizer com aquilo, mas se deteve. Era inútil discutir com Mattie. Você podia interpretar as palavras dela como quisesse. O fardo da verdade delas ia recair sobre você, não sobre ela.

Eugene entrou pela porta da frente e parou no momento em que avistou Mattie. Evitava ficar perto dela tanto quanto possível. Ela era sempre educada com ele, mas ele sentia uma recriminação silenciosa por trás de cada palavrinha inocente. Sempre sentia a necessidade de se provar quando estava diante dela. Essas frustrações com frequência assumiam a forma de uma grosseria injustificada da parte dele.

Serena lutou para sair do colo de Mattie e andou na direção do pai; puxou as pernas dele para ser carregada. Ignorando a criança e cumprimentando as duas mulheres com poucas palavras, ele disse com frieza: "Ciel, quero falar com você".

Pressentindo confusão, Mattie se levantou para ir embora. "Ciel, por que é que cê não me deixa levar a Serena lá pra baixo um pouquinho? Tenho um pouco de sorvete pra ela."

"Ela pode ficar bem aqui", Eugene reagiu. "Se precisar de sorvete, posso comprar pra ela."

Apressando-se em suavizar a brusquidão dele, Ciel disse: "Tá tudo bem, Mattie, tá quase na hora da soneca dela. Vou levar ela mais tarde – depois do jantar".

"Tá certo. Agora vocês se comportem." A voz era cálida. "Você também, Eugene", ela gritou da porta da frente.

O clique do trinco devolveu o equilíbrio a ele. "Por que diabos ela tá sempre aqui?"

"Acabou de perder a chance – por que você mesmo não perguntou? Se não quer ela aqui, diz para ela ficar longe", Ciel rebateu com confiança, sabendo que ele nunca ia fazer aquilo.

"Olha, não tenho tempo pra discutir com você sobre essa bruxa velha. Tem várias coisas importantes acontecendo, e preciso que cê me ajude a fazer as malas." Sem esperar por uma resposta, ele correu até o quarto e puxou a velha mala de couro de baixo da cama.

Um nó apertado e gélido se formou no meio do estômago de Ciel e começou a derreter depressa, diluindo o sangue nas pernas dela a ponto de quase se recusarem a suportar seu peso. Puxou Serena, que seguia Eugene, de volta e a sentou no meio do piso da sala.

"Aqui, amor, brinca com os bloquinhos para a mamãe – ela tem que falar com o papai." Empilhou alguns blocos de plástico com o alfabeto diante da criança; no caminho até o quarto, deu uma olhada rápida ao redor, removeu os cinzeiros de vidro da mesinha de centro e os colocou em uma prateleira acima do rádio.

Então, respirando bem fundo para acalmar um coração que se acelerava, andou na direção do quarto.

Lucielia Louise Turner 129

Serena amava os cubos coloridos e leves, e às vezes se sentava por 30 minutos inteirinhos empilhando-os e os chutando com o pé até caírem, repetidas vezes. O som oco da queda a fascinava, e com frequência batia um no outro para recriar o barulho mágico. Estava sentada, contente e entretida nessa atividade específica, quando um movimento lento e escuro no rodapé capturou a atenção dela.

Uma barata preta redonda tinha saído de trás do sofá e abria caminho até a cozinha. Serena atirou um dos blocos no inseto e, sentindo as vibrações na parede acima, a barata contornou a porta apressada e entrou na cozinha. Encontrando uma brincadeira novinha em folha para se divertir, Serena partiu atrás do inseto com um bloco em cada mão. Vendo o brinquedinho móvel tentando se enterrar sob o linóleo ao lado do balde de lixo, lançou outro cubo, e a barata frenética agora disparou pela parede e encontrou refúgio na tomada debaixo da mesa da cozinha.

Brava por perder o brinquedo, bateu o bloco contra a tomada, tentando fazer com que ela saísse dali. Quando aquilo não funcionou, tentou sem sucesso cutucar a fenda horizontal com o dedinho gorducho. Frustrada, cansada do jogo, ficou sentada debaixo da mesa e se deu conta de que havia encontrado um lugar totalmente novo da casa no qual brincar. O cromado brilhante das pernas da mesa e das cadeiras atraiu a atenção dela, e ela testou o som do bloco contra as superfícies lisas.

Aquilo a teria entretido até Ciel chegar, mas a barata, achando que estava segura, se aventurou a sair da tomada. Serena deu um gritinho de satisfação e tentou pegar a amiguinha perdida, mas ela era rápida demais e chispou de volta para a parede. A menina tentou uma vez mais pôr o dedinho na fenda. Então um objeto delgado e brilhante, caído ali e esquecido, entrou no seu campo de visão. Pegando o garfo, Serena finalmente conseguiu encaixar os dentes finos e achatados na tomada.

Eugene evitava os olhos de Ciel enquanto fazia as malas. "Sabe, gata, esse realmente é um bom negócio depois de eu ficar sem trabalho tanto tempo." Contornou a figura imóvel dela para abrir a gaveta que continha suas camisetas e bermudas. "E, caramba, o Maine não é longe. Assim que me estabelecer nas docas por lá, vou conseguir vir pra casa o tempo todo."

"Por que você não leva a gente junto?" Seguia cada um dos movimentos dele com os olhos, e viu a si mesma sendo enterrada na mala sob a pilha crescente de roupas.

"Porque eu tenho que ver o que tá rolando antes de arrastar você e a menina até lá."

"Não me importo. A gente faz dar certo. Aprendi a viver com muito pouco."

"Não, simplesmente não vai dar agora. Por enquanto eu não quero."

"Eugene, por favor." Com horror crescente, ouviu a si mesma implorando baixinho.

"Não, e é isso!" Ele atirou os sapatos na mala.

"Bom, e a que distância esse lugar fica? Para onde cê disse que tava indo?" Ela andou em direção à mala.

"Já disse – as docas de Newport."

"Isso não fica no Maine. Cê disse que tava indo pro Maine."

"Bom, eu errei."

"Como é que cê sabe de um lugar tão longe? Quem te arranjou o emprego?"

"Um amigo."

"Quem?"

Lucielia Louise Turner   131

"Não é da droga da tua conta!" Os olhos soltavam as faíscas de raiva de um animal enjaulado. Ele bateu a parte de cima da mala e a puxou da cama.

"Cê tá mentindo, né? Cê não tem um emprego, tem? Tem?"

"Olha, Ciel, acredita na porra que cê quiser. Tenho que ir." Ele tentou passar por ela.

Ela agarrou a alça da mala. "Não, cê não pode ir."

"Por quê?"

Os olhos dela se arregalaram devagar. Ela se deu conta de que responder àquilo ia exigir que desdobrasse aquela semana da sua vida, armazenada com segurança na cabeça, quando fizera todas aquelas coisas terríveis pela outra mulher que quisera o aborto. Ela, e só ela, teria de assumir a responsabilidade por aquelas coisas agora. Ele tinha de entender o que aquelas ações significaram para ela, mas de algum jeito ele significara mais. Ela procurou em desespero pelas palavras certas, mas tudo o que saiu foi...

"Porque eu te amo."

"Tá, não é um motivo bom o bastante."

Ciel soltara a mala antes de ele dar um puxão para afastá-la. Olhou para Eugene, e o veneno da realidade começou a se espalhar pelo corpo dela feito gangrena. Ele lhe extraiu o perfume das narinas e lhe arrancou o véu dos olhos, e Eugene ficou parado ali na frente tal como era – um homem negro alto e magro com a boca contorcida em um formato estranho pela arrogância e pelo egoísmo. E, ela pensou, não sinto nada agora. Mas em breve, muito em breve, vou começar a odiar você. Prometo – vou odiar você. E nunca vou me perdoar por não ter feito isso mais cedo – cedo o bastante para ter salvado meu bebê. Ah, meu Deus, meu bebê.

Eugene achou que as lágrimas que começavam a se acumular nos olhos dela fossem por causa dele. Mas Ciel estava se dando a esse último luxo de um luto breve pela perda de algo que lhe fora negado. Incomodava-a não ter plena certeza do que aquele algo era, nem de quem era a culpa por ele ter sumido. Ciel começou a sentir a necessidade avassaladora de estar perto de alguém que a amava. *Vou pegar a Serena e vou fazer uma visita para a Mattie agora*, pensou em um torpor.

Então ouviram o grito vindo da cozinha.

A igreja era pequena e escura. O ar estava suspenso em torno delas como um cobertor rançoso. Ciel olhava bem para a frente, alheia aos lugares que se enchiam atrás dela. Não sentia a pressão úmida do braço pesado de Mattie ou a dúvida que tomou o ar por conta da ausência de Eugene. Os lamentosos Jesus Misericordioso, pontuados de leve por soluços, se perdiam nos ouvidos dela. Os olhos secos estavam cravados no pequeno esquife cinza-pérola, flanqueado por imensos arranjos de cravos vermelhos em formato de coração sangrando e de lírios brancos em formato de círculos eternos. As notas soltas que saíam a galope do órgão enorme e se mesclavam à voz monótona do velho com a veste negra atrás do caixão também não eram capazes de penetrar nela.

O universo inteiro de Ciel estava nos 2 metros que a separavam do caixão estreito da filha. Nem sequer havia espaço para esse Deus do consolo cujas virtudes melodiosas flutuavam em torno da esfera dela, tentando se infiltrar. Era óbvio que Ele a abandonara ou condenara, tanto fazia. Tudo o que Ciel sabia era que suas preces tinham sido ignoradas — naquela tarde em que erguera o corpo da filha do chão da cozinha, naqueles dias vazios no hospital e agora. Então sobrara para ela levar adiante o que Deus havia escolhido não fazer.

Lucielia Louise Turner   133

Quando ela se recusou a chorar, as pessoas confundiram isso com choque. Acharam que era um tipo especial de luto quando parou de comer e até de beber água a menos que fosse forçada; quando o cabelo ficou sem pentear e o corpo ficou sem banho. Mas Ciel não estava de luto por Serena. Estava simplesmente cansada de sofrer. E era forçada a, aos poucos, abrir mão da vida que Deus havia se recusado a tirar dela.

Depois do enterro, os bem-intencionados vieram consolar e oferecer a fé surrada na forma de bolos de coco, tortas frias de batata, frango frito e lágrimas. Ciel ficou sentada na cama com as costas apoiadas na cabeceira; os dedos longos e finos, rígidos feito gelo noturno em um lago congelado, estavam largados nas cobertas. Ela agradecia as gentilezas com acenos de cabeça e leves movimentos dos lábios, mas sem nenhum som. Era como se a voz dela estivesse cansada demais para fazer a viagem do diafragma pela laringe até a boca.

As palavras impotentes das visitas voavam de encontro à extremidade de aço da dor dela, sangravam lentamente e voltavam para morrer na garganta do emissor. Ninguém se aproximava demais. Ficavam em torno da porta e da penteadeira, ou se sentavam na beirada de duas cadeiras gastas que precisavam ser estofadas de novo, mas inconscientemente se inclinavam na direção da parede como se a dor dela fosse contagiosa.

Uma vizinha entrou com uma confiança estudada e ficou parada no meio do quarto. "Menina, sei como você se sente, mas não faça isso com você. Também perdi um. O Senhor vai…" E engasgou, porque as palavras haviam sido enfiadas na garganta dela pela pura força dos olhos de Ciel. Ciel os abrira bem agora para olhar para a mulher, mas as chamas vivas que os devoravam eram piores do que a apatia – eram piores do que a morte. Naquele apelo mudo por silêncio, a mulher enxergou a fúria de um inferno pessoal flutuando pelos olhos de Ciel. E no momento em que estendeu a mão para tocar na da garota, a suspendeu como se um espasmo muscular tivesse tomado conta dela, e, de forma covarde, a recolheu. Lembranças de dores velhas e cicatrizadas não consolavam nada diante disso. Tinham o efeito de gotículas de água gelada em ferro quente – elas dançavam e chiavam enquanto o quarto fedia com o vapor.

Mattie ficou parada na porta, e um tremor involuntário lhe percorreu quando viu os olhos de Ciel. Deus do céu, pensou, ela está morrendo, e bem debaixo do nosso nariz.

"Pai misericordioso, não!", ela berrou. Não havia prece, não havia joelho dobrado ou súplica penitente naquelas palavras, mas uma bola de fogo blasfema que disparou e arrebentou os portões do céu, lutando e chutando, exigindo ser ouvida.

"Não! Não! Não!" Como uma vaca preta brâmane desesperada para proteger a cria, entrou em disparada no quarto, tirando a vizinha e os outros do caminho. Aproximou-se da cama com os lábios cerrados com tanta força que os músculos do seu maxilar e da parte de trás do pescoço começaram a doer.

Ela se sentou na beirada da cama e envolveu o fiapinho de corpo nos braços enormes de ébano. E embalou-o. O corpo de Ciel estava tão quente que queimou Mattie ao primeiro toque, mas ela aguentou firme e embalou. Para trás e para a frente, para trás e para a frente – apertava Ciel com tanta força que conseguia sentir os seios jovens achatados contra os botões do vestido. O mamute negro agarrava com tanta firmeza que o mais leve aumento da pressão teria quebrado a coluna da menina. Mas ela embalou.

Lucielia Louise Turner

E de algum lugar das entranhas de seu ser veio um gemido de Ciel, em princípio tão agudo que não pôde ser ouvido por ninguém ali, mas os cães do quintal deram início aos uivos profanos. E Mattie embalou. E então, com uma lentidão agoniante, o gemido abriu caminho pelos lábios ressequidos em uma coluna de ar da grossura de um espaguete, e mal e mal pôde ser ouvido no quarto congelante.

Ciel gemia. Mattie embalava. Impelida pelo som, Mattie embalou-a para fora daquela cama, para fora daquele quarto, até uma imensidão azul logo abaixo do sol e acima do tempo. Embalou-a sobre o mar Egeu tão claro que brilhava feito cristal, tão claro que o sangue fresco dos bebês sacrificados arrancados dos braços das mães e dados a Netuno podia ser visto como espuma cor-de-rosa na água. Embalou-a sem parar, passando por Dachau, onde mães judias com a alma estraçalhada varriam as entranhas dos filhos dos pisos dos laboratórios. Sobrevoaram o cérebro espirrado de criancinhas senegalesas cujas mães os acertaram contra a lateral de madeira dos navios de escravos. E continuou a embalar.

Embalou-a de volta à infância e deixou que visse sonhos destroçados. E a embalou de volta ao passado, de volta ao útero, ao limiar da dor, e a encontraram — uma lasquinha prateada, alojada logo abaixo da superfície da pele. E Mattie embalou e extraiu — e a lasca cedeu, mas as raízes eram fundas, gigantescas, irregulares, e rasgaram a carne, com pedaços de gordura e tecido muscular aderidos a elas. Deixaram um buraco imenso, que já estava começando a ficar purulento, mas Mattie estava satisfeita. Ia sarar.

A bile que havia formado um nó compacto no estômago de Ciel começou a subir e a fez engasgar assim que passou pela garganta dela. Mattie pôs a mão sobre a boca da garota e a levou depressa para fora do quarto agora vazio. Ciel vomitou um catarro amarelo-esverdeado, e expeliu nacos brancos de uma gosma que atingiu o assento do vaso sanitário e escorreu, espalhando-se pelos azulejos. Depois de um tempo, ela soltava apenas ar, mas o corpo parecia não querer parar. Estava exorcizando as perversidades da dor.

Mattie pôs as mãos em concha sob a torneira e fez sinais para Ciel beber e lavar a boca. Quando a água saiu da boca de Ciel, parecia, pelo gosto, que a estivera enxaguando com um ácido suave. Mattie preparou uma banheira de água quente e despiu Ciel. Deixou a camisola cair dos ombros estreitos, por sobre os pobres seios magros e os ossos salientes do quadril. Ajudou-a a entrar na água devagar, e era como uma folha de outono ressecada e marrom atingindo a superfície de uma poça.

E a banhou devagar. Pegou o sabonete, e, usando apenas as mãos, lavou o cabelo e a nuca de Ciel. Ergueu os braços dela e limpou suas axilas, ensaboando bem os pelos marrons ali. Deixou o sabonete deslizar pelos seios da garota, e lavou cada um separadamente, pondo as mãos em concha em torno deles. Tomou ambas as pernas e lavou até mesmo entre as unhas dos pés. Fazendo Ciel se erguer e se ajoelhar na banheira, limpou a fenda no traseiro, ensaboou os pelos pubianos, e lavou com suavidade as dobras da vagina – devagar, com reverência, como se lidasse com uma recém-nascida.

Tirou-a da banheira e a enrolou na toalha do mesmo jeito como havia sido banhada – como se, friccionando demais, fosse romper o tecido da pele. Tudo isso fora feito sem que nenhuma das mulheres dissesse uma palavra. Ciel ficou ali parada, nua, e sentiu o ar gelado brincar na superfície limpa da pele. A sensação era de ter menta exsudando pelos poros. Fechou os olhos e o fogo havia desaparecido. As lágrimas não a queimavam mais por dentro, arrasando os órgãos internos com o vapor. Então Ciel começou a chorar – ali, nua, no meio do piso do banheiro.

Mattie esvaziou a banheira e a enxaguou. Conduziu a ainda nua Ciel até uma cadeira no quarto. As lágrimas fluíam com tanta liberdade agora que Ciel não conseguia enxergar, e se deixou conduzir como se fosse cega. Sentou-se na cadeira e chorou – a cabeça erguida. Como não fazia nenhum esforço para secá-las, as lágrimas pingavam do queixo e caíam no peito e rolavam até a barriga, sobre os pelos pubianos escuros. Ignorando Ciel, Mattie tirou a roupa de cama amarrotada e pôs uma nova, alisando os lençóis esticados e limpos. Afofou os travesseiros até ficarem em um formato virginal e os colocou em fronhas brancas.

E Ciel ficou sentada. E chorou. Deixadas em paz, as lágrimas rolavam pelas coxas abertas e começavam a molhar a cadeira. Mas eram frescas e boas. Ela pôs a língua para fora e começou a beber o sal, alimentando-se delas. As primeiras lágrimas desapareceram. Os ombros magros começaram a tremer, e os espasmos lhe percorreram o corpo à medida que surgiam novas lágrimas – quentes e ardentes dessa vez. E ela soluçou, o primeiro som que emitia desde os gemidos.

Mattie pegou as pontas do lençol sujo que havia tirado da cama e limpou o muco que escorria do nariz de Ciel. Então conduziu seu corpo ainda molhado e cintilando, agora batizado, até a cama. Cobriu-a com um lençol e pôs uma toalha sobre o travesseiro – isso ia ajudar por um tempo.

E Ciel se deitou e chorou. Mas Mattie sabia que as lágrimas iam chegar ao fim. E que ela ia dormir. E a manhã ia chegar.

Cora Lee

Verdade, falo de sonhos.
Que são os filhos de um cérebro à toa
Gerados por nada além da vã fantasia

A nova bonequinha dela. Puseram o plástico macio e a flanela cor-de-rosa no colo da garotinha, e ela voltou os olhos em formato de lua cheia na direção deles com uma gratidão maravilhada. Era tão perfeita e tão pequenina. A garotinha acompanhava com a ponta dos dedos a testa lisa e marrom e a curva do nariz arrebitado. Erguia com delicadeza os braços e pernas com covinhas e então os punha de volta no lugar com reverência. Beijando devagar a boquinha pintada, inalava o novo cheiro enquanto acariciava o cabelo crespo e sedoso e as bochechas rechonchudas. Punha os braços em volta do corpinho imóvel e apertava bem, enquanto, com os olhos cerrados, aguardava com a respiração suspensa as primeiras vibrações trepidantes do "Mamãe" baixo e grave da boneca se irradiarem pelo peito dela. Os pais cercavam esse ritual anual com gostosas gargalhadas, davam tapinhas na cabeça da garota e retomavam os outros assuntos do Natal.

Cora Lee era uma criança fácil de agradar. Pedia só essa coisa todo ano, e embora a tivessem abastecido ao longo dos anos com os blocos, as bicicletas, os livros e os jogos que julgavam necessários a uma criança em fase de desenvolvimento, ela passava o tempo inteiro com suas bonecas – e precisavam ser bonecas bebês. Ela lhes disse isso com uma revolta muda no ano em que decidiram que estava agora crescidinha o bastante para uma Barbie adolescente; tinham até mesmo se sacrificado por um conjunto caro de bonecas importadas com rostos de porcelana e mantilhas, sáris e quimonos de seda e renda de verdade. Na semana seguinte, encontraram as bonecas debaixo da cama dela com as cabeças esmagadas e os braços retorcidos e desencaixados.

Foi aí que o pai começou a se preocupar. Nada a ver, a mãe respondeu. Ele não vivia dizendo que ela era diferente das outras crianças? Bom, todas as crianças eram negligentes com os próprios brinquedos, e isso só provava que ela era igualzinha ao resto delas. Mas a mulher ficou olhando o quarto, pinçando com cuidado os pedacinhos de porcelana quebrada enquanto a miscelânea de bonecas de fralda e mamadeira da filha encarava de volta, os sorrisos congelados, lá de sua fileira arrumada.

Curvaram-se relutantes à reprovação silenciosa dela, e afagaram a autoridade ferida dando-lhe bonecas cada vez mais baratas. Mas a risada se tornou mais vazia e consternada no ritual natalino de plástico e flanela de Cora, porque o corpo dela estava agora ficando arredondado e cheio de curvas. O pai desviava o rosto depressa e se ocupava com as outras crianças nos momentos em que a mãe fazia menção de lhe entregar a boneca que estava debaixo do pinheiro. Mesmo assim, uma bola ainda se formava na garganta dele por causa da imagem duradoura da gratidão embevecida da menina pelo presente de plástico inerte.

Ele bateu o pé no 13º Natal dela. Não ia haver mais bonecas – de qualquer tipo. Deixe que brinque como as outras crianças da idade dela. Mas ela brinca como as outras crianças, a mãe defendeu. Havia observado a filha em segredo ao longo dos anos à procura de alguma coisa faltando, algum sinal ligeiramente visível na lição de casa ou nas atividades que explicassem aquele estranho ritual natalino, mas não havia nenhum. Ela não era tão brilhante quanto o irmão, mas as notas eram muito melhores do que as da irmã, e era sem dúvida a filha mais obediente. Ele ia negar à filha essa única coisinha que a deixava feliz? Em silêncio, desviou o rosto da raiva que a aparente irracionalidade dele havia congelado no rosto da esposa, porque não havia palavras para o arrepio que lhe percorreu a mente diante da lembrança do plástico marrom inerte encostado nos seios protuberantes da filha.

Culpado e aturdido, ele gastou mais dinheiro com ela naquele Natal do que com os outros filhos, mas ainda sentiam a reprovação silenciosa dela enquanto manuseava, apática, os novos suéteres, a nova câmera, o novo radinho portátil.

"Está tudo bem, querida", a mãe sussurrou no ouvido dela, "você tem montes de bonecas no quarto".

"Mas elas não têm o mesmo cheiro e não dão a mesma sensação das novas." E a mulher ficou assustada com a profundidade do sofrimento e da perda que se refletiam no rosto marrom-escuro da garota. Afastou depressa a imagem e continuou a se recusar a acreditar que havia algum motivo para preocupação. E muitos meses iam se passar até evocar aquela imagem na consciência. Ela ia retornar depois de a filha mais nova abordá-la certa tarde com a notícia de que Cora Lee tinha feito coisas sujas com o menino Murphy atrás da escada do porão. E ia chamar a filha mais velha e ouvi-la relatar com uma inocência dolorosa que aquilo não fora sujo, que ele só prometera lhe mostrar a coisa que dava uma sensação boa no escuro – e dava mesmo, mãe.

E então, triste e pacientemente, ia lhe explicar, com bastante atraso, que Cora Lee não devia deixar que o menino Murphy ou qualquer outro menino lhe mostrasse aquela coisa que dava uma sensação boa no escuro, porque o corpo dela agora podia gerar bebês e ela não era crescida o suficiente para ser mãe. Ela havia entendido? E ao ver os mistérios desconexos da vida se unindo na mente da filha, e ao ouvi-la soltar o ar com um entusiasmo esclarecido – "Um bebê de verdade, mãe?" –, a imagem daquele Natal ia irromper com violência no cérebro dela feito um cutelo. Foi então que começou a se preocupar.

"Cora! Cora Lee!" A voz ecoava estridente pelo duto de ar. "Já te disse pra fazer o diabo dessas crianças pararem de pular no diabo da minha cabeça o diabo do dia inteiro! Agora eu vou chamar a polícia – cê me ouviu? O diabo da polícia!" E a janela bateu com um estrondo.

Cora Lee suspirou devagar, desviou a cabeça da novela e olhou em torno da sala desleixada, para os corpos que ululavam e pulavam e atiravam livros didáticos encardidos um no outro, saltando dos móveis estropiados e se balançando nas cortinas de veludo frouxas.

"Cês para com isso agora", ela exclamou, lânguida. "Cês tão dando nos nervos da srta. Sophie e deixando ela com dor de cabeça, e ela disse que vai chamar os guardas." Nenhum deles lhe deu a menor atenção, e ela se virou de volta para a televisão com um suspiro, acariciando absorta o bebê no colo. Em todo caso, o que é que esse pessoal da Brewster Place queria dela? Sempre reclamando. Se deixasse os filhos saírem, faziam barulho demais nos corredores. Se brincassem nas ruas, não os olhava de perto o suficiente. Como é que ia conseguir fazer tudo isso – estar em cem lugares de uma vez só? Tentar manter esse apartamento de pé já era mais do que o suficiente. Como ia saber que o pequeno Brucie ia escalar o muro no final do quarteirão e cair e quebrar o braço?

Do jeito como lidaram com aquilo, dava pra pensar que ela mesma o havia empurrado.

Bruce disparou para a frente da televisão, perseguindo uma das irmãs e tentando atingi-la na cabeça com o gesso sujo em frangalhos.

"Para com isso, cês tão estragando a imagem", ela disse, irritada. Agora os médicos diziam que o braço dele não estava curando direito e que Cora Lee tinha de levá-lo de volta para refazer tudo. Sempre havia alguma coisa — precisava lembrar de olhar o cartão da clínica para ver quando era a próxima consulta. Terça-feira um dia desses, lembrava vagamente. Esperava que não tivesse sido na terça-feira passada, ou ia ter de esperar o resto da vida por uma nova consulta.

"Não entendo", suspirou audivelmente, mudou o bebê de lugar nos braços e se levantou para arrumar a imagem e mudar de canal. Odiava quando suas duas tramas favoritas passavam na mesma hora; era uma dificuldade ficar mudando de canal entre o julgamento do Steve por assassinato e o aborto secreto da Jessica.

Uma bola de borracha veio voando do outro lado da sala e acertou a bebê na lateral da cabeça. A criança começou a berrar, e os olhos de Cora arderam pela sala em busca do culpado.

"Tá, chega!", ela gritou, atacando pela sala, batendo de forma aleatória em qualquer um que não fosse rápido o suficiente para se esquivar dos punhos que se sacudiam. "Agora vão lá pra fora — tô de saco cheio de vocês. Espera! Ninguém tem nenhuma lição de casa?" Só os ameaçava com a lição de casa quando a haviam levado ao limite da paciência. Ouviu desconfiada o coro irregular de "nãos" em resposta à pergunta dela, mas não conseguiu reunir energia suficiente para dar uma folheada na pilha caótica de cadernos despedaçados espalhados pelo chão.

"Estranho demais", murmurou, soturna. "Ninguém nunca tem dever de casa. Quando eu tava na escola, a gente sempre tinha dever de casa." Mas eles já estavam se encaminhando para a porta, sabendo que ela havia usado a última arma que tinha. "E a gente não ficou pra trás feito vocês, seus asnos", gritou impotente para a porta que batia. Ela se surpreendeu quando Maybelline ficara para trás. A filha mais velha sempre gostara da escola, e nunca havia nenhum bilhete na caixa de correio notificando a ausência dela nas aulas, como no caso dos outros. Leve ela para a biblioteca, os professores disseram, estimule ela a ler. Mas os mais novos haviam rasgado e riscado os livros da biblioteca, e eles faziam você pagar pelo estrago. Ela não podia se dar ao luxo de pagar por livros o tempo inteiro. E como esperavam que ficasse em cima deles a todo instante? Já era mais do que o suficiente tentar manter o apartamento de pé. Enfatizou esse pensamento pegando uma mãozada de roupas largadas e as jogando em uma poltrona reclinável. Então agora os bilhetes notificando as ausências nas aulas também vinham em nome da Maybelline.

"Simplesmente não entendo", ela suspirou, e voltou a se sentar diante da televisão. Examinou com delicadeza a lateral da cabeça da bebê para ver se a bola tinha deixado uma marca e beijou o pequeno hematoma. Por que é que simplesmente não podiam permanecer assim – tão macios e fáceis de cuidar? Como os amava quando eram assim. Pondo a mão da bebê na boca, chupou os dedinhos e ficou olhando-a dar risadinhas e tentar pegar o nariz da mãe. Cutucou a covinha na bochecha com o polegar e ergueu a menina até o seio para poder afagar o cabelinho cacheado e fino e inalar a mistura doce de óleo mineral e talco nas dobras do pescocinho. Ah, se pudessem permanecer desse jeito, quando se alimentavam no corpo dela, de modo que não havia nenhum escritório de assistência social onde ficar sentada o dia inteiro e nenhuma fila de auxílio-alimentação onde ficar de pé, quando somente ela podia ser sua substância e seu universo, quando não havia vizinhos ou professores ou assistentes sociais a quem justificar as ações deles. Ficavam onde você os deixava, e era tão fácil mantê-los limpos.

Gastava horas lavando, passando e dobrando as roupinhas, os cobertores e os lençóis em miniatura. O canto esquerdo do quarto dela, onde ficavam o bercinho e a cômoda de madeira branca, era religiosamente limpo e espanado. Quando se punha de gatinhas para lavar o friso sob o berço, o cartaz vermelho e preto na clínica resplandecia na mente dela — OS GERMES SÃO OS INIMIGOS DO SEU BEBÊ —, e estava constantemente alerta para qualquer germe escondido naquele canto esquerdo. Não, quando os bebês dormiam ela se certificava de que não fossem incomodados por aquelas coisas reproduzidas naquele cartaz na clínica. Não havia lugar onde se esconderem naquele corpinho marrom que era banhado e untado duas vezes por dia, ou nas dobras da flanela e do percal em tons pastéis que ela lavava e esterilizava pessoalmente, ou entre as cerdas das escovinhas de cabelo que eram fervidas toda semana e trocadas todo mês. Não suportava pensar naquelas coisas vermelhas e feiosas rastejando pelos cachos macios e cheirosos nos quais agora enterrava o nariz.

Ficava maravilhada diante da mudança nos fios finos e sedosos que se moviam com o mais ínfimo estímulo do hálito dela e se erguiam para lhe fazer cócegas no nariz quando inspirava. Em alguns anos iam ficar rígidos, crespos e ásperos. Então ia odiar tocar neles, porque as crianças iam chorar quando puxasse o pente pelo cabelo emaranhado delas. E teria de arrastar as crianças

Cora Lee 145

de debaixo da cama ou para fora dos armários e teria de bater na cabeça delas várias vezes para que ficassem sentadas quietinhas enquanto lhes penteava os cabelos. E, se não penteasse, agora ia haver vizinhos e professores e uma ampla gama de parentes para reclamar do cabelo fibroso e retorcido dos bebês que haviam crescido e superado o universo do colo dela, crescido e ficado de olhos esbugalhados e estúpidos, chegando em casa imundos das ruas com o veludo cotelê, a sarja e os jeans grosseiros que esfarrapavam mais rápido do que ela conseguia remendar, e com a boca cheia de dentes podres e pernas e braços ralados e livros didáticos rasgados e aqueles malditos bilhetes na caixa de correio comunicando a ausência nas aulas – estúpidos, simplesmente estúpidos.

"Cê também vai ser um asno?", ela arrulhou para a bebê. "Não, não a bebezinha da mamãe. Cê não vai ser como eles."

Não havia motivo para eles serem assim – tão difíceis. Ela havia frequentado a escola até o segundo ano do ensino médio, quando teve a primeira filha. E naquela época você precisava abandonar os estudos se ficasse grávida. Cora Lee tinha a intenção de voltar, mas parecia que os bebês continuavam a vir – sempre bem-vindos até que mudavam, e então ela não os entendia.

Não entendo você, Cora Lee, simplesmente não entendo você. Tendo todos esses filhos, ano após ano, de Deus sabe quem. Só o Sammy e a Maybelline têm o mesmo pai. Qual é o seu problema, filha? Qual é o seu problema, mana? Qual é o seu problema, caso 6348?

Qual era o problema deles? Se se comportassem melhor, as pessoas não iam viver no pé dela. Talvez o pai do Sammy e da Maybelline não tivesse ido embora tão cedo. Ela gostava dele de verdade. Os dentes com obturações de ouro e o olho de vidro a fascinavam, e ela quase aprendera a lidar com o jeito peculiar dele. Uma panela de arroz queimado significava um maxilar quebrado, ou um piso molhado no banheiro um dente mole, mas isso era culpa deles por deixá-la tão ocupada que não conseguia manter a casa ajeitada. Mas ainda tinha a cicatriz debaixo do olho esquerdo por conta do choro de um bebê, e não dava para você fazer um bebê parar de chorar. Os bebês tinham que chorar de vez em quando, então o pai do Sammy e da Maybelline teve que ir embora. E então houve o pai do Brucie, que havia prometido se casar com ela e tirá-la da assistência social, mas que tinha ido comprar uma caixa de leite e nunca mais voltou. E então só as sombras — que vinham à noite e lhe mostravam a coisa que dava uma sensação boa no escuro, e quase sempre saíam antes de as crianças acordarem, o que era bem melhor — não havia mais espera pela caixa de leite que nunca chegava e olhos roxos por conta do choro de um bebê. A coisa que dava uma sensação boa no escuro às vezes trazia novos bebês, e aquilo era tudo o que lhe dizia respeito, já que as sombras quase sempre mentiam a respeito do sobrenome ou do emprego ou a respeito de não terem esposas. Ela parara de ouvir, parara de se importar. Era chateação demais, e não importava, porque tinha os bebês. E as sombras não lhe davam maxilares fraturados ou olhos roxos, não havia tempo para tudo isso — no escuro — antes que as crianças acordassem.

Virou a cabeça na direção da porta e suspirou quando ouviu a batida. E essa agora? Não podiam ser as crianças, quando saíam ela precisava descer e arrastá-las das ruas a menos que ficassem com muito frio ou muita fome. Será que aquela velha ranzinza tinha realmente chamado os guardas? Abriu a porta e deu de cara com uma jovem alta e bonitinha com cabelo trançado, segurando pela gola um Sammy que se agitava e xingava e um maço de papéis no outro braço. As outras crianças estavam espalhadas pelo corredor e pelas escadas para assistir ao suplício do irmão.

"Mamãe, eu num fiz nada. Diz pre'ssa cara de cu; eu num fiz nada."

"Que jeito de falar." Ela o agarrou e o arremessou para dentro do apartamento. "Moça, perdão. Ele roubou alguma coisa de você? Ele vive pegando coisas, já bati nele por conta disso, mas ele não para. Disse para esse asno que os professores ameaçaram mandar ele para o reformatório." Ela se virou na direção do filho. "Cê ouviu isso — *reformatório*, seu..."

"Não, espera, você entendeu errado — não é isso!" A garota ajeitou os papéis no braço, desconfortável. "Ele estava lá embaixo comendo de uma das latas de lixo e achei que você devia saber, porque, bom, ele pode estar com fome ou algo assim."

"Ah", Cora Lee pareceu aliviada, "eu sei que ele faz isso". Ela viu os olhos da garota se arregalarem um tantinho, incrédulos. "Ele tá procurando doces. O dentista na clínica disse que todos os dentes dele tão podres então não dou nenhum doce pra ele, e ele revira as latas de lixo à cata deles. Tentei fazer ele parar, mas cê não pode estar em todos os lugares ao mesmo tempo. Acho que assim que ficar bem doente por causa desse hábito nojento, ele vai parar sozinho."

A garota ainda a encarava. Cora continuou: "Acredita em mim, meus filhos têm muito o que comer. Tenho duas cartelas cheias de cupons de auxílio-alimentação que ainda não usei. Não sei por que me dou ao trabalho de cozinhar; eles só brincam com a comida — sempre comendo o diabo daqueles doces. Mas tive que impedir o Sammy porque o doutor disse que as gengivas dele estão contaminadas e não queria que isso pegasse na bebê". Por que é que essa garota estava olhando para ela de um jeito tão esquisito? Provavelmente achava que estava mentindo. O Sammy realmente ia ver só por envergonhá-la desse jeito. "Estava prestes a preparar o jantar quando você bateu na porta", ela mentiu. Ainda tinha mais duas tramas para assistir antes de se obrigar a encarar aquela pia gordurosa e repleta de pratos e panelas acumulados ao longo de um dia inteiro e que tinha de ser limpa antes que fizesse o jantar. "Tá, vocês", ela gritou por cima do ombro da garota, "entrem em casa, tá quase na hora de comer".

Uivos de protesto e incredulidade seguiram-se às palavras dela, e ela disparou para o corredor atrás dos passos que batiam em retirada. "Disse pra pôr esses rabo pra dentro dessa casa!", ela berrou. "Ou cês vão se arrepender, cacete!" O ímpeto inusitado na voz dela os levou a obedecer, aturdidos e relutantes. Passaram por ela e entraram no apartamento de mau humor, com uma série de resmungos e de "a gente nunca come tão cedo" que não passaram despercebidos à garota.

Cora sorriu triunfante para a garota e deixou escapar um longo suspiro. "Cê tá vendo o que eu quero dizer — eles são terríveis. Simplesmente não entendo."

"Sim", a garota baixou os olhos para os papéis, incerta, "deve ser difícil com tantos. Peço desculpas por me apresentar para você assim, mas ia passar aqui de qualquer jeito". Ela ergueu os olhos e deslizou para um monólogo decorado. "Sou a Kiswana Browne e moro no sexto andar. Estou tentando iniciar uma associação de inquilinos da vizinhança. Sabe, todos esses prédios têm o mesmo dono e se a gente realmente se juntar, a gente pode pressionar ele e começar a dar um jeito nesse lugar. Assim que a associação estiver de pé, a gente pode até mesmo iniciar uma greve de aluguéis e fazer os reparos por conta própria. Queria verificar nessa planilha todas as coisas que estão avariadas no seu apartamento e então vou pegar esses formulários e peticionar."

Cora Lee ouviu o sotaque musical e cadenciado de Kiswana, olhou para os jeans de marca e para a blusa de seda listrada, e ficou surpresa que ela tivesse dito que vivia neste prédio. O que é que estava fazendo em uma rua feito a Brewster? Não era possível que estivesse aqui há muito tempo, ou saberia que não havia nada que você pudesse fazer para mudar o jeito como as coisas eram. Aquele cara branco não ligava para o que um pessoal negro tinha a dizer, e nem pensar que aquelas pessoas iam se juntar. Estavam ocupadas demais andando de um lado para o outro reclamando, tentando criar problemas para ela em vez de importunar o senhorio. É uma pena que ela esteja perdendo seu tempo porque parece uma garota tão legal.

"Tem um monte de coisa errada com esse lugar, mas isso aí não vai resolver nada."

"Vai resolver se encontrarmos gente suficiente para assinar esses formulários. Já passei em quatro dos prédios e a adesão tem sido ótima. Vamos fazer a primeira reunião neste sábado ao meio-dia."

"Simplesmente não entendo", Cora suspirou, e olhou em torno do apartamento. Kiswana seguiu o olhar dela abertamente, e Cora Lee respondeu ao que viu refletido no rosto da garota. "Sabe, cê não pode ter nada legal com essas crianças vandalizando o tempo inteiro. Minha irmã me deu aquele conjunto de estofados faz só seis meses e era praticamente novo."

"Não, sei o que você quer dizer", Kiswana disse um pouco depressa demais enquanto os olhos percorriam o lixo que transbordava da lata da cozinha.

"Então cê tem filhos?"

"Não, mas meu irmão tem dois e diz que eles realmente podem ser difíceis de se lidar de vez em quando."

"Bom, tenho bem mais do que isso, então cê pode imaginar o inferno que eu passo."

Kiswana deu um pulo quando ouviram um baque alto e um grito vindos do canto da sala. Cora Lee se virou, tranquila, e sem se mover gritou com a criança embolada no varão e no tecido da cortina caída. "Tá feliz agora, Dorian? Te disse um milhão de vezes pra parar de se balançar nas minhas cortinas, então bem feito!"

Kiswana a empurrou para o lado e foi até a criança que berrava. "Talvez ele tenha machucado a cabeça."

"Nah, ele tá sempre despencando de algum lugar. A cabeça dele é tipo uma pedra." Cora a seguiu para examinar as cortinas e ver se estavam rasgadas. "Ele é igualzinho ao pai — todos aqueles caribenhos têm cabeça dura." Bom, pelo menos acho que era caribenho, ela pensou, tinha algum tipo de sotaque. "O varão dessa cortina não tem mais jeito." Baixou os olhos para a criança que Kiswana estava embalando. "E não tenho mais dinheiro para trocar, então por mim esse tecido pode ficar aí caído."

Dorian havia parado de chorar e estava tocando nas miçangas coloridas presas às tranças de Kiswana.

"Deixa o cabelo dela em paz e levanta e vai lá pro outro quarto."

Kiswana ergueu os olhos para Cora, alarmada. "Tem um galo grande saindo do lado da cabeça dele; talvez a gente devesse levar ele…"

"Vai sumir", Cora disse; foi até o sofá e pegou a bebê no colo. Kiswana ainda segurava Dorian, e não fez nenhuma tentativa de esconder a desaprovação no rosto. "Olha", Cora Lee disse, "se eu for correr pro hospital toda vez que essas crianças batem a cabeça ou ralam o joelho, vou passar o resto da vida naquelas emergências. Você simplesmente não entende — eles são selvagens e nojentos e não tem nada que você possa fazer!". Balançou o bebê de forma enérgica, como se os movimentos do corpo dela pudessem erguer um muro contra a reprovação silenciosa da garota.

Dorian tentou apanhar uma das miçangas enroladas no cabelo de Kiswana, e a garota gritou de dor enquanto ele saltava do colo dela apertando a ponta de uma trança no punho. "Filho da…" saiu voando da boca dela antes que pudesse se impedir e morder o lábio.

"Tá vendo o que eu quero dizer?" Cora quase sorriu de gratidão para Dorian quando ele atravessou a porta até o outro quarto às pressas.

"Sabe", Kiswana ficou de pé e espanou o pó dos jeans, "eles provavelmente são assim porque ficam amontoados nesse apartamento o tempo todo. As crianças precisam de espaço onde se mover".

"Tem um bocado de espaço naquele pátio da escola para eles brincarem, mas eles vão pra escola? Não. E da última vez que deixei eles irem pro parque, alguém deu erva pro Sammy e, quando minha mãe achou aquilo no bolso dele, ouvi horrores por causa disso. Então o que é que eu devo fazer? Tenho que manter eles longe dali ou vou acabar com um bando de drogados nas mãos."

Com o canto do olho, ela viu que *Outro mundo* estava terminando. Ah, merda! Agora só ia saber na segunda--feira se a Rachel ia se divorciar do Mack porque ele tinha ficado impotente depois de ser apanhado pelo terremoto. Por que é que essa garota simplesmente não ia para casa e parava de cuidar da vida dela?

"Olha, vou ficar com seu papel e dar uma olhada, tá? Mas tenho um milhão de coisas pra fazer agora, então você pode passar aqui pra ver isso outra hora." Sabia que estava sendo grosseira, mas só havia mais três comerciais antes do início de *Os médicos*.

"Ah, claro. Me desculpe; não quis atrapalhar você. Sabe, não estava tentando dizer a você como criar seus filhos nem nada disso. É só que…" Ela voltou a passar os olhos pela sala de forma involuntária.

"É, eu sei", Cora disse com um olho na televisão, "é só que estou ocupada agora. Sabe, tenho que ir…".

"Fazer o jantar", Kiswana disse com tristeza.

"É, isso – o jantar." E foi abrir a porta.

Kiswana parecia relutante em se mexer. "Sabe, tem várias coisas boas que rolam no parque também." Sacou um folheto da carteira. "Meu namorado recebeu uma concessão da prefeitura, e ele está organizando uma montagem negra de *Sonho de uma noite de verão* esse fim de semana. Talvez você possa ir e levar as crianças", ela ofereceu, com um fiapo de esperança.

Cora olhou de má vontade para o folheto. "Abshu Ben-Jamal Produções", murmurou devagar. "É, conheço ele – um cara grandão e escuro. Ele não fez um espetáculo de fantoches itinerante no verão passado?"

"Sim, ele mesmo", Kiswana sorriu.

"Veio aqui com uma caminhonete ou algo assim e umas bonequinhas africanas dançantes. Eu lembro; as crianças falaram disso durante semanas."

"Sabe", Kiswana se apressou em encorajar, "elas amam coisas assim. Por que você não leva elas amanhã à noite?".

"Não sei", Cora suspirou e olhou para o folheto. "Essa coisa aqui – Shakespeare e isso aí tudo. Vai ser profundo demais para elas e elas vão começar a incomodar e me envergonhar na frente de todas aquelas pessoas."

"Ah, não – elas vão amar", Kiswana insistiu. "Vai ser divertido e colorido e ele deu uma atualizada na peça. Tem música e dança – ele pôs atores para dançar em estilo discoteca em torno de um mastro — e eles fazem o toca-aqui um no outro e coisas assim. E vai ter fadas — todas as crianças gostam de histórias com fadas e coisas assim nelas; mesmo se não entenderem todas as palavras, vai ser ótimo para elas. Por favor, tente ir."

"Bom, vamos ver. Sábado é um dia bem corrido pra mim. Tenho que lavar as coisas da bebê e fazer a limpeza. E aí tem tanta criança pra arrumar. Não sei; vou tentar."

"Olha, não vou fazer grande coisa amanhã. Depois da reunião dos inquilinos, passo aqui cedinho e ajudo você com as crianças. E então podemos ir todos juntos. Tudo bem? Vai ser divertido."

Ah, cacete! Ela conseguia ouvir a música de abertura de *Os médicos*. Qualquer coisa para se ver livre dessa garota. "Certo, vou levar elas, mas você não tem que passar aqui. Vou dar conta sozinha; tô acostumada."

"Não, eu quero. Não é trabalho nenhum."

"É, mas elas só vão se exibir se você estiver aqui. Vai ser mais fácil se eu mesma arrumar elas." Abriu a porta.

"Tá, então vou esperar e passar aqui para pegar você quando sair. Que tal seis e meia pra gente conseguir bons lugares?"

"É, tá — seis e meia." E abriu um pouquinho mais a porta.

Kiswana ficou exultante, e arrulhou para a bebê: "Ouviu isso, querida? Você vai assistir a uma peça". Ela acariciou o queixo da criança. "Ela é uma coisinha fofa. Qual o nome dela?"

A atenção que deu ao bebê lhe garantiu mais alguns minutos do tempo de Cora Lee. "Sonya Marie", ela disse, e, orgulhosa, ergueu a bebê para ser admirada.

"Ela é a sua cara." Kiswana pegou a bebê e fez cosquinha no nariz dela com a ponta de uma das tranças.

"É uma pena cê não ter nenhum seu. Cê tem jeito com crianças."

"Ainda não tenho marido", Kiswana respondeu de forma automática, vendo o bebê rir.

"Então, nem eu." Cora deu de ombros.

Kiswana ergueu o rosto e acrescentou depressa: "Bom, algum dia, talvez, mas no momento tudo o que eu tenho é um conjugado".

"Bebês não ocupam muito espaço. Cê só pega um berço e uma cômoda pequena e tem tudo arranjado", Cora sorriu beatífica.

"Mas bebês crescem", Kiswana disse com delicadeza, e entregou a criança de volta para Cora com um sorriso intrigado.

Cora Lee fechou a porta e voltou a se sentar diante da televisão, mas a batalha de Maggie contra a rara doença do sangue que contraiu na Guatemala tremeluzia sem ser notada. Não havia mais conforto em acariciar a criança no colo. O perfume de Kiswana, suspenso no ar e misturado ao cheiro de comida rançosa e poeira velha, a deixava inquieta, e ela não conseguia precisar o porquê exatamente. Depois de alguns momentos agitados, deitou a bebê no sofá e foi até a pilha de álbuns que mantinha na mesinha de canto. Folheou devagar as páginas com as fotos de estúdio caras dos bebês. Dorian, Brucie, Sammy, Maybelline – Dierdre e Daphne (como ficou satisfeita naquele ano por ter vindo duas de uma vez). Os bebês dela – todos os bebês dela – a encararam de volta, petrificados sob o plástico amarelado. Precisava tirar uma foto de Sonya antes que fosse tarde demais.

Mas bebês crescem

Olhou para as cortinas suspensas, para a mobília quebrada, para as pilhas de lixo na sala. Aquela garota provavelmente pensou que ela era uma mãe ruim. Mas amava os bebês dela! Os bebês – ela... Começou a folhear os álbuns de novo – Shakespeare, humpf. A turma dela tinha ido ver Shakespeare quando estava no primeiro ano do ensino médio. Ficou olhando para os olhos castanhos e infantis de Maybelline – *Somos feitos da mesma matéria que os sonhos, e nossa vida minúscula é cercada pelo sono* – De onde aquilo viera? Será que a professora os fizera decorar aquilo para a peça, "O templo", ou um nome desses. Ela amava a escola; sempre ia para a escola – não era como eles. Por que os bebês dela não iam para a escola? Sacudiu a cabeça, confusa. Não, bebês não iam para a escola. Sonya era o bebê dela e era pequena demais para ir à escola. Sonya nunca dava nenhuma dor de cabeça. Sonya...

Mas bebês crescem

Fechou o álbum com força. Aquela garota provavelmente pensou que ela não queria levar os filhos para aquela peça. Por que não iam? Ia ser bom para eles. Eles precisavam de coisas como Shakespeare e tudo isso. Iam se sair melhor na escola e parar de ser tão difíceis. Iam crescer para ser como a irmã e o irmão dela. O irmão de Cora Lee tinha um bom emprego no correio, e a irmã vivia em Linden Hills. Devia ter dito isso à garota – a irmã era casada com um homem que tinha o próprio negócio e um casarão em Linden Hills. Isso teria dado uma lição à garota – vir aqui com seus jeans chiques e a blusinha de seda, dizendo que ela era uma mãe ruim. É, ia deixar os bebês dela prontinhos amanhã.

Cora Lee foi desligar a televisão e decidiu começar a preparar o jantar mais cedo, afinal.

"Por que é que a gente vai tomar banho – a vovó tá vindo aqui?"

"Não, vocês vão ver uma peça." Cora Lee estava trocando a água da banheira para a terceira rodada de crianças.

"Não quero ir ver peça nenhuma", Dorian protestou.

"Sim, você vai", ela disse, despindo-o e atirando-o na água cheia de espuma. "E se cê for esperto, cê vai ficar nessa banheira." Ela foi até a porta procurar Brucie.

"Dierdre, cê não pode usar essas meias – tão esburacadas."

"Mas sempre uso elas nas escola."

"Bom, cê não vai usar elas assim hoje à noite – me dá elas aqui!" Pegou as meias da menina, arrastou Brucie até a banheira e foi procurar linha e agulha.

As crianças seguiam o comportamento desconcertante dela com as cabeças recém-escovadas e penteadas. Nunca tinham visto a mãe tão ativa. A sensação havia começado depois do café da manhã, quando ela tirou os pratos da mesa, lavou-os e empilhou-os e varreu o chão da cozinha antes de se deslocar para a sala e deixá-la espanada e com certa aparência de organização, e então para os quartos, onde tinha até mesmo trocado os lençóis – havia algo no ar. Parecia Natal, ou que os avós iam visitá-los, mas nenhuma dessas coisas aconteceu, então trocaram olhares inquietos e se moveram cautelosos, com protestos meramente simbólicos dirigidos à estranha que os acordara de manhã.

Cora separava de modo febril as roupas deles – lavando, passando e remendando. Não conseguia acreditar que estavam naquele estado. As pernas das calças estavam na altura do tornozelo ou desgastadas a ponto de se partirem, os vestidos, rasgados na cintura e descosidos na bainha, as meias deixavam dedões ou calcanhares inteiros de fora — quando isso tudo tinha acontecido? Consertava e se agitava, testava e combinava roupas até enfim ficar satisfeita com os corpinhos perfeitamente abotoados que reuniu diante dela. Enfileirou os rostos esfregados, os cabelos cuidadosamente repartidos e os braços e pernas untados no sofá, e proibiu-os de se moverem.

Quando abriu a porta para Kiswana, a garota ficou comovida quando se deu conta da quantidade de esforço que devia ter sido despendido na ampla gama de calças grosseiramente remendadas, camisas mal-ajambradas e vestidos com a bainha torta que a mulher lhe apresentava com orgulho. Sorriu com afeto olhando Cora Lee nos olhos. "Bom, vejo que estamos todos prontos. Vamos lá." Tomou as duas mãozinhas menores nas dela e desceram as escadas juntos.

Cora flanqueava o grupo como um sargento bem-sucedido, e fazia questão de se dirigir pessoalmente a cada vizinho de pé no alpendre e enfileirado na balaustrada do lado de fora, ignorando os olhares abertamente surpresos quando saíam do prédio. Onde é que será que estava indo com todos aqueles filhos? O escritório da assistência social não estava aberto. Cumprimentavam-na com a prudência amigável que as mulheres dirigiam às que não eram casadas e que tinham um filho atrás do outro — já que não os estavam tendo com o próprio marido, sempre havia a possibilidade de que os estivessem tendo com o seu.

Mattie estava subindo o quarteirão, empurrando um carrinho de compras pesado.

"Oi, srta. Mattie", Cora gritou calorosamente. Gostava de verdade de Mattie porque, ao contrário dos outros, Mattie nunca tinha tempo para julgar a vida alheia.

"Ora, oi, vocês. Minha nossa, mas estamos bonitos, hein? Onde cês tão indo?"

"Parque – para o Shakespeare." Cora enfatizou a última palavra, ampliando o sorriso em um semicírculo que contemplava os outros ouvidos atentos.

"Isso é muito bom. Esse é o novo bebê? É lindinha, não? Cê vai ter que pôr um fim nisso logo, Cora. Cê tá com o limite máximo aí agora", Mattie censurou com delicadeza.

"Eu sei, srta. Mattie", Cora suspirou. "Mas como é que cê para?"

"Do jeito como começou, minha filha – só que ao contrário." As três mulheres riram.

"Sammy, ajuda a srta. Mattie a subir a escada com esse carrinho e aí encontra a gente no fim do beco." Estavam se aproximando do beco de 2 metros que ficava entre o prédio de Mattie e o muro da Brewster Place.

"Nah, eu me viro. Não quero ele andando nesse beco sozinho, tá escurecendo. O C. C. Baker e todos aqueles marginais à toa ali, fumando aquela droga. Já chamei a polícia por causa deles cem vezes, mas ela não vem aqui só por isso."

Durante alguns minutos, Mattie e Kiswana discutiram a possibilidade de a nova associação de inquilinos conseguir que a prefeitura cercasse o beco, e então o grupo continuou seu caminho. Aproximaram-se do parque e então seguiram as imensas flechas vermelhas pintadas sob os letreiros verdes e pretos – *Sonho de uma noite de verão* – rumo à parte central. Cora fora ao parque preparada. Tinha uma cinta de couro dobrada na bolsa, e se acomodou no meio da fileira com as crianças sentadas de ambos os lados, de modo que nenhuma ia estar além do alcance do braço dela. Kiswana se sentou na ponta, segurando Sonya. Não iam tocar o terror e envergonhá-la na frente dessa gente. Iam se sentar quietinhas e prestar atenção nessa coisarada de Shakespeare nem que tivesse de torcer o pescoço delas.

Olhou ao redor e não reconheceu ninguém da Brewster, então as pessoas negras aqui provavelmente vinham de Linden Hills, e mais da metade dos que entravam eram brancos. Se eles estavam vindo é porque ia ser grandioso mesmo. Endireitou as costas no banco duro, cutucou Brucie e Dorian, que estavam sentados um de cada lado dela, e lançou ameaças invisíveis para os outros à esquerda e à direita. Não ia haver agitação e pulinhos – tinham de mostrar para essas pessoas que estavam acostumados com coisas assim. Desvirou a gola de Bruce e gesticulou para Daphne fechar as pernas e puxar o vestido para baixo.

A luz do entardecer havia ficado da cor de cobertores azul-marinho desbotados quando os holofotes foram acesos. Cora não conseguia entender o que os atores estavam dizendo, mas nunca vira pessoas negras usando palavras que soavam tão chiques, e elas realmente pareciam saber do que estavam falando – ninguém esquecia as falas nem nada assim. Olhou para ver se teria de tirar a cinta da bolsa de fininho, mas as crianças estavam surpreendentemente quietas, com exceção de Dorian, e ela só teve de dar dois tabefes nele porque, quando mudaram o cenário para as cenas da floresta, até ele estava encantado. A garota tinha razão – era simplesmente lindo. Plantas enormes de papel machê pendiam em uma variedade de tons de verde esplendorosos por entre galhos e pedras salpicados de lantejoulas. Aquele povo das fadas estava vestido com uma gaze dourada e lavanda com enfeites de cetim que brilhavam sob as luzes coloridas dos holofotes. E as coroas de acrílico usadas no palco partiam os refletores em uma multiplicidade de diamantes alongados e dançantes.

De início, Cora pegou a deixa das pessoas em torno e riu quando elas riam, mas à medida que a peça ganhava força, a óbvia natureza pastelão da situação reivindicou a própria graça. O homem das fadas tinha feito alguma coisa com os olhos daquelas pessoas, e todo mundo estava perseguindo todo mundo. Primeiro aquela garota de marrom gostava daquele homem, e Cora riu espontaneamente quando ele lhe bateu e chutou para impedi-la de segui-lo, porque ele ficava atrás da garota de branco que estava apaixonada por ainda outra pessoa. Mas depois que o homem das fadas bagunçou com os olhos deles, a coisa toda virou de ponta-cabeça e ninguém sabia o que estava acontecendo — nem mesmo as pessoas na peça.

Aquela rainha das fadas era a cara da Maybelline. Maybelline podia fazer isso um dia — ficar no palco usando roupas bonitas e dizendo coisas chiques. Aquela garota provavelmente tinha ido à faculdade para fazer aquilo. Mas talvez Maybelline pudesse ir à faculdade — ela gostava da escola.

"Mamãe", Brucie sussurrou, "eu vou ficar assim? É desse jeito que um asno fica quando cresce?".

O personagem, Bobina, estava saltitando no palco usando uma cabeça de asno.

Cora sentiu a culpa na boca descer e formar um nó na garganta. "Não, querido." Acariciou a cabeça dele. "A mamãe não vai deixar você ficar assim."

"Mas esse homem não é um asno também? Eles não são…"

"Shhhh, vamos falar disso depois."

A cena seguinte estava borrada diante dela. Maybelline costumava gostar da escola — por que tinha desistido? As imagens dos livros rasgados da biblioteca e dos bilhetes comunicando as ausências nas aulas, que nunca haviam sido respondidos, repunham as lágrimas nos olhos dela à medida que rolavam silenciosas pelo rosto. O ano letivo ia terminar em algumas semanas, mas essa bobajada de cabular tinha de parar. Ia levantar e levá-los pessoalmente se precisasse – e também para as aulas de reforço no verão. Fazia quanto tempo que os professores vinham dizendo que eles precisavam de aulas de reforço? E ela ia conferir a lição de casa – toda noite. E a Associação de Pais e Mestres. Sonya não ia ficar pequenininha para sempre – não ia ter mais desculpas para faltar àquelas reuniões no fim da tarde. Ensino fundamental; ensino médio; faculdade – nenhum deles ia ficar pequenininho para sempre. E então iam arranjar bons empregos em companhias de seguro e no correio, até mesmo como médicos ou advogados. É, é isso que ia acontecer com os bebês dela.

A peça se aproximava do último ato, e todas as pessoas pareciam pensar que estavam dormindo. *Eu tive uma visão de grande raridade. Tive um sonho que foge à capacidade dos homens dizer que sonho foi...*[15] Na última cena o elenco convidou a plateia para subir ao palco e se juntar a eles na dança de casamento ao som de rock. As crianças queriam se levantar e ir junto, mas Cora as deteve. "Não, não, da próxima vez!", disse, sem querer que suas roupas fossem vistas sob as luzes brilhantes. As pessoas da plateia se sentaram de pernas cruzadas no palco e o homenzinho das fadas trotou pelo meio delas:

Se nós, sombras, ofendemos
Acertar tudo podemos:
É só pensar que dormiam
Se visões apareciam.
E que esse tema bisonho
Apenas criou um sonho...[16]

15 Na tradução de Barbara Heliodora para a editora Nova Aguilar. *Teatro completo*, vol. 2.
16 Ibid.

Cora aplaudiu até as mãos formigarem, e teve uma estranha sensação de vazio agora que havia acabado. Ah, se simplesmente pudessem fazer isso de novo. Deixou as crianças pularem em torno dos assentos e dançar ao som da música que continuava a tocar depois de a peça ter terminado. Cora foi até Kiswana no final da fileira e tomou a mão dela.

"Obrigada – foi maravilhoso."

Kiswana ficou levemente desconcertada com essa explosão de emoção da mulher. "Sabia que você ia gostar, e olha como as crianças foram boazinhas."

"Ah, sim, foi ótimo. Vou trazer eles de novo."

"Bom, se tudo correr bem, ele planeja produzir outro no ano que vem."

"A gente vai estar aqui", Cora disse, enfática, pegando o bebê de Kiswana. "Ela deu muito trabalho?"

"Não, ela é um doce. Olha, não vou voltar agora. Quero correr e dar os parabéns pro Abshu. Você vai ficar bem?"

"Claro, e por favor diz pra ele que achei maravilhoso."

"Vou dizer. Te vejo depois."

Cora e a família andaram pela noite úmida de verão até em casa, e ela sorria enquanto as crianças conversavam e tentavam imitar algumas das palhaçadas que tinham visto.

"Mamãe", Sammy puxou o braço dela, "Shakespeare é preto?".

"Ainda não", ela disse com delicadeza, lembrando que havia batido nele por escrever as rimas nas paredes do banheiro.

A longa caminhada os cansara, então houve poucos protestos na hora de ir para a cama. Nenhum deles questionou quando ela os lavou e os pôs um por um na cama com um beijo – fora uma noite de surpresas, essa. Cora Lee tirou as roupas deles, dobrou-as e as colocou de lado.

Então andou pelo apartamento, apagando as luzes e aspirando os ecos esperançosos da paz e da ordem que se encontravam na casa arrumada. Entrou no quarto escuro, e a sombra, que havia entrado com a própria chave, se mexeu na cama. Ele não perguntou onde tinham estado, e ela não se incomodou em lhe dizer. Foi até o berço e espiou em silêncio a filha que dormia, deixando escapar um longo suspiro. Então se virou e dobrou aquela noite com firmeza como se fosse gaze cor de lavanda e dourada; dobrou-a bem fundo nos vincos dos sonhos, e deixou as roupas dela caírem no chão.

As duas

De início pareceram garotas tão bacanas. Ninguém conseguia lembrar exatamente quando haviam se mudado para a Brewster. Foi no início do ano, antes de o Ben ser morto – claro, tinha de ser antes da morte do Ben. Mas ninguém lembrava se as duas tinham chegado no inverno ou na primavera daquele ano. Muitas vezes as pessoas chegavam e iam embora da Brewster Place feito um sonho de uma noite agitada, entrando e saindo no escuro para evitar ordens de despejo ou boletins da vizinhança a respeito das condições deploráveis da mobília. Então, foi só quando as duas foram vistas saindo pela manhã e voltando à noitinha a intervalos regulares que houve a compreensão tácita de que agora reivindicavam a Brewster como lar. E a Brewster esperou, cautelosa mas preparada para reivindicá-las, porque com as jovens nunca dava para saber, ainda mais solteiras assim. Porém, quando nenhuma música barulhenta ou amigos bêbados saíram dos cantos do prédio nos fins de semana, e sobretudo quando nenhum marido levemente entusiasmado foi encorajado a se demorar naquele apartamento do primeiro andar e fazer algum reparo para elas, um suspiro de alívio contido flutuava em torno das duas quando tiravam o lixo, faziam as compras e tomavam o ônibus matinal.

As mulheres da Brewster tinham aceitado prontamente a mais clara, a magra. Não havia grande ameaça nos passinhos tímidos e curtos dela e nos dentes levemente protuberantes que pareciam tão ávidos para aparecer para todo mundo nos bons-dias e boas-noites que repicavam feito sininhos. A respiração era suspensa um segundo a mais na direção da mais baixinha e mais escura – bonita demais, e com bunda demais. E insistia em usar aqueles vestidos fininhos de poliamida que a brisa de verão modelava junto ao ritmo enlouquecedor dos quase 10 quilos de carne arredondada que ela sacudia com firmeza rua abaixo. Com olhos semicerrados, as mulheres ficavam observando seus homens vendo ela passar, sabendo que os desgraçados estavam rezando por um ventinho. Mas, visto que ela parecia indiferente ao fato de essas súplicas serem ou não atendidas, os olhares das mulheres também se acomodaram em torno dos ombros dela. Garotas bacanas.

E então ninguém nem se deu ao trabalho de gravar exatamente quando elas se mudaram para a Brewster Place, até que o rumor teve início. Primeiro aquilo tinha se espalhado pela vizinhança feito um cheiro azedo que mal e mal era detectável e que era fácil de ignorar, até começar a ganhar força a partir da dúzia de bocas na qual esteve, entre gengivas viscosas e dentes cobertos de sujeira. E então estava em toda parte – revestindo a mucosa das bocas e clareando os lábios de todo mundo à medida que torciam o nariz para o cheiro penetrante, incapazes de determinar a fonte ou a época em que havia surgido. Sophie conseguia determinar – ela tinha estado lá.

Não era que o rumor tivesse de fato começado com Sophie. Um rumor não precisa de nenhuma mãe ou pai de verdade. Só precisa de alguém que esteja disposto a levá-lo adiante, e encontrou esse alguém em Sophie. Ela tinha estado lá – em um daqueles entardeceres de agosto nos quais a ausência do sol é uma piada porque o calor deixa o ar tão pesado que achata a pele nua no corpo, a ponto de um lençol se tornar intolerável e o sono, impossível. Então a maior parte da Brewster estava do lado de fora naquela noite em que as duas tinham chegado juntas, provavelmente vindo de um daqueles cinemas com ar-condicionado no centro da cidade, e cumprimentaram os que estavam à toa em volta do prédio delas. E tinham começado a subir os degraus quando a magrinha tropeçou na bola de uma criança, e a mais escura a segurou pelo braço e em torno da cintura para impedir a queda. "Cuidado, não quero perder você agora." E as duas tinham rido olhando nos olhos uma da outra, e entrado no prédio.

O cheiro tinha começado ali. Ele delineou a imagem da mulher tropeçando e daquela que tinha impedido a queda. Sophie e mais algumas mulheres farejaram o sinal e então, perplexas, olharam umas para as outras em silêncio. Onde tinham visto aquilo antes? Riam e tocavam uma na outra com frequência – se agarravam de alegria ou por causa do gêmeo do mal da alegria –, mas onde tinham visto *aquilo* antes? Ocorreu-lhes enquanto o cheiro flutuava pelas escadas e penetrava nas narinas delas a caminho da boca. Tinham visto aquilo – feito aquilo – com os homens delas. Aquele momento compartilhado de comunhão invisível reservado para duas pessoas e escondido do restante do mundo por trás de uma risada, ou de lágrimas, ou de um toque. Nos dias anteriores aos filhos, aos abortos e a outros sonhos desfeitos, depois das carícias roubadas nos estábulos e nos barracões de processamento de algodão, depois das caminhadas intimistas na saída da igreja e dos beijos secretos com meninos que tinham sido esquecidos havia

As duas　167

muito tempo ou que tinham se estabelecido permanentemente na vida delas – foi ali. Quase conseguiam sentir o cheiro se deslocando pela boca, e se juntaram devagar e o soltaram no ar feito uma névoa amarelada que começou a aderir aos tijolos na Brewster.

Então circulou que as duas do 312 eram *daquele* jeito. E tinham parecido garotas tão bacanas. As saídas e chegadas regulares delas no bairro eram vistas com um olhar desconfiado. O silêncio que baixava em torno da porta delas nos fins de semana sugeria todo tipo de ritual secreto, e a indiferença cordial das duas aos homens nas ruas era um insulto às mulheres, como uma ostentação insolente de algo antinatural.

Como as janelas do apartamento de Sophie ficavam de frente para as delas, do outro lado do duto de ar, ela virou a sentinela oficial da vizinhança, e suas opiniões eram valorizadas sempre que as duas surgiam na conversa. Sophie levava a posição a sério, e estava o tempo inteiro alerta para quaisquer sinais reveladores que pudessem despontar por detrás das persianas fechadas, do outro lado das quais mantinha uma vigília religiosa. Uma semana inteira de persianas fechadas foi evidência suficiente para que se pusesse a flanar por ali com relatórios que davam conta de que assim que ficava escuro elas baixavam as persianas e acendiam a luz. Cabeças assentiam num uníssono de quem entendia – um sinal definitivo. Se a dúvida fosse verbalizada com um "Mas eu baixo as persianas à noite também", um "É, mas você não é *daquele* jeito" sussurrado era argumento suficiente para encerrar a discussão.

Sophie observou a mais clara tirando o lixo, e ela saiu e abriu a tampa. Seus olhos dispararam para as latinhas amassadas, as cascas de vegetais e as caixas vazias de biscoitos com gotas de chocolate. O que é que elas faziam com todos aqueles biscoitos com gotas de chocolate? Com certeza era um sinal, mas ia levar um tempo para decifrá-lo. Viu Ben entrando no apartamento delas, e ficou à espera e bloqueou o caminho dele quando ele saiu, carregando a caixa de ferramentas.

"O que é que cê viu?" Agarrava o braço dele e sussurrava, deixando-o com o rosto cheio de gotículas de saliva.

Ben a encarou com os olhos semicerrados e os lábios caídos e balançou a cabeça devagar. "Ah, ah, ah, foi terrível."

"É?" Ela chegou um pouco mais perto.

"A torneira mais estragada que já vi na vida." Sacudiu o braço para se livrar da mão dela e deixou-a parada no meio do quarteirão.

"Seu saco de lixo velho", ela murmurou ao voltar para o alpendre. Uma torneira quebrada, é? Por que precisavam usar tanta água?

Sophie tinha muito que contar naquele dia. Ben dissera que era terrível lá. Não, não sabia exatamente o que ele tinha visto, mas você pode imaginar — e imaginavam. Confrontados com a diferença que brotara no seu mundinho previsível, lançavam mão da imaginação e, usando um antigo molde, teciam uma razão para a existência dela. Por necessidade, costuravam nessa existência todos os seus medos secretos e pesadelos duradouros da infância, porque mesmo que fosse enganadora o suficiente para tentar ter a mesma aparência deles, para falar como falavam e fazer o que faziam, tinha de ter alguma mácula que a invalidasse — era impossível que os dois lados estivessem com a razão. Então se recostavam, validados pela simples autoridade de seu número e tranquilizados pela barreira entrelaçada que os mantinha a salvo daquela névoa amarelada que envolvia as duas quando entravam e saíam da Brewster Place.

As duas 169

Lorraine foi a primeira a notar a mudança nas pessoas na Brewster Place. Era uma mulher tímida mas naturalmente gentil que se levantava cedo e que, antes da hora de sair para o trabalho, já havia lido o jornal matutino e feito cinquenta flexões. Saía do apartamento ansiosa para começar o dia cumprimentando qualquer um dos vizinhos que estivesse lá fora. Mas notou que algumas pessoas que já tinham falado com ela antes agora faziam questão de encontrar outra coisa com que ocupar os olhos quando ela passava, embora quase conseguisse sentir o olhar delas nas suas costas enquanto andava. Os que ainda falavam só o faziam depois de uma pausa desconfortável e durante a qual pareciam ver através dela, antes de lhe dar um bom-dia ou boa-noite de má vontade. Ela se perguntava se seria tudo coisa de sua cabeça, e pensou em mencionar isso para Theresa, mas não queria ser acusada de novo de ser sensível demais. E, de qualquer forma, como a Tee ia chegar a notar algo assim? Tinha uma péssima postura e raramente falava com as pessoas. Ficava na cama até o último minuto, saía correndo de casa zonza e mal-humorada e estava acostumada a que olhassem para ela – os homens, pelo menos – por causa do corpo.

Lorraine pensava nessas coisas enquanto subia o quarteirão depois do trabalho, carregando um saco de papel enorme. O grupo de mulheres no alpendre se abriu em silêncio para deixá-la passar.

"Boa noite", disse enquanto subia os degraus.

Sophie estava parada no último degrau e tentou espiar dentro do saco. "Fazendo compras, é? Comprou o quê?" Era quase uma acusação.

"Comida." Lorraine cobriu a parte de cima do saco para evitar os olhares e se espremeu para passar por ela com um cenho franzido, confusa. Viu Sophie lançar um olhar entendido para as outras na parte de baixo do alpendre. Qual era o problema dessa velha? Era maluca ou algo assim?

Lorraine entrou no apartamento. Theresa estava sentada ao lado da janela, lendo um exemplar da *Mademoiselle*. Ergueu os olhos da revista. "Trouxe os meus biscoitos com gotas de chocolate?"

"Ora, boa noite pra você também, Tee. Como foi meu dia? Simplesmente espetacular." Pôs o saco no sofá. "O Baxter, aquele menininho, trouxe um filhote de cachorro para apresentar pra turma, e aquela coisa infernal mijou o chão inteirinho e então passou a mastigar o salto do meu sapato, mas, sim, consegui mancar até o mercado e te trouxe os biscoitos com gotas de chocolate."

Ah, Jesus, Theresa pensou, essa noite um bicho mordeu ela.

"Bom, você devia falar com a sra. Baxter. Ela precisa educar o filho melhor do que isso." Não esperou Lorraine terminar de rir antes de tentar prolongar o bom humor dela. "Vem cá, vou tirar essas coisas daqui. Quer que eu faça o jantar para você poder descansar? Só trabalhei meio período, e a coisa mais trágica que rolou foi eu quebrar uma unha que ficou presa na máquina de escrever."

Lorraine seguiu Theresa até a cozinha. "Não, não estou muito cansada, e, verdade seja dita, você cozinhou ontem à noite. Não queria estourar daquele jeito; é só que... bom, Tee, você reparou que as pessoas não são mais tão legais quanto costumavam ser?"

Theresa se enrijeceu. Ah, meu Deus, lá vai ela de novo. "Que pessoas, Lorraine? Legais em que sentido?"

"Bom, as pessoas nesse prédio e na rua. Ninguém fala mais, quase. Tipo, chego e digo boa-noite — e silêncio, só. Não era assim logo que a gente se mudou. Não sei, você só fica tentando entender; só isso. O que é que elas tão pensando?"

As duas   171

"Eu particularmente tô cagando pro que elas tão pensando. E o boa-noite delas não põe nenhuma comida na mesa."

"É, mas você não viu o jeito como aquela mulher me olhou lá fora. Elas devem pressentir alguma coisa ou saber de alguma coisa. Provavelmente..."

"Elas, elas, elas!", Theresa explodiu. "Sabe, não vou entrar nessa de novo, Lorraine. Quem diabos elas são? E onde diabos a gente tá? Vivendo num lixo de um prédio nessa parte da cidade onde Judas perdeu as botas no meio de um monte de neguinho ignorante com algodão debaixo da unha ainda por causa de você e do seu 'elas'. Elas, as pessoas, sabiam de alguma coisa em Linden Hills, então abri mão de um apartamento onde vivi nos últimos quatro anos por você. E elas sabiam de alguma coisa em Park Heights, e você me atazanou tanto que a gente teve que ir embora. Agora essas pessoas misteriosas, esse elas, estão na Brewster Place. Bom, espia pela janela, criança. Tem um muro enorme no fim do quarteirão, e esse é o fim da linha para mim. Não vou mais me mudar, então se é isso que você tá se preparando para dizer – pode guardar para você!"

Quando ficava brava, Theresa era como um punhado de brasas ardentes, e os rompantes violentos de raiva dela sempre inquietavam Lorraine.

"Viu, é por isso que não queria mencionar o assunto." Lorraine começou a estalar os dedos com nervosismo. "Você vive correndo na frente e tirando conclusões – ninguém falou nada de se mudar. E eu não sabia que eu tinha te atazanado tanto desde que você me conheceu. Perdão por isso", ela concluiu, chorosa.

Theresa olhou para Lorraine, parada na porta da cozinha como uma folha murcha, e quis atirar alguma coisa nela. Por que é que nunca reagia? A própria suavidade que de início a havia atraído em Lorraine agora era motivo frequente de irritação. Mel defumado. Foi isso que Lorraine a lembrara, sentada no escritório dela agarrada àquele formulário de candidatura. Dias secos de outono nos bosques da Geórgia, a fumaça densa se alastrando da parte de baixo de uma colmeia e o primeiro vislumbre do mel âmbar só levemente escurecido nas extremidades pelos gravetos queimando. Ela fluíra com a mesma consistência espessa até penetrar na mente de Theresa, e havia permanecido ali com sua doçura inabalável.

Mas naquela época Theresa não sabia que essa suavidade preenchia o próprio âmago de Lorraine, e que ela vergava diante da menor pressão, que estava sempre procurando se cercar da tranquilidade que vinha da boa vontade de todo mundo e que murchava ao menor indício de desaprovação. Isso de ser exortada o tempo todo a cuidar e a apoiar estava começando a esgotá-la, e simplesmente não entendia. Primeiro havia suprido aquilo amando Lorraine, esperando que endurecesse um dia, como até o mel endurece quando exposto ao frio. Theresa estava ficando cansada de ser o suporte — de ser aquela onde a outra se apoiava. Não queria uma filha – queria alguém que pudesse caminhar ao lado dela e que estivesse disposta a arranjar um arranca-rabo de vez em quando. Se praticassem desse jeito uma com a outra, podiam se virar e nocautear o mundo por invadir o território delas. Mas não tinha encontrado essa parceira irascível em Lorraine, e a tensão de brigar sozinha começava a deixar suas marcas.

"Bom, se você tivesse me atazanado a tal ponto, eu teria ido embora faz muito tempo", ela disse, vendo as palavras reanimarem Lorraine como uma rega com água fresca.

"Imagino que você ache que sou algum tipo de paranoica doente, mas não posso me dar ao luxo de ter gente ligando para o meu trabalho ou escrevendo cartas para o diretor. Você sabe que já perdi um posto assim em Detroit. E ensinar é a minha vida, Tee."

"Eu sei", ela suspirou, sem de fato saber. Não havia perigo de que aquilo chegasse a acontecer na Brewster Place. Lorraine lecionava longe demais dessa vizinhança para que qualquer um daqui a reconhecesse naquela escola. Não, dessa vez não era o emprego que tinha medo de perder, mas a aprovação. Queria ficar lá fora e bater papo e trocar segredinhos de maquiagem e receitas de bolo. Queria ser a secretária da associação dos moradores e que lhe pedissem para tomar conta dos filhos enquanto davam um pulo até o mercado. E nada disso ia acontecer se nem conseguiam se forçar a aceitar os boas-noites dela.

Em silêncio, Theresa terminou de desempacotar as compras. "Por que é que você comprou queijo cottage? Quem come isso?"

"Bom, achei que a gente devia começar uma dieta."

"Se *a gente* começar uma dieta, você vai sumir. Você não tem nada para perder além do cabelo."

"Ah, não sei. Pensei que a gente talvez quisesse tentar diminuir o quadril ou algo assim." Lorraine deu de ombros, brincalhona.

"Não, obrigada. Estamos muito felizes com os nossos quadris do jeito que são", Theresa disse ao empurrar o queijo cottage para o fundo da geladeira. "E mesmo quando perco peso, nunca perco ali. Meu peito e meus braços simplesmente diminuem, e começo a parecer um frasco de molho de salada."

As duas mulheres riram, e Theresa se sentou para ficar olhando Lorraine preparar o jantar. "Sabe, essa bunda sempre foi minha perdição. Quando estava na Geórgia com minha avó, os garotos costumavam me prometer docinhos se eu deixasse eles apalparem minha bunda. E eu amava aquelas balinhas – sabe, do tipo que durava o dia inteiro e ficava mudando de cor na tua boca. Então ficava feliz em obedecer, porque numa tarde podia coletar o equivalente a uma semana de balinhas."

"Sério. Isso é engraçado pra você? Ter uns garotos passando a mão em você todinha."

Theresa soltou um muxoxo. "A gente era só criança, Lorraine. Sabe, você me lembra minha avó. Aquela era uma velha toda carola. Teve um ataque quando meu irmão contou pra ela o que eu tava fazendo. Me chamou no fumeiro e me disse num sussurro assustador de verdade que eu podia ficar grávida deixando os garotinhos apalparem meu rabo e que ia acabar como minha prima Willa. Mas a Willa e eu éramos unha e carne, e ela já tinha me dado um resumo passo a passo de como tinha arranjado aquele problema. Mas fui de fininho até a casa dela naquela noite só pra conferir a história de novo, já que aquela velha parecia tão sincera. 'Willa, tem certeza?', sussurrei pela janela do quarto dela. 'Tô te falando, Tee', ela disse. 'Só mantém os dois pés no chão e cê tá livre.' Bem depois eu descobri que esse conselho não era muito confiável do ponto de vista biológico, mas funcionou na Geórgia, porque aqueles garotos do interior não tinham muita imaginação."

A risada de Theresa ricocheteou nas costas rígidas e silenciosas de Lorraine e morreu na garganta dela. Com raiva, rasgou uma das embalagens daqueles biscoitos com gotas de chocolate. "É", ela disse, encarando as costas de Lorraine e mordendo o biscoito com força, "só quando fui para o Norte cursar a faculdade que descobri que tem várias coisas que um cara com um pouquinho de imaginação pode fazer com você, mesmo com os dois pés no chão. Sabe, a Willa esqueceu de me dizer para não me inclinar ou me abaixar ou…".

As duas   175

"Precisa disso!" Lorraine se virou do fogão com os dentes trincados.

"Precisa do quê, Lorraine? Preciso falar de coisas que são parte da vida tanto quanto comer ou respirar ou envelhecer? Por que você fica sempre tão nervosa com sexo ou homens?"

"Não fico nervosa com nada. Só acho nojento quando você fica falando e falando..."

"Não tem nada de nojento nisso, Lorraine. Você nunca esteve com um homem, mas já estive com alguns – uns melhores do que outros. Tem uns dois que ainda hoje espero que tenham uma morte lenta e dolorosa, mas aí tem uns que foram legais comigo – na cama e fora dela."

"Se eram tão bons, então por que você tá comigo?" Os lábios de Lorraine tremiam.

"Porque..." Theresa a encarou fixamente e então baixou os olhos para o biscoito que estava rodopiando na mesa. "Porque", continuou devagar, "você pode pegar um biscoito com gotas de chocolate e fazer buracos nele e prender nas orelhas e chamar de brinco, ou pendurar no pescoço numa correntinha de prata e fingir que é um colar – mas ainda é um biscoito. Tá vendo – você pode jogar para o alto e chamar de frisbee ou até mesmo de pires voador, se estiver a fim, e ainda assim é só um biscoito. Faz ele rodopiar na mesa – desse jeito – até virar um lindo borrão ou uma luz âmbar e marrom que você pode imaginar que é um topázio ou ouro cheio de ferrugem ou cristal velho, mas a lei da gravidade precisa entrar em cena em algum momento, e ele precisa parar – em algum momento. E então o rodopio e o fingimento e a agitação acabam. E sabe com o que você fica?".

"Com um biscoito com gotas de chocolate", Lorraine disse.

"Aham." Theresa pôs o biscoito na boca e piscou. "Uma lésbica." Levantou da mesa. "Me chama quando o jantar estiver pronto, vou voltar para a leitura." Parou na porta da cozinha. "E assim, por que você tá colocando molho nesse frango, Lorraine? Você sabe que engorda."

A Associação dos Moradores da Brewster Place se reunia no apartamento de Kiswana. As pessoas se espremiam no sofá e na mesinha de centro e se sentavam no chão. Kiswana havia pendurado uma bandeira vermelha na parede, "Hoje a Brewster — Amanhã o país!", mas pouca gente entendeu o que aquilo significava, e menos gente ainda se importou. Estavam ali porque aquela garota dissera que alguma coisa podia ser feita em relação aos buracos nas paredes e à falta de aquecimento que deixavam as crianças com os pulmões congestionados no inverno. Kiswana havia desistido de tentar ser ouvida por cima das vozes que competiam entre si no volume e na extensão das queixas contra o senhorio. Era a primeira vez na vida que sentiam que alguém os levava a sério, então todos os pretensos advogados, políticos e atores da Broadway tiravam vantagem dessa rara oportunidade de exibir seu talento. Não importava que repetissem com frequência o que fora dito ou que o monólogo deles não tivesse qualquer relevância para os assuntos em pauta; cada um lutava para eclipsar o outro.

"Não tem motivo nenhum para o Ben estar aqui. Ele trabalha pro senhorio."

Uns poucos *é* dispersos se ergueram no perímetro da sala.

"Eu vivo nesse bairro aqui como cês tudo", Ben disse devagar. "E se cês não têm aquecimento, eu também não tenho. Num é culpa minha se aquele homem não manda entregar nenhum combustível."

"Mas cê vive tão mamado o tempo inteirinho, não tem como cê ter frio."

"Olha, tem várias coisa que não é culpa do senhorio. O senhorio não joga lixo nos duto de ar nem quebra os vidro das porta."

"É, e aquelas criança que fica correndo pra cima e pra baixo nos corredor."

"Não fala dos meus filhos!" Cora Lee se sobressaltou. "Vários aí de vocês têm filhos, e não são uns santinho."

"Por que cê ficou tão sensível – quem falou de você?"

"Mas, se a carapuça serviu…."

"Esperem, por favor." Kiswana ergueu as mãos. "Isso não vai nos levar a lugar nenhum. O que a gente devia discutir hoje é a organização de uma greve de aluguéis e a abertura de um processo judicial contra o senhorio."

"O que a gente tinha que discutir", Sophie se inclinou e disse a Mattie e Etta, "é os maus elementos que se mudaram para cá, no meio de gente decente".

"Bom, chamei a polícia uma dúzia de vezes pelo menos por causa do C. C. Baker e daqueles rapazes à toa no beco, fumando as ganza deles e roubando as pessoas", Mattie disse.

"Não tô falando dessa criançada – tô falando daquelas duas que moram na minha frente no 312."

"Que que tem elas?"

"Ah, cê sabe, Mattie", Etta disse, olhando bem para Sophie. "Aquelas garotas que cuidam da própria vida e que nunca têm uma palavra grosseira para dizer para ninguém – é dessas duas que cê tá falando, né, Sophie?"

"O que elas tão fazendo – vivendo ali daquele jeito – é errado, e cê sabe." Ela se virou para apelar a Mattie. "Bom, cê é uma mulher cristã. O Livro Sagrado diz que aquelas coisa delas é uma abominação contra o Senhor. A gente não devia ter isso aqui na Brewster, e a associação tinha que fazer alguma coisa."

"Minha Bíblia também diz, em Pedro, para não me intrometer nos problemas dos outros, Sophie. E do jeito como vejo a coisa, se elas não tão ligando para o que acontece na minha casa, por que eu deveria ligar para o que acontece na delas?"

"Elas tão pecando contra o Senhor!" Os olhos de Sophie estavam brilhantes e úmidos.

"Então deixa o Senhor cuidar disso", Etta rebateu. "Quem é que te nomeou?"

"Isso não me surpreende vindo de *você*. Não, nem um pouquinho!" Sophie lançou um olhar para Etta e ficou de pé para se deslocar pela sala, em meio a ouvidos mais receptivos.

Etta fez menção de ir atrás dela, mas Mattie segurou o braço dela. "Deixa essa mulher pra lá. A gente não tá aqui pra começar uma discussão por causa de uma das cretinices dela."

"Caroço de ameixa seca velho", Etta cuspiu. "Devia ficar feliz que aquelas duas garotas são assim. É uma cama a menos de onde ela tem que se preocupar em arrancar o Jess esse ano. Não vi ela bater com nenhuma Bíblia quando desceu o sarrafo naquela mulher vinda de Mobile que pegou com ele na primavera passada."

"Etta, nunca que ia mencionar isso na frente da Sophie porque odeio o jeito como ela ama exibir a vida dos outros em praça pública, mas não consigo deixar de sentir que o que elas tão fazendo não é bem certo. Como é que cê fica desse jeito? É de nascença?"

"Não sei te dizer, Mattie. Mas vi muito disso na minha época e nos lugares que frequentava. Eles dizem que simplesmente se amam – quem sabe?"

As duas   179

Mattie raciocinava intensamente. "Bom, também amei mulheres. Teve a srta. Eva e a Ciel, e mesmo intratável como cê sabe ser, te amei praticamente a vida inteirinha."

"É, mas é diferente com elas."

"Diferente como?"

"Bom..." Etta estava começando a se sentir desconfortável. "Elas se amam como você amaria um homem ou um homem te amaria – acho."

"Mas amei algumas mulheres mais intensamente do que já amei qualquer homem", Mattie ponderava. "E teve algumas mulheres que me amaram mais e fizeram mais por mim do que qualquer homem."

"É." Etta pensou por um instante. "Consigo concordar com isso, mas ainda assim é diferente, Mattie. Não consigo precisar exatamente, mas..."

"Talvez não seja tão diferente", Mattie disse, quase para si mesma. "Talvez seja por isso que algumas mulheres ficam tão incomodadas com isso, porque lá no fundo elas sabem que não é tão diferente, no fim das contas." Olhou para Etta. "Meio que dá uma sensação estranha quando você pensa nisso assim."

"É, dá", Etta disse, incapaz de olhar Mattie nos olhos.

Lorraine estava subindo a escadaria escura e estreita até o apartamento de Kiswana. Tinha tentado fazer com que Theresa viesse, mas ela não queria tomar parte naquilo. "Uma reunião de inquilinos pra quê? A maldita rua tem que ser condenada." Sabia que Tee a culpava por ter que viver em um lugar como a Brewster Place, mas ela podia ao menos tentar tirar o melhor proveito disso e se envolver com a comunidade. Este era o problema com tantas pessoas negras – simplesmente se recostavam e reclamavam enquanto o mundo inteiro desabava em volta da cabeça delas. E ficar cheia de atitude e achar que você era melhor do que essas pessoas porque muitas delas eram pobres e não tinham instrução também não ia ajudar. Só fazia você parecer retraída, e Lorraine queria que as pessoas em volta gostassem dela. Não conseguia viver do jeito como Tee vivia, com a cara enfiada num livro o tempo inteiro. Parecia que Tee não precisava de ninguém. Lorraine muitas vezes se perguntava se sequer precisava dela.

Mas se você se mantivesse à parte o tempo inteiro, as pessoas começavam a imaginar, e então falavam. Não podiam se dar ao luxo de ter pessoas falando a respeito dela, Tee devia entender — ela sabia disso por causa do jeito como tinham se conhecido. Entender. Era engraçado porque essa foi a primeira coisa que sentira em relação a ela quando entregou a candidatura para Tee. Tinha dito a si mesma: sinto que posso falar com essa mulher, posso dizer a ela o motivo pelo qual perdi o emprego em Detroit e ela vai entender. E tinha entendido, mas então aos poucos tudo aquilo acabou. Agora deixava Lorraine se sentindo esquisita e burra por causa dos medos e ideias dela. Talvez Tee estivesse certa e ela fosse sensível demais, mas havia uma grande diferença entre ser gestora de recursos humanos na Secretaria de Educação e professora do primeiro ano. Tee não representava uma ameaça para os arquivos e os registros das folhas de pagamento, mas de alguma forma ela, Lorraine, representava uma ameaça para as crianças. Ficava com o coração apertado quando pensava nisso. A pior coisa que já quisera fazer com uma criança fora dar uma boa sova naquele garotinho Baxter por derramar cola no cabelo dela, e mesmo isso tinha sido por um instante fugaz. Tee não entendia que, se ela perdesse o emprego, não ia ter tanta sorte da próxima vez? Não, não entendia isso nem nenhuma outra coisa a respeito dela. Nunca quis se preocupar com ninguém além daqueles esquisitões na boate aonde ia, e Lorraine os odiava. Eram grosseiros e amargos, e tiravam sarro das pessoas que não eram iguais a eles. Bom, ela também não era igual a eles. Por que devia se sentir diferente das pessoas entre as quais vivia? As pessoas negras estavam todas no mesmo barco – tinha se convencido ainda mais disso desde que se mudaram para a Brewster Place –, e, se não batalhassem juntas, iam afundar juntas.

Lorraine finalmente chegou ao último andar; a porta do apartamento de Kiswana estava aberta, mas bateu antes de entrar. Kiswana tentava interromper uma discussão entre um homem baixinho de pele clara e uma mulher que havia pegado um vaso de planta e ameaçava acertar o sujeito na boca. A maioria dos outros inquilinos estava tão ocupada torcendo para um ou para a outra que era improvável que alguém tivesse notado Lorraine quando entrou. Ela foi se postar ao lado de Ben.

"Vejo que há uma leve divergência de opiniões aqui", ela sorriu.

"Só os neguinho criando confusão, senhorita. O Roscoe aqui alega que a Betina não tem direito nenhum de ser secretária porque ela tá devendo três mês de aluguel, e ela diz que deve mais do que isso e que nada disso é da conta dele. Não sei como a gente chegou nesse ponto. Não era disso que a gente tava falando, de jeito nenhum. A gente tava falando de fazer uma festa no bairro pra levantar fundos pra pagar um advogado."

Kiswana tinha resgatado a samambaia, tirando-a das mãos da mulher, e as duas pessoas estavam sendo arrastadas para lados opostos da sala. Betina abriu caminho porta afora, deixando para trás conselhos bastante audíveis sobre onde podiam enfiar o posto de secretária junto com a associação dos moradores, se conseguissem arranjar espaço naquele pequeno orifício no corpo deles.

Kiswana voltou a se sentar, corada e sem fôlego. "Agora precisamos de outra pessoa para preparar as minutas."

"Essas minutas aí vêm com o resto do relógio?" Seguiram-se risadas e outra série de monólogos a respeito da saída intempestiva de Betina pelos cinco minutos seguintes.

Lorraine viu que Kiswana parecia prestes a cair no choro. O progresso dois-passos-para-a-frente-dois-passos-para-trás da reunião estava começando a transparecer no rosto dela. Lorraine engoliu a timidez e ergueu a mão. "Eu faço as minutas pra você."

"Ah, muito obrigada." Kiswana reuniu apressada os papéis espalhados e amassados e os entregou a ela. "Agora podemos voltar ao que interessa."

A sala estava agora consciente da presença de Lorraine, e houve murmúrios baixos nos cantos, acompanhados de olhadelas furtivas, enquanto alguns, como Sophie, a encaravam abertamente. Tentou sorrir olhando nos olhos das pessoas que a observavam, mas elas os desviavam no momento em que relanceava em sua direção. Depois de umas duas tentativas infrutíferas o sorriso morreu, e ela o enterrou, inquieta, nos papéis que tinha na mão. Lorraine tentou ocultar os dedos trêmulos fingindo decifrar as anotações borradas e cheias de erros de ortografia de Betina.

"Tudo bem", Kiswana disse, "e quem tinha prometido instalar um sistema de som para a festa?".

"A gente não devia votar em quem a gente quer para secretária?" A voz de Sophie se elevou na sala, grave, e o peso dela sufocou os outros ruídos. Todos os rostos se voltaram em silêncio na direção dela, ou com ligeira surpresa ou com satisfação ávida, devido ao que sabiam que vinha pela frente. "Digo, qualquer um pode

As duas   183

simplesmente pipocar aqui e ser enfiado goela abaixo da gente e a gente não pode dizer nada?"

"Olha, posso ir embora", Lorraine disse. "Só queria ajudar, eu..."

"Não, espera." Kiswana ficou confusa. "Votar o quê? Ninguém mais quer fazer isso. Você quer tomar as notas?"

"Ela não tem capacidade", Etta cortou, "a menos que a gente fique sentada aqui recitando o ABC, e é melhor a gente não ir muito rápido. Então vamos só seguir em frente com a reunião".

Uma aprovação dispersa veio de partes da sala.

"Escutem aqui!" Sophie saltou para retomar o terreno perdido. "Por que uma mulher decente devia ser insultada e todo mundo tomar partido de gente como elas?" O dedo dela disparou como uma pistola, que ela alternou entre Etta e Lorraine.

Etta ficou de pé. "Com quem cê acha que tá falando, seu cu de cachorro velho? Sou tão decente quanto você, e vou aí dar um tabefe na tua boca pra provar!"

Etta tentou pular por cima da mesinha de centro, mas Mattie a pegou pela parte de trás do vestido; Etta se virou, tentou se desvencilhar, e tropeçou nas pessoas na frente dela. Sophie pegou uma estátua e ficou de costas para a parede com ela atirada sobre o ombro feito um taco de beisebol. Kiswana pôs a cabeça nas mãos e gemeu. Etta havia tirado o sapato de salto alto e sacudia a extremidade pontiaguda diante de Sophie por cima do ombro das pessoas que a continham.

"Isso aí! Isso aí!", Sophie berrava. "Mexe comigo! Claro, sou eu que ando por aí fazendo essas coisas nojentas e antinaturais bem debaixo do nosso nariz. Todos vocês sabem disso; todo mundo falou disso, não fui só eu!" A cabeça dela se movia pela sala como a de um animal numa armadilha. "E é melhor que qualquer mulher – qualquer mulher que defende esse tipo de coisa – seja vigiada bem de perto. É só isso que vou dizer – onde tem fumaça tem fogo, Etta Johnson!"

Etta parou de se agitar para se soltar dos braços dos que a seguravam, e o peito dela arfava em espasmos acelerados quando lançou a Sophie um olhar de ódio que ia perdendo a força, mas ficou em silêncio. E nenhuma outra mulher na sala ousou falar quando se afastaram um centímetro a mais uma da outra. Sophie se virou para Lorraine, que havia transformado as anotações da reunião em uma massa de papéis rasgados. Lorraine mantinha as costas eretas, mas as mãos e a boca se moviam por conta própria. Ficou parada feito um espírito que se desvanecia diante da estátua de ébano que Sophie apontava para ela como um crucifixo.

"A mudança de vocês para a nossa vizinhança tá causando perturbação com o jeito imundo de vocês! A gente não quer vocês aqui!"

"O que é que qualquer um de vocês já me viu fazer além de sair de casa e ir pro trabalho como todo mundo? É nojento falar com cada um de vocês que encontro na rua, mesmo quando não me respondem? É esse meu crime?" A voz de Lorraine baixou como uma adaga de prata na consciência deles, e houve uma agitação inquieta na sala.

"Não banca a Senhorita Inocente", Sophie sussurrou com a voz rouca. "Vou dizer pra vocês o que eu vi!"

Os olhos dela varreram maliciosos a sala enquanto as pessoas aguardavam em um silêncio de tribunal as próximas palavras.

"Não ia mencionar algo tão imundo, mas cê tá me forçando." Passou a língua pelos lábios ressecados e estreitou os olhos para Lorraine. "Cê esqueceu de fechar as persianas ontem à noite, e vi vocês duas!"

O silêncio na sala se comprimiu em um semiarquejo.

"Lá estava você, parada na porta do banheiro, toda molhada e tão pelada e sem vergonha quanto queira..."

Tinha ficado tão silencioso que era doloroso agora.

"Gritando pra outra pôr o livro de lado e te trazer uma toalha limpa. Parada na porta do banheiro com o traseiro pelado. Eu vi – eu vi!"

O peito deles começava a arder com falta de ar enquanto esperavam Lorraine responder, mas, antes que a garota conseguisse abrir a boca, a voz de Ben veio serpenteando lá de trás como uma brisa indolente.

"Acho que *cê* sai da banheira vestida, Sophie. Deve tornar a coisa bem mais fácil pros olhos do Jess."

A gargalhada que explodiu do pulmão deles foi um alívio tão grande que os olhos ficaram marejados. A sala lançou a cabeça para trás e uivou de gratidão a Ben por lhe permitir respirar de novo. As reclamações de Sophie não podiam ser ouvidas por cima da respiração ruidosa, da tosse e do apoio efusivo que agora tinham lugar.

Lorraine saiu do apartamento e agarrou o corrimão da escadaria, tentando impedir a bile de subir pela garganta. Ben a seguiu porta afora e tocou gentilmente no ombro dela.

"Senhorita, cê tá bem?"

Lorraine comprimiu os lábios e assentiu. A suavidade do toque dele lhe trouxe lágrimas aos olhos, e ela os apertou.

"Tem certeza? Cê parece prestes a cair durinha."

Lorraine sacudiu a cabeça de forma convulsiva e cravou bem as unhas na palma enquanto levava a mão até a boca. Não posso falar, pensou. Se abrir a boca, vou gritar. Ah, meu Deus, vou gritar ou vomitar bem aqui, na frente desse velhinho gentil. A imagem dos bocados revirados de café da manhã e almoço saindo em um jorro da boca dela e respingando nas calças de Ben de repente lhe pareceu engraçada, e resistiu a uma vontade avassaladora de rir. Tremia violentamente à medida que a risada se aproximava e tentava algum truque para ela abrir os lábios.

O rosto de Ben se fechou enquanto olhava o corpo frágil que lutava tão bravamente para se controlar. "Vamos lá, vou levar você para casa." E tentou conduzi-la escada abaixo.

Ela balançava a cabeça em pânico. Não podia deixar que Tee a visse daquele jeito. Se me disser qualquer coisa espertinha agora, vou matar ela, Lorraine pensou. Vou pegar um facão e enfiar na cara dela, e então vou me matar e deixar que nos encontrem ali. A imagem de todas aquelas pessoas no apartamento de Kiswana paradas diante do corpo ensanguentado delas era estranhamente reconfortante, e começou a respirar com mais facilidade.

"Vamos lá", Ben instou em voz baixa, e a virou na direção dos degraus.

"Não posso ir pra casa." Ela mal sussurrava.

"Tá tudo bem, cê não tem que ir – vamos lá."

E deixou que a guiasse escada abaixo e lá para fora, no anoitecer de setembro. Ele a conduziu até o prédio mais próximo ao muro da Brewster Place e então pelo lance de escadas externo que descia até uma porta com uma tela suja e rompida. Ben destrancou a porta e a levou aos aposentos úmidos dele no subsolo.

Ele acendeu a única lâmpada que pendia do teto em um fio grosso e preto e puxou uma cadeira para ela na mesa da cozinha, que tinha sido escorada contra a parede. Lorraine se sentou, grata por poder tirar o peso dos joelhos trêmulos. Não pareceu notar as desculpas de Ben quando este pegou a garrafa de vinho meio vazia e um copo rachado da mesa. Ele removeu os farelos

As duas   187

enquanto duas baratas gordas e marrons corriam para longe da toalha molhada.

"Tô fazendo chá", ele disse, sem lhe perguntar se queria. Pôs uma panela de água escurecida na chapa quente na extremidade do balcão, então encontrou duas xícaras no armário que ainda tinham as alças intactas. Ben serviu o chá preto e forte que havia fervido diante dela e lhe trouxe uma colher e um saco amassado de meio quilo de açúcar. Lorraine se serviu de três colheres fartas de açúcar e mexeu o chá, o vapor incidindo no rosto. Ben esperou que o rosto dela registrasse os efeitos do líquido quente e doce.

"Gostei de você de cara", ele disse, tímido, e, vendo que ela sorria, continuou. "Você me lembra muito a minha garotinha." Ben enfiou a mão no bolso, sacou uma carteira desgastada e lhe entregou uma foto minúscula.

Lorraine inclinou a foto na direção da luz. O rosto estampado no papel celuloide não tinha absolutamente nenhuma semelhança com o dela. O rosto da filha dele era oval e escuro, e a garota tinha um nariz largo e achatado e uma boquinha arredondada. Devolveu a foto para Ben e tentou disfarçar a confusão.

"Sei o que cê tá pensando", Ben disse, olhando o rosto que tinha nas mãos. "Mas ela mancava – minha garotinha. Ela estava ao contrário na barriga, a parteira quebrou o pezinho dela no parto e ele nunca se ajeitou. Sempre meio tortinho – mas era um amor de criança." Franziu o cenho intensamente para a foto e fez uma pausa, então ergueu os olhos para Lorraine. "Quando vi você – o jeito como cê subia a rua toda tímida e tentava ser gentil com esse pessoal daqui e a sua cara quando alguns eram pura e simplesmente grosseiros – cê meio que veio parar aqui." Ele apontou para o próprio peito. "E cê meio que mancou ali para dentro. Foi aí que pensei no meu bebê."

Lorraine pegou a xícara de chá com as duas mãos, mas as lágrimas ainda se espremiam nos músculos contraídos dos olhos. E rolaram devagar pelo rosto dela, porém não soltou a xícara para secá-las.

"Meu pai", ela disse, encarando o líquido marrom, "me chutou para fora de casa quando eu tinha 17 anos. Ele encontrou uma carta que uma das minhas namoradas tinha escrito para mim, e, quando não menti a respeito do que aquilo significava, ele me disse para cair fora e deixar tudo o que ele já tinha me dado para trás. Disse que queria queimar aquelas coisas". Ergueu os olhos para ver a expressão no rosto de Ben, mas ele ficava nadando sob as lágrimas dela. "Então saí da casa dele só com a roupa do corpo. Fui morar com uma das minhas primas, e trabalhava à noite em uma padaria para conseguir cursar a faculdade. Mandava um cartão de aniversário para ele todo ano, e ele sempre mandava eles de volta ainda lacrados. Depois de um tempinho parei de pôr meu endereço no envelope, então ele não podia devolver. Acho que também queimava os cartões." Ela fungou, aspirando o muco pelo nariz. "Ainda mando esses cartões assim – sem um endereço meu. Desse jeito eu consigo acreditar que talvez, algum ano antes de morrer, ele vá abrir."

Ben se levantou e lhe deu um pedaço de papel higiênico para assoar o nariz.

"Onde está sua filha agora, sr. Ben?"

"Pra mim?" Ben deu um longo suspiro. "Tá como você – vivendo num mundo sem endereço."

Terminaram o chá em silêncio, e Lorraine se levantou para ir embora.

"Não tenho como agradecer a você, então nem vou tentar."

"Eu ia ficar magoado se tentasse." Ben deu tapinhas no braço dela. "Agora cê pode voltar sempre que tiver

As duas 189

vontade. Não tenho nada, mas cê é bem-vinda nesse nada. Quantas pessoas são generosas desse jeito?"

Lorraine sorriu, se inclinou e o beijou na bochecha. O rosto de Ben iluminou as paredes do porão lúgubre. Fechou a porta atrás dela, e de início o "Boa noite, sr. Ben" retiniu como cristal na mente dele. Sininhos de cristal que ficaram maiores e mais altos, até que o som se tornasse distorcido nos ouvidos dele, e quase acreditasse que ela dissera "Boa noite, papai Ben" — não — "'Dia, papai Ben, 'dia, papai Ben, 'dia…'". O gosto da saliva de Ben começou a parecer o de suor metálico, e ele passou uma mão trêmula pelo rosto com a barba ainda por fazer e correu até o canto onde enfiara a garrafa de vinho. Os sinos haviam começado quase a ensurdecê-lo, e balançou a cabeça para suavizar a dor que martelava dentro de seus ouvidos. Sabia o que viria a seguir, e não ousou perder tempo derramando o vinho em um copo. Ergueu a garrafa até a boca e sorveu com avidez, mas era tarde demais. *Swing low, sweet chariot*. A música começara — o assovio teve início.

Começou baixinho, do fundo das entranhas dele e, estridente, abriu caminho até os ouvidos e espatifou os sininhos, lançando cacos de vidro pelo ar até um coração que devia ter tantas cicatrizes de antigas perfurações que não havia mais carne para sangrar. Mas as lascas de vidro encontraram um lugarzinho minúsculo e intocado — como sempre faziam —, e abriram um rasgo no coração e deixaram o assovio seguir em frente. E agora Ben ia ter de beber mais e mais rápido, porque a melodia ia se infiltrar no sangue do corpo dele feito um câncer e envenenar tudo o que tocava. *Swing low, sweet chariot*. Não podia chegar ao cérebro. Tinha ainda alguns segundos antes que chegasse ao cérebro e o matasse. Precisava ficar bêbado antes que o veneno subisse pelos músculos do pescoço e passasse pela boca a caminho do cérebro. Se estivesse bêbado, podia deixar aquilo sair — cantar aquilo pelos ares antes que tocasse o cérebro dele, provocando a lembrança. *Swing low, sweet chariot*. Não podia morrer ali no subsolo feito um animal. Ah, Deus, por favor, deixe ele bêbado. E prometeu — nunca mais ia ficar tanto tempo sem um golinho de novo. Foram só a reunião e aquela garota que o mantiveram longe da bebida por tanto tempo, mas jurava que nunca mais ia acontecer — só por favor, Deus, deixe ele bêbado.

O álcool começou a aquecer o corpo de Ben, e ele sentiu a cabeça começar a se anuviar e a ficar pesada. Quase soluçou o agradecimento por essa resposta redentora às preces dele, pois o assovio tinha acabado de lhe atingir a garganta, e foi capaz de abrir a boca e despejar as palavras babadas para o cômodo. A saliva pingava dos cantos da boca porque ele tinha de tomar grandes goles de vinho entre cada inspiração, mas ele cantou — cuspindo e produzindo um zumbido —, porque cantar era a salvação, cantar era remover a canção do sangue, cantar era deslembrar de Elvira, e do "'Dia, papai Ben" da filha enquanto arrastava o pé retorcido para subir até a varanda dele com aquela música soando nas costas dela.
Swing low
"'Dia, Ben. 'Dia, Elvira."
Sweet chariot
A caminhonete vermelha parava na frente do quintal de Ben.
Comin' for to carry me home[17]

---

17 Do popular *spiritual* (canção tradicionalmente cantada pelos escravizados negros nos Estados Unidos) *Swing Low, Sweet Chariot*: "Não balance muito/ Doce carruagem/ Que vem para me levar para casa".

A filha saiu do lado do passageiro e começou a mancar na direção da casa.

Swing low

Elvira abriu um sorriso enorme para o homem branco com o rosto cheio de sulcos sentado na caminhonete, com manchas de tabaco no canto da boca. "'Dia, sr. Clyde. Dia bem agradável, né, doutor?"

Sweet chariot

Ben ficou olhando a filha cruzar o portão com os olhos baixos, e subir devagar até a varanda. Dava um passo de cada vez, e os sapatos raspavam nas tábuas ásperas. Finalmente voltou os olhos derrotados para o rosto dele, e o pouco que ainda lhe restava da alma terminou de ser esmigalhado pela voz de sinos repicando que os cumprimentou. "'Dia, papai Ben. 'Dia, mamãe."

"'Dia, querida", Ben murmurou com o maxilar contraído.

Swing low

"Como vão as coisas na casa?", Elvira perguntou. "Minha garotinha fez um bom serviço pra você ontem?"

Sweet chariot

"Tudo direitinho, Elvira. Deixou aquele lugar limpo feito um rato escapelado. Como tão as plantação tudo?"

"Tudo certinho, sr. Clyde, doutor. Tudo certinho. A gente com certeza agradece pelo outro pedaço de terra que cê nos arrendou. A gente tá tirando mais do que o suficiente pra equilibrar as conta. Sim, senhor, tudo certinho."

O homem riu, exibindo as falhas enormes entre os dentes apodrecidos pelo tabaco. "Fico feliz em fazer isso. Cês tão entre meus melhor arrendatário. Gosto de deixar minha gente feliz. Se precisar de alguma coisa, cês me avisa."

"Sem dúvida, sr. Clyde, doutor."

"Tá certo, vejo cês dois na semana que vem. Na hora de sempre pra pegar a menina."

"Ela vai tá pronta, senhor."

O homem deu partida no motor da caminhonete, e a melodia que assoviava quando arrancou permaneceu no ar muito depois que a poeira já tinha voltado para o chão. Elvira sorriu e acenou até o vermelho da caminhonete ter desaparecido no horizonte. Então deixou o braço e o sorriso cederem ao mesmo tempo e se virou para a filha. "Não fica aí parada de boca aberta. Entra lá — teu café da manhã tá pronto."

"Sim, mamãe."

Quando a porta de tela se fechou com uma pancada, Elvira virou a cabeça com raiva para Ben. "Qual é o seu problema, preto? Cê não ouviu o sr. Clyde falar com você, e você aí parado feito uma lasca de pedra. É melhor tomar algum juízo antes que eu enfie um nessa tua cabeça!"

Ben ficou de pé com as mãos nos bolsos, olhando para as marcas na terra onde a caminhonete tinha estado. Continuou a apertar os punhos no macacão até as unhas se cravarem na carne.

"Isso não tá certo, Elvira. Simplesmente não tá certo e cê sabe."

"O que é que não tá certo?" A mulher colou o rosto ao dele e ele recuou alguns passos. "Que aquela menina trabalhe e ganhe o sustento dela como o resto de nós? Ela não pode ir para as plantações, mas pode limpar casas, e vai fazer isso! Vejo que é melhor cê manter a boca fechada, porque quando ela tá aberta não sai nada além de cretinice." Virou a cabeça e o dispensou com a mão como faria com uma mosca, e então se dirigiu para a porta da casa.

"Ela falou com a gente, Elvira." Havia uma tristeza de chumbo na voz de Ben. "Ela falou com a gente muito tempo atrás."

A mulher magra se virou com o rosto contorcido em um nódulo asfixiado. "Ela falou um monte de mentira

As duas   193

pra gente sobre o sr. Clyde porque é preguiçosa feito o demônio pra trabalhar. Por que é que um viúvo decente ia querer mexer com uma pretinha zé-ninguém feito ela? Não, tudo pra fugir do trabalho – que nem você!"

"Então por que ela tem que passar a noite?" Ben virou a cabeça devagar na direção dela. "Por que ele sempre faz ela passar a noite lá sozinha com ele?"

"Por que é que ele ia fazer mais uma viagem só pra trazer o rabo dela pra casa quando ele passa por aqui todo domingo de manhã a caminho da cidade? Se ela não fosse aleijada, podia vir andando depois de acabar o serviço. Mas o homem é gentil o suficiente para deixar ela em casa, e cê quer falar mal dele junto com aquela espertalhona mentirosa."

"Depois que ela falou com a gente, cê lembra que peguei a carroça do Tommy Boy emprestada e fui buscar ela naquela sexta à noite. Eu te disse o que o sr. Clyde me disse. 'Ela ainda não terminou, Ben.' Só isso – 'Ela ainda não terminou'. E então ficou ali parado assoviando enquanto eu ia embora pelo portão dos fundos." As unhas de Ben se cravaram mais fundo nas palmas.

"E daí?!" A voz de Elvira estava estridente. "E daí que é uma casa grande. Não gosto dessa merda em que você põe a gente. Ela leva mais tempo pra fazer os troços que a maioria do pessoal. Cê sabe disso, então por que ficar aí defendendo que a coisa tem um significado mais profundo?"

"Ela ainda não terminou, Ben." Ben balançou a cabeça devagar. "Se eu fosse mais homem, eu ia…"

Elvira cruzou a varanda e escarneceu na cara dele. "Se fosse mais homem, podia ter me dado mais bebês e a gente ia ter alguma ajuda pra trabalhar na terra em vez de uma mulher meio crescida que a gente tem que levar nas costas. E se você fosse muito, mas muito mais homem, a gente não ia ser um bando de meeiro miserável na terra de outra pessoa – mas a gente é, Ben. E nem morta eu vou ver o pouquinho que a gente conseguiu sendo tirado da gente porque cê acredita nas mentira desavergonhada da menina! Então quando o sr. Clyde vier aqui, cê fala – tá me ouvindo? E cê age como se estivesse grato, como o seu rabo lamentável devia tá pelos favor que ele faz pra gente."

Ben sentiu uma ligeira umidade nas mãos porque as unhas tinham rompido a pele das palmas e o sangue estava se infiltrando ao redor das cutículas. Olhou para a cabeça escura e trançada de Elvira e se perguntou por que não tirava as mãos dos bolsos e parava o sangramento pressionando-as em torno dela. Por que simplesmente não trincava os cotovelos nos ombros dela e punha uma mão em cada têmpora e aí empurrava uma na direção da outra até o sangramento parar. As mãos grandes e cheias de calos nos ossos do crânio dela, pressionando mais e mais, como você faria com um pedaço de pano escuro para cobrir feridas no seu corpo e estancar o sangue. Ou ele podia simplesmente entrar em casa e pegar a espingarda e pressionar a palma em torno do gatilho e atirar, esvaziando os tambores nos seios murchos dela só o suficiente – pressionando com força suficiente – para fazer as palmas pararem de sangrar.

Mas aquele grama de verdade nas palavras dela era pesado o suficiente para que as mãos ficassem caídas nos bolsos, e que os pés continuassem pregados nas tábuas de madeira da varanda, e as feridas se curassem sozinhas. Ben descobriu que, se ficasse sentado bebendo a noite inteira na sexta-feira, conseguia ficar parado na varanda na manhã de domingo e sorrir para o homem que assoviava enquanto largava a filha aleijada dele em casa. E podia olhar nos olhos derrotados da garota e acreditar que ela havia mentido.

As duas 195

Um dia a filha sumiu, deixando para trás um bilhete em que dizia que os amava muito, mas que sabia que era um fardo e entendia por que a fizeram continuar trabalhando na casa do sr. Clyde. Mas sentia que, se tivesse que ganhar seu sustento daquela forma, podia muito bem ir para Memphis, onde o dinheiro era melhor.

Elvira correu para se gabar com os vizinhos dizendo que a filha agora trabalhava em uma casa rica em Memphis. E estava se dando terrivelmente bem porque sempre mandava um bocado de dinheiro para casa. Ben ficava olhando para os envelopes sem endereço de remetente, e descobriu que, se estivesse bêbado o suficiente a cada vez que uma carta chegava, podia silenciar a voz de sininho que saía repicando da abertura do envelope – "'Dia, papai Ben, 'dia, papai Ben, 'dia…'". E então, se bebesse o suficiente todos os dias, conseguia suportar o toque do corpo de Elvira na cama ao lado dele à noite e não ter o sono roubado pela imagem dela ali deitada com a cabeça afundada ou o peito arrebentado por projéteis de espingarda.

Mas, mesmo depois de perderem o contrato de meeiros e de Elvira tê-lo deixado por um homem que tinha uma plantação perto do dique, e de Ben ter ido para o Norte e arranjado um emprego na Brewster, ele ainda bebia – muito tempo depois de ter esquecido o motivo daquilo. Só sabia que, toda vez que via um carteiro, os sininhos de cristal iam começar, e em seguida aquele estranho assovio que podia despedaçá-los, lançando-os naquela jornada mortal rumo ao coração dele.

Nunca nem sonhou que aconteceria num domingo. O carteiro não passava aos domingos, então se sentia em segurança. Não contava com aquela garota cuja voz lhe lembrara tanto os sininhos quando saiu da casa dele naquela noite. Mas tudo bem, tinha ficado bêbado a tempo, e nunca mais ia dar tamanho mole para o azar.

Não, Senhor, você livrou minha cara dessa vez, e não vou mais exigir sua misericórdia. Ben tropeçava pelos aposentos úmidos e sombrios, agora cantando a plenos pulmões. A melodia lenta e trêmula de *Swing Low, Sweet Chariot* atravessava as janelas engorduradas e saía para o ar de fim de verão.

Lorraine tinha andado até sua casa devagar, pensando no velho e na filha que mancava. Quando chegou ao alpendre, passou pelos vizinhos com a cabeça erguida e não se deu ao trabalho de falar nada.

Theresa desceu do ônibus e virou a esquina na Brewster Place. Sempre estava irritadiça nas noites de sexta-feira porque tinham de fazer os registros dos pagamentos no escritório. O pescoço dela doía por ficar curvada sobre incontáveis listas impressas do computador. O que é que aquela maldita Secretaria da Educação achava – que alguém na contabilidade ia inserir um parente às escondidas na folha de pagamento? As pessoas importantes faziam isso havia anos, mas ficavam acordadas à noite, pensando em jeitos de impedir os peixes pequenos de pôr as mãos no dinheiro também. Havia outra coisa que ficara se revirando de um jeito desconfortável na mente de Theresa nas últimas semanas, e só hoje aquilo tinha se aquietado o suficiente para ela precisar o que era – Lorraine estava mudando. Não era nada que tivesse feito ou dito exatamente, mas Theresa sentia uma firmeza no espírito dela que não estava ali antes. Ela falava mais – sim, era isso –, tanto fazia se o assunto eram as notícias vespertinas, os horários dos ônibus ou o jeito certo de costurar uma bainha num vestido. Lorraine não acatava mais tudo o que ela dizia. E não estava se desculpando por não ver as coisas da mesma forma que Theresa.

As duas   197

Por que aquilo a incomodava? Não queria que Lorraine começasse a se defender? Que parasse com toda a choradeira e com aquelas mãos se retorcendo sempre que Theresa erguia a voz? As coisas não estavam do jeito como queria que fossem nos últimos cinco anos? O que incomodava Theresa, mais do que a mudança, era o fato de que estava preocupada com aquilo. Tinha até mesmo pensado em começar uma briga só para ver até onde conseguia levá-la — levá-la a quê? Ah, meu Deus, devo estar doente, pensou. Não, foi aquele velho — esse era o motivo. Por que é que Lorraine estava passando tanto tempo com aquele bêbado? Eles não tinham uma única coisa em comum. O que é que ele estava dizendo para ela, fazendo para ela, que provocava aquilo? Tinha tentado — tinha mesmo — fazer Lorraine desenvolver alguma coragem. E agora um ignorante de um caipira pinguço estava fazendo em algumas semanas o que ela não conseguira nos últimos cinco anos.

Theresa ponderava tudo isso quando uma menininha passou a toda a velocidade por ela de patins, atingiu uma rachadura na calçada e caiu. Ela se aproximou da criança, que ergueu o rosto com lágrimas nos olhos e disse simplesmente: "Senhorita, me machuquei". Falou isso com tal entonação de admiração e desapontamento que Theresa sorriu. As crianças viviam em um mundo tão isolado, no qual a menor perturbação era recebida com choros de protesto. Ah, querida, ela pensou, só siga sua vida que você vai passar muitos dias desejando que joelho ralado fosse o maior dos seus problemas. Mas ainda era só uma menininha, e nesse momento queria uma plateia para sua luta contra esse desastre não solicitado.

Theresa se abaixou ao lado dela e rangeu os dentes audivelmente. "Ah, se machucou? Vamos dar uma olhada." Ela a ajudou a se levantar do chão e fez um alvoroço exagerado por causa do joelho ralado.

"Tá sangrando!" A voz da criança se elevou de horror.

Theresa olhou para os minúsculos pontinhos de sangue que enfeitavam o joelho encardido. "Ora, com certeza está." Tentou imitar a nota de gravidade no tom da criança. "Mas acho que a gente tem um tempinho antes de você precisar se preocupar com uma transfusão." Abriu a carteira e sacou um lenço limpo. "Vamos ver se a gente consegue dar um jeito nisso. Quero que você cuspa aqui pra mim e eu vou passar isso no seu joelho."

A garota cuspiu no lenço. "Vai doer?"

"Não, não vai doer. Sabe como minha vó costumava chamar o cuspe? Iodo de Deus. Dizia que era a melhor coisa pra remendar tudo — exceto talvez uma perna quebrada."

Firmou a perna da garota e tocou gentilmente no joelho sujo. "Tá vendo, tá tudo saindo. Acho que você vai sobreviver." Ela sorriu.

A criança olhou para o joelho com uma expressão solene. "Acho que precisa de um band-aid."

Theresa riu. "Bom, você deu azar comigo. Mas vá para casa e veja se sua mamãe tem um para você — se até lá você conseguir se lembrar em qual joelho foi."

"O que é que você tá fazendo com ela?" A voz perfurou o ar entre Theresa e a criança. Ergueu os olhos e viu uma mulher correndo na direção delas. A mulher puxou a criança para junto de si. "O que é que tá acontecendo aqui?" A voz era meio oitavo alta demais.

Theresa se levantou e ergueu o lenço sujo e sangrento. "Ela ralou o joelho." As palavras caíram feito peso morto. "O que diabos você achou que eu estivesse fazendo?" Recusava-se a deixar que a mulher evitasse os olhos dela, aproveitando cada momento do seu constrangimento vil.

"Mamãe, preciso de um band-aid, você tem um band-aid?" A criança a puxava pelo braço.

As duas   199

"Sim, sim, querida, já, já." A mulher ficou feliz de ter uma desculpa para baixar os olhos. "Muito obrigada", ela disse, enquanto, apressada, empurrava a criança para longe. "Ela é sempre tão descuidada. Disse pra ela um milhão de vezes pra ter cuidado com esses patins, mas você sabe..."

"É, aham", Theresa disse, vendo elas se afastarem. "Eu sei." Fez uma bola com o lenço na mão e caminhou depressa até o prédio. Escancarou a porta do apartamento e ouviu Lorraine abrindo a água no banheiro.

"É você, Tee?"

"É", ela gritou, e então pensou, Não, não sou eu. Não sou eu de jeito nenhum. Theresa ficou andando entre a cozinha e a sala e então se deu conta de que ainda segurava o lenço. Jogou-o no lixo da cozinha, abriu a torneira no jato mais forte e começou a lavar as mãos. Ficava ensaboando e enxaguando, mas ainda pareciam sujas. Filha da puta, ela pensou, filha de uma grandessíssima puta! Secou mal e porcamente as mãos com algumas toalhas de papel e lutou contra o impulso de lavá-las mais uma vez, começando o jantar mais cedo. Manteve as mãos trabalhando depressa, picando mais cebolas, salsão e pimentões verdes do que realmente precisava. Temperou sofregamente a carne moída, espetando a colher de madeira várias vezes na massa vermelha.

Quando parou para tomar fôlego e lançou um olhar para a janela da cozinha, um par de olhos negros vesgos a espiava no canto sombreado do outro lado do duto de ar. "Que diabos...?" Largou a colher e correu até a janela.

"Quer ver o que eu tô fazendo?" A persiana foi puxada com tanta força que ficou girando na roldana na parte de cima da janela. Os olhos desapareceram do canto sombreado do outro lado do duto de ar.

"Aqui!" Theresa bateu a janela na esquadria. "Vou até erguer isso para você ouvir melhor. Tô fazendo bolo de carne, sua morcega velha! Bolo de carne!" Enfiou a cabeça pela janela. "Do mesmo jeito que as outras pessoas! Olha só, vou te mostrar!"

Correu de volta para a mesa e pegou um punhado de cebolas picadas e as atirou na janela de Sophie. "Tá vendo, essas são as cebolas! E aqui, aqui tá o pimentão picado!" Os vegetais cortados atingiram a vidraça. "Ah, é, eu uso ovos!" Dois ovos voaram pela janela e se espatifaram contra os vidros de Sophie.

Lorraine saiu do banheiro, pondo uma toalha no cabelo. "Por que essa gritaria toda? Com quem você está falando?" Viu Theresa correndo para lá e para cá pela cozinha, jogando o jantar pela janela. "Ficou maluca?"

Theresa pegou um vidro de azeitonas. "Bom, aqui tem uma coisa *bizarra* para você – azeitonas! Ponho azeitonas no bolo de carne! Então pode correr de um lado para o outro da rua e contar isso!" O vidro de azeitonas acertou o prédio em frente, errando por pouco a janela de Sophie.

"Tee, para com isso!"

Theresa pôs a cabeça para fora da janela de novo. "Bom, azeitonas definitivamente são bizarras, mas você vai ter que confiar na minha avó, porque a receita é dela! Espera! Esqueci da carne – não quero que você pense que eu ia tentar fazer bolo de carne sem carne." Correu de volta para a mesa e pegou a tigela.

"Theresa!" Lorraine se lançou até a cozinha.

"Não quero que você pense isso!", Theresa gritou enquanto lançava o braço para trás para atirar a tigela contra a janela de Sophie. "Você pode achar que eu sou uma *pervertida* ou algo assim – uma pessoa que você não pode deixar chegar perto das crianças!"

Lorraine pegou o braço dela no instante em que ia arremessar a tigela pela janela. Tomou a tigela e empurrou Theresa contra a parede.

As duas   201

"Olha", Lorraine disse, prensando a mulher que se agitava, "sei que você está puta, mas lombo moído está quase 6 dólares o quilo!".

O olhar de pavor sincero no rosto de Lorraine ao aninhar a tigela de carne no braço fez Theresa dar risadinhas, e então aos poucos passou a gargalhar e Lorraine assentiu e riu com ela. Theresa recostou a cabeça na parede, e a garganta rechonchuda vibrava com os sons rascantes que passavam por ela. Lorraine soltou-a e pôs a tigela na mesa. Os flancos de Theresa começavam a doer por conta da gargalhada, e ela se sentou em uma das cadeiras da cozinha. Lorraine empurrou a tigela um pouco mais para longe na mesa, e isso as fez rir de novo. Theresa riu e se sacudiu na cadeira até as lágrimas rolarem pelas bochechas. Então cruzou aquela linha tênue entre a gargalhada e as lágrimas e começou a soluçar. Lorraine foi até ela, aninhou-a no peito e acariciou-lhe os ombros. Não fazia a mínima ideia do que tinha precipitado aquilo tudo, mas não importava. Era bom ser aquela que agora confortava.

A sombra do outro lado do duto de ar se moveu uma fração de milímetro, e Sophie estreitou um olho contra a vidraça lambuzada e encharcada. Olhou para as duas mulheres que se abraçavam e balançou a cabeça. "Hum, hum, hum."

No dia seguinte, Lorraine voltava do supermercado quando topou com Kiswana, que saía do prédio carregando uma braçada de livros.

"Oi", ela cumprimentou Lorraine, "você com certeza tem um carregamento aí".

"Bom, acabaram os vegetais ontem à noite." Lorraine sorriu. "Então peguei um pouquinho mais hoje."

"Sabe, não tenho visto você nas reuniões nos últimos tempos. As coisas estão realmente entrando nos eixos. Vai ter uma festa do bairro no próximo fim de semana, e a gente precisa de toda a ajuda possível."

Lorraine parou de sorrir. "Você realmente achou que eu ia depois do que aconteceu?"

O rosto de Kiswana ficou vermelho, e ela ficou olhando, desconfortável, por cima dos livros. "Sabe, sinto muito mesmo por isso. Eu devia ter dito alguma coisa – no fim das contas, era minha casa –, mas as coisas meio que saíram do controle tão rápido, sinto muito, eu…"

"Ei, olha, eu não estou culpando você ou mesmo aquela mulher que fez um auê daqueles. Ela é só uma senhora bem problemática, só isso. A vida dela deve ser muito infeliz se ela precisa sair por aí tentando magoar as pessoas que não fizeram nada para ela. Mas eu simplesmente não queria mais nenhum problema, então senti que devia ficar longe."

"Mas a associação é pra todos nós", Kiswana insistiu, "e não é todo mundo que pensa como ela. O que você faz é problema seu, não que você esteja fazendo alguma coisa, de qualquer forma. Digo, bom, duas mulheres ou dois caras não podem viver juntos sem as pessoas comentarem. Ela pode ser sua prima ou irmã ou algo assim".

"Não somos parentes", Lorraine disse baixinho.

"Bom, boas amigas então", Kiswana gaguejou. "Por que boas amigas não podem simplesmente viver juntas e as pessoas não podem cuidar da própria vida. E mesmo se vocês não forem amigas, mesmo… bom, que seja." Ela continuou, desamparada: "Era minha casa e sinto muito, eu…".

Lorraine foi gentil o suficiente para mudar de assunto por ela. "Vejo que você mesma tá com um carregamento. Está indo para a biblioteca?"

"Não." Kiswana abriu um sorriso grato. "Estou assistindo algumas aulas no final de semana. Minha velha está

As duas 203

sempre no meu pé para eu voltar para a faculdade, então me inscrevi na faculdade comunitária." Estava quase se desculpando. "Mas só estou estudando história das pessoas negras, e a ciência da revolução, e deixei isso claro. Mas é o suficiente para ela ficar de boca fechada."

"Acho ótimo. Sabe, fiz algumas disciplinas de história das pessoas negras quando estudava em Detroit."

"É, quais?"

Enquanto falavam, C. C. Baker e os amigos dele trotavam quarteirão acima. Esses jovens sempre andavam em bando, ou nunca sem outros dois ou três. Precisavam dos outros sempre por perto para atestar sua existência. Quando ficavam parados com a pele negra, os diplomas do ensino fundamental e o vocabulário de cinquenta palavras diante do espelho que o mundo havia erguido e não viam nada, aqueles outros jeans apertados, tênis de camurça e óculos de sol coloridos refletidos ali perto provavam que estavam vivos. E se havia vida, podia haver sonhos com aquele milagre que um dia os projetaria até o paraíso habitado pelos deuses deles – dos filmes *Shaft* e *Superfly*. Enquanto cresciam esperando por aquela transformação, andavam pelas ruas garantindo que fossem ao menos ouvidos, senão vistos, estourando o som nos toca-fitas portáteis e falando alto. Chamavam uns aos outros de "cara" o tempo inteiro e apertavam a virilha, preparando o equipamento que julgavam necessário para serem convocados a qualquer minuto ao paraíso de Superfly.

Os garotos reconheceram Kiswana porque o namorado dela, Abshu, dirigia o centro comunitário, e Lorraine lhes havia sido apontada pelos pais ou por algum outro adulto que ajudara a espalhar a névoa amarelada. Viram as duas mulheres conversando e, ao comando de C. C., todos desaceleraram ao passar pelo alpendre. C. C.

Baker ficava muito incomodado ao pensar em Lorraine. Só conhecia um único jeito de lidar com mulheres que não fossem a mãe dele. Antes de ter aprendido como exatamente as mulheres davam à luz, sabia como agradar, punir ou conseguir favores delas fazendo uso do que ficava encolhido atrás da braguilha. Era a tábua de salvação daquela parte do ser dele que abrigava seu autorrespeito. E a ideia de qualquer mulher que estivesse além do alcance do seu poder era uma ameaça.

"Ei, Swana, melhor ficar de olho aí falando com essa sapatão – ela pode tentar pegar num peitinho!", C. C. gritou.

"É, caminhoneira, por que cês não entram pro exército e curtem um dia de treinamento de verdade?"

Os braços de Lorraine se apertaram em torno das sacolas, e ela tentou passar por Kiswana para entrar no prédio. "Vejo você depois."

"Não, espere." Kiswana bloqueou o caminho dela. "Não deixe eles falarem com você assim. Não são nada além de um bando de inúteis." Gritou para o líder: "C. C., por que você simplesmente não pega o rabinho sujo e dá o fora daqui? Ninguém estava falando com você".

O garoto bronzeado e musculoso cuspiu o cigarro e ajeitou os ombros. "Eu num fiz nada! Vou dizer pro Abshu que cê tá precisando de uns bons tapas por falar com uma fancha." Olhou para os reflexos em torno e estufou o peito com a aprovação deles. "Por que é que cês não vêm aqui que eu mostro o que é que um homem de verdade pode fazer." Ele pôs a mão na virilha.

O rosto de Kiswana ficou vermelho de raiva. "Pelo que ouvi falar de você, C. C., eu nem ia sentir."

Os amigos explodiram numa gargalhada, e, quando se virou para eles, tudo o que conseguia ver refletido era respeito pela garota que o havia esmerilhado. Lorraine sorriu diante do olhar absolutamente aturdido no rosto

As duas 205

dele. C. C. arreganhou os lábios num rosnado e tentou retomar o terreno perdido atacando aquela que o instinto lhe dizia que era a mais fraca das duas.

"Tá rindo de mim, é, aberração? Eu devia ir aí e meter a mão nessa tua boca chupadora de buceta!"

"Você ia ter que vir pra cima de mim primeiro, então quero ver você tentar." Kiswana pôs os livros no alpendre.

"Ah, cara, qual é. Não perde teu tempo." Os amigos puxaram o braço dele. "Ela não passa de uma mulher."

"Eu devia ir aí e dar um tapa na cara dessa vadia e ensinar uma lição pra ela."

"Ei, cara, baixa a bola, baixa a bola", um deles sussurrou no ouvido de C. C. "É a mulher do Abshu, e aquele grandalhão não liga de descer a porrada."

C. C. fez um excelente trabalho ao se permitir ser arrastado com relutância para longe de Kiswana, mas ela não se deixou enganar e já tinha se virado para pegar os livros. Ele fez vários movimentos de ataque com os punhos e o polegar apontados para Lorraine.

"Vou lembrar disso, caminhoneira!"

Theresa ficara acompanhando a cena inteira da janela e estava pronta para correr e ajudar Kiswana se o garoto tivesse subido no alpendre. Era típico da Lorraine ficar parada ali e deixar que outra pessoa lidasse com a situação por ela. Bom, talvez finalmente tenha aprendido a lição em relação a esses zés-ninguém ignorantes da Brewster Place. Elas não seriam aceitas nem mesmo por essa gente, e não havia sentido algum em tentar.

Theresa saiu da janela e se sentou no sofá, e fingiu que estava fazendo palavras cruzadas quando Lorraine entrou.

"Você está um pouquinho pálida. Os preços estavam tão ruins assim no mercado hoje?"

"Não, esse calor simplesmente acaba comigo. É difícil acreditar que a gente está no início de outubro." Ela foi direto para a cozinha.

"É", Theresa disse, olhando fixamente para as costas dela. "Veranico e aquela coisa toda."

"Hum." Lorraine largou as sacolas na mesa. "Estou cansada demais para pôr isso no lugar agora. Não tem nada perecível aqui. Acho que vou tomar uma aspirina e me deitar."

"Faz isso", Theresa disse, e a seguiu até o quarto. "Aí você vai estar descansada mais tarde. O Saddle ligou — ele e o Byron vão dar uma festa de aniversário na boate, e querem que a gente vá."

Lorraine estava procurando a aspirina na primeira gaveta da cômoda. "Não vou sair hoje. Odeio essas festas."

"Nunca odiou antes." Theresa cruzou os braços à porta e ficou olhando para Lorraine. "O que é que mudou tanto?"

"Sempre odiei." Lorraine fechou a gaveta e começou a procurar na outra. "Só ia porque você queria. Eles me deixam maluca com todos aqueles pulinhos e aquela falsidade. São simplesmente uma dupla de bichas."

"E nós somos só uma dupla de sapatonas." Ela cuspiu aquilo no ar.

Lorraine ficou olhando como se tivesse levado um tapa. "Essa é uma coisa nojenta de se dizer, Tee. Você pode se definir desse jeito se quiser, mas eu não sou assim. Tá me ouvindo? Não sou!" Bateu a gaveta com força.

Então ela pode se voltar contra mim, mas não disse uma palavra para aquele traste na rua, Theresa pensou. Semicerrou devagar os olhos para Lorraine. "Bom, já que meus amigos não são bons o bastante para a Duquesa de Detroit", ela disse em voz alta, "imagino que vá passar outra noite com seu namorado. Mas posso dizer agora

As duas 207

mesmo que vi ele passando pela janela logo antes de você entrar no bairro, e já está trocando as pernas e cantarolando. O que é que vocês dois fazem naquele porão – cantam à capela? Deve ser um pouquinho chato pra você, ele só conhece uma música".

"Bom, pelo menos ele não é uma piranha sarcástica que nem certas pessoas."

Theresa olhou para Lorraine como se ela fosse uma estranha.

"E vou dizer para você o que a gente faz lá. A gente conversa, Theresa – a gente conversa de verdade, de verdade mesmo."

"Então você e eu não conversamos?" A perplexidade de Theresa estava virando mágoa. "Depois de cinco anos, você vai ficar aí dizendo que conversa mais com um bebum todo murcho do que comigo?"

"Você e eu não conversamos, Tee. Você fala – Lorraine escuta. Você dá uma palestrinha – Lorraine toma notas de como se vestir e agir e se divertir. Se não vejo as coisas da mesma forma que você, aí você grita – Lorraine chora. Parece que você curte fazer eu me sentir uma imbecil desajeitada."

"Isso é injusto, Lorraine, e você sabe. Perdi a conta das vezes que disse para você parar de correr atrás das pessoas, choramingando para ser amiga delas quando elas só te machucam. Sempre quis que você demonstrasse alguma coragem e que fosse independente."

"É só isso, Tee! Você queria que eu fosse independente das outras pessoas e que recorresse a você pra me dizer como devia me sentir comigo mesma, que me isolasse do mundo e me juntasse a você em alguma ideia maluca a respeito de ser diferente. Quando estou com o Ben, não me sinto nem um pouco diferente de qualquer outra pessoa no mundo."

"Então ele está sendo injusto com você", Theresa rebateu, "porque a gente é diferente. E quanto mais cedo você aprender isso, melhor".

"Viu, lá vem você de novo. Tee, a professora, e Lorraine, a aluna que simplesmente é incapaz de aprender a lição direito. Lorraine, que simplesmente quer ser um ser humano — um reles ser humano que é filha de alguém ou amiga de alguém ou até mesmo a inimiga de alguém. Mas fazem eu me sentir uma aberração aí fora, e você tenta fazer eu me sentir uma aberração aqui. O único lugar em que encontrei alguma paz, Tee, foi naquele porão feio e úmido, onde não sou diferente."

"Lorraine." Theresa sacudiu a cabeça devagar. "Você é lésbica — você compreende essa palavra? — uma caminhoneira, uma sapatão, uma fancha, todas aquelas coisas que aquele menino estava berrando. Sim, eu ouvi! E você pode fugir para todos os porões do mundo que isso não vai mudar, então por que você não aceita?"

"Eu aceitei!", Lorraine berrou. "Aceitei a vida toda, e não é algo de que eu me envergonhe. Perdi um pai porque me recusei a ter vergonha disso — mas isso não me torna nem um pouco *diferente* de qualquer pessoa no mundo."

"Torna muito diferente, caramba!"

"Não!" Abriu a última gaveta da cômoda com um puxão e tirou dali um punhado de roupa íntima. "Tá vendo isso aqui? Aqui tem duas coisas que têm sido uma constante na minha vida desde que eu tinha 16 anos — sutiãs bege e aveia. Um dia antes de me apaixonar por uma mulher pela primeira vez, eu acordei, tomei um suco com aveia no café da manhã, coloquei um sutiã bege e fui para a escola. Um dia depois de me apaixonar por uma mulher, eu acordei, tomei um suco com aveia no café da manhã e coloquei um sutiã bege. Não era diferente um dia antes nem depois que isso aconteceu, Tee."

As duas 209

"E o que você fez quando foi para a escola no dia seguinte, Lorraine? Parou do lado do armário no vestiário e compartilhou histórias com as outras meninas sobre esse novo amor na sua vida, é? Enquanto elas se gabavam sobre os namorados e dos milhares de jeitos como perderam a virgindade, você deu um pulo e disse: 'Ah, mas vocês deviam ter visto a garota para quem eu dei ontem à noite'? Hã? Disse? Disse?"

Theresa estava parada na frente dela, e gritava. Viu o rosto de Lorraine se contrair, mas continuou a pressionar.

"Com seus sutiãs bege e aveia!" Pegou as roupas da mão de Lorraine e as sacudiu diante dela. "Por que é que você não ficou parada ali naquele vestiário e fez circular uma foto desse grande amor na sua vida? Por que é que você não levou ela como acompanhante no baile? Hã? Por quê? Responde!"

"Porque elas não teriam entendido", Lorraine sussurrou, e os ombros dela se curvaram.

"É isso! Lá vai seu precioso 'elas' de novo. Elas não iam entender — nem em Detroit, nem na Brewster Place, nem em lugar nenhum! E já que o diabo do mundo inteiro é delas, somos elas e nós, irmã — elas e nós. E isso significa ser diferente!"

Lorraine estava sentada na cama com a cabeça nas mãos, com fortes espasmos lhe sacudindo os ombros e as costas magras. Theresa ficou parada ali e cerrou os punhos para se impedir de ir até lá confortá-la. Deixe-a chorar. Tinha de se fortalecer. Não podia passar o resto da vida em porões, falando com bebuns e construindo mundos de papelão que iam simplesmente desabar na cabeça dela.

Theresa saiu do quarto e foi se sentar na sala, na cadeira perto da janela. Ficou olhando o céu de outono escurecer e a noite se cristalizar no topo dos prédios enquanto ficava ali sentada com a presunção dos que conseguiam justificar amplamente os próprios meios a partir dos fins vitoriosos. Mas mesmo depois de sete cigarros ela não conseguia eliminar aquele gosto azedo da boca. Ouviu Lorraine andando pelo quarto e então entrando no chuveiro. Enfim se juntou a ela na sala, vestindo roupas limpas. Quase tinha conseguido disfarçar o inchaço em torno dos olhos com maquiagem.

"Estou pronta para a festa. Você não devia começar a se arrumar?"

Theresa olhou para os sapatos de salto alto pretos e para o vestido verde com estampa preta. Algo na maneira como pendia frouxo do corpo de Lorraine fez com que se sentisse culpada.

"Mudei de ideia. Não estou a fim de ir hoje à noite." Virou a cabeça para o céu noturno, como se a resposta para a vida confusa delas estivesse na sua face escurecida.

"Então vou sem você." O tom da voz de Lorraine a fez desviar o rosto da janela a contragosto.

"Você não dura dez minutos lá sozinha, então por que simplesmente não se senta e para com isso?"

"Tenho que ir, Tee." A urgência nas palavras dela assustou Theresa, que fez uma tentativa malsucedida de ocultar aquilo.

"Se não puder sair dessa casa sem você hoje à noite, não vai sobrar nada em mim para amar você. E estou tentando, Theresa; estou tentando de verdade me agarrar a isso."

Theresa viveria até se tornar uma mulher bem velhinha, e ia responder àquelas palavras mentalmente mil vezes e então inventar mil coisas diferentes que poderia ter dito ou feito para impedir aquela mulher alta e parda de vestido verde e preto de sair por aquela porta pela última vez na vida. Mas hoje à noite ela é uma jovem, e ainda está à procura de respostas, e cometeu o erro fatal que muitas jovens cometem de acreditar que aquilo que nunca existiu estava só habilmente escondido e longe do alcance dela. Então Theresa não disse nada a Lorraine naquela noite, porque já tinha voltado o rosto com tristeza para o céu noturno em uma súplica muda por orientação.

Lorraine saiu da boate enfumaçada e barulhenta e decidiu andar até em casa para matar o tempo. Estava pronta para ir embora no instante em que chegou, sobretudo depois de ver a decepção no rosto de todo mundo quando chegou sem Theresa. Theresa era a que amava dançar e brincar e zoar com eles, e conseguia ser a alma da festa. Lorraine se sentou em um canto, segurando um drinque a noite inteira e olhando de um jeito tão intimidado para as pessoas que se aproximavam dela que acabava até mesmo com as tentativas mais persistentes de puxar conversa. Sentia uma atmosfera de histeria e de autodepreciação naquela boate, e saiu correndo dali, recusando-se a ver qualquer conexão possível com a própria existência.

Tinha suportado durante uma hora, mas não era o suficiente. Tee ainda estaria acordada, provavelmente esperando naquela janela, tamanha a certeza de que ela voltaria cedo. Pensou em pegar um ônibus para o centro até o cinema, mas na verdade não queria ficar sozinha. Se simplesmente tivesse alguns amigos nessa cidade. Foi então que pensou em Ben. Podia subir a rua atrás da Brewster Place e cortar caminho pelo beco até o apartamento dele. Mesmo que Tee ainda estivesse naquela janela, não ia conseguir enxergar tão longe no final do quarteirão. Ia simplesmente bater de leve na porta dele, e, se ele não estivesse bêbado demais para ouvir, então ia ser capaz de escutá-la hoje à noite. E Lorraine estava com tamanha necessidade de conversar com alguém que aquilo doía.

Lorraine sentiu o cheiro penetrante e adocicado de maconha no beco sombrio antes de ter dado mais de cinquenta passos. Parou e espreitou os confins da escuridão de chumbo e não viu ninguém. Deu mais alguns passos cautelosos e parou para olhar mais uma vez. Ainda não havia ninguém. Sabia que nunca ia chegar à Brewster assim; toda vez que parava, os medos infundados dela se multiplicavam, até ser impossível ultrapassá-los para chegar à outra ponta. Não havia ninguém ali, e só precisava andar depressa para provar isso para o coração que martelava.

Quando escutou os primeiros passos suaves atrás dela, não se permitiu parar e olhar para trás, porque não havia ninguém ali. Mais passos, e começou a andar um pouco mais depressa para se reassegurar disso. O quarto ruído de passos que ouviu a fez correr, e então um corpo escuro que estava encostado contra o prédio imerso nas sombras saltou no caminho dela de forma tão repentina que não conseguiu parar a tempo, esbarrou nele e quicou alguns centímetros para trás.

"Não é capaz de dizer me desculpe, sapatão?", C. C. Baker rosnou na cara dela.

Lorraine viu um par de tênis de camurça caindo atrás do rosto que tinha diante de si e atingindo o cimento com um baque surdo. A bexiga dela começou a ceder, e a bile a subir pela garganta que se comprimia ao se dar conta do que devia ter ouvido antes. Eles tinham se escondido em cima do muro, vendo-a subir aquela rua de trás, e esperado. O rosto chegou tão perto do dela que Lorraine conseguia enxergar dentro das narinas dilatadas e sentir o cheiro de comida apodrecida presa nos dentes.

As duas 213

"Cê não tem educação? Pisando no meu pé sem pedir desculpas?"

Recuou devagar diante do rosto que avançava, a garganta se contraindo de forma convulsiva. Virou para o outro lado para correr na direção dos passos amorfos atrás dela. Ainda não os vira, então não estavam ali. Os quatro corpos que agora se juntavam fechando a passagem do beco lhe atingiram a consciência feito um punho, e gritou de susto. Uma mão se fechou em torno da boca dela, e o pescoço foi puxado para trás enquanto uma voz rouca lhe sussurrava ao ouvido.

"Cê não tem nada pra falar agora, é? Achou que cê era bem engraçada rindo de mim na rua hoje? Vamos ver se vai rir agora, sapatão!" C. C. a forçou a ficar de joelhos enquanto os outros cinco rapazes começavam a se aproximar em silêncio.

Havia pisado na fina faixa de terra que reivindicavam como deles. Dentro dos limites demarcados pelo último prédio da Brewster e pelo muro de tijolos, reinavam naquele beco sem iluminação como monarcas guerreiros em miniatura. Nascidos com os apêndices do poder, circuncidados por uma guilhotina e batizados com a névoa de um milhão de espelhos foscos, esses jovens não iam ser convocados para enfiar uma baioneta em um fazendeiro asiático, para torpedear um alvo, espalhar sua semente de ferro de um B-52 nas feridas da terra, apontar um dedo para fazer avançar uma nação ou fincar um mastro na Lua – e sabiam disso. Só tinham aquele beco de menos de 100 metros para servir de camarote, de blindado e de câmara de tortura. Então Lorraine se viu, de joelhos, cercada pelos espécimes mais perigosos da existência – humanos do sexo masculino com uma ereção como validação em um mundo que só tinha 1,80 de largura.

"Vou te mostrar uma coisa que aposto que cê nunca viu antes." C. C. pegou a parte de trás da cabeça dela, pressionou-a na virilha dos jeans e a esfregou para cima e para baixo enquanto os amigos riam. "É, viu, não é bom? Tá vendo, é disso que cê precisa. Pode apostar que depois que a gente terminar aqui, cê não vai querer beijar buceta nunca mais."

Ele atingiu a coluna de Lorraine com a rótula do joelho e seu corpo se arqueou, fazendo as unhas dele cortarem o canto da boca dela para sufocar o choro. Ele empurrou o corpo arqueado até o chão de cimento. Dois dos garotos lhe seguraram os braços e dois torceram suas pernas até as abrirem, enquanto C. C. se ajoelhava entre elas e lhe arregaçava o vestido e rasgava a parte de cima da meia-calça. O corpo de Lorraine se contorcia em convulsões de medo que tomaram erroneamente por resistência, e C. C. trouxe o punho até o estômago dela.

"Melhor ficar quietinha aí, porra, sua puta, ou vou te estripar todinha."

O impacto do punho forçou o ar na garganta comprimida dela, e ela moveu a boca ferida, tentando formar as palavras que lhe arranhavam as entranhas – "Por favor". Elas se espremeram pelas cordas vocais paralisadas e caíram mortas aos pés dela. Lorraine cerrou os olhos e, usando toda a força que sobrara, as obrigou a subir de novo.

"Por favor."

O sexto garoto pegou um saco de papel sujo caído no chão e o enfiou na boca dela. Lorraine sentiu um peso desabando sobre o seu corpo estendido. Então abriu os olhos e eles gritaram e gritaram para o rosto acima do seu – o rosto que lhe causava essa dor dilacerante no corpo. Os gritos tentavam romper as córneas e explodir no ar, mas a carne borrachuda resistente os lançava, vibrando, de volta no cérebro, matando as células que nutriam a memória

As duas   215

dela. Então foram as células que continham o poder de sentir gosto e cheiro. As últimas a serem chacoalhadas pelos gritos silenciosos até a morte foram aquelas que lhe conferiam o poder de amar – ou odiar.

Lorraine não estava mais consciente da dor na coluna ou no estômago. Não conseguia sentir a pele esfolada nos braços por conta da pressão que a mantinha imobilizada contra o cimento áspero. O que sobrara da mente dela se centrava no movimento acelerado que lhe rasgava as entranhas. Não sabia dizer quando mudaram de lugar, e um segundo peso, e então o terceiro e o quarto, caíram em cima dela – era tudo um único serrilhar contínuo de tormento que fazia os olhos dela continuarem a berrar as únicas palavras que estava fadada a pronunciar de novo e de novo pelo resto da vida. Por favor.

As coxas e a barriga tinham ficado tão viscosas com o sangue e o sêmen que os dois últimos garotos não queriam tocar nela, então a viraram, escoraram os ombros e a cabeça dela no muro e a pegaram por trás. Quando terminaram e pararam de segurá-la, seu corpo caiu como uma marionete sem corda. Ela não sentia o reto rasgado ou as partes do crânio em que o cabelo havia sido arrancado de tanto raspar nos tijolos. Lorraine ficou deitada naquele beco gritando apenas quando sentia o movimento daquela dor dentro dela que se recusava a atenuar.

"Ei, C. C., e se ela lembrar que foi a gente?"

"Cara, como é que ela vai provar? Teu pau não tem impressão digital." Eles riram, passaram por cima dela e saíram correndo do beco.

Lorraine jazia contra o muro no chão gelado, os olhos encarando o céu. Quando o sol começou a aquecer o ar e o horizonte clareou, ela ainda jazia ali, a boca cheia de papel, o vestido puxado até os seios, a meia-calça sangrenta pendendo das coxas. Teria ficado ali para sempre e teria simplesmente morrido de fome ou da exposição às intempéries se nada em torno dela tivesse se movido. Não havia vento naquela manhã, então as latinhas, as garrafas de refrigerante e os papéis soltos estavam imóveis. Nem sequer havia um gato ou um cachorro vadio revirando as latas de lixo à procura de restos de comida. Não havia nada se movendo no início daquela manhã de outubro – exceto Ben.

Ben havia saído do porão e estava sentado no lugar de sempre em uma velha lata de lixo que podia empurrar contra o muro. E cantava e se balançava enquanto tomava pequenos golinhos da garrafa de bebida que mantinha no bolso. Lorraine olhou para a ponta do beco e viu movimento perto do muro. De um lado para o outro. De um lado para o outro. Quase em perfeita sincronia com a dor dilacerante que continuava as se mover dentro dela. Ficou de joelhos, emitindo pequenos grunhidos como um animal ferido. Enquanto rastejava pelo beco, a mão dela roçou um tijolo solto, e ela cravou os dedos em torno dele e o arrastou pelo chão em direção ao movimento na Brewster Place. De um lado para o outro. De um lado para o outro.

Mattie saiu da cama, foi ao banheiro e então pôs a chaleira no fogo. Sempre se levantava cedo, por nenhum outro motivo além do hábito. O dispositivo que marcava o tempo que fora embutido nela na fazenda não estava ciente de que agora vivia na cidade. Enquanto a água do café esquentava, encheu um jarro para regar as plantas. Quando se debruçou sobre as plantas no canto do apartamento, viu o corpo rastejando pelo beco. Ergueu a janela e se inclinou para fora só para ter certeza de que a luz da manhã não estava ludibriando os seus olhos. "Jesus amado!" Jogou um casaco por cima da camisola, pôs um par de sapatos e tentou fazer as pernas artríticas correrem escada abaixo.

As duas   217

Lorraine estava se aproximando do movimento. Ela se ergueu sobre os joelhos sangrentos e rígidos, e o papel caiu de sua boca. Ela se segurava deslizando contra o muro, mancando pelo beco na direção do movimento enquanto pressionava o tijolo e balbuciava as palavras silenciosas. De um lado para o outro. De um lado para o outro. Lorraine finalmente chegou ao movimento em cima da lata de lixo. Ben pouco a pouco começou a focar os olhos nela através da névoa de borgonha, e na hora em que abriu a boca para verbalizar as palavras que haviam se formado na mente dele − "Meu Deus, minha filha, o que aconteceu com você?" −, o tijolo lhe acertou a boca. Os dentes se desfizeram em sua garganta e o corpo oscilou para trás em direção ao muro. Lorraine baixou o tijolo de novo para deter a cabeça que se movia, e o sangue verteu das orelhas dele, espirrando na lata e na parte de baixo do muro. Os gritos de Mattie vieram ricochetear na cabeça de Lorraine, e ela os ecoou com os próprios enquanto baixava o tijolo mais uma vez, abrindo a testa e esmagando a têmpora dele, deixando os miolos só um pouquinho mais inúteis do que os seus estavam agora.

Braços a seguraram em torno da cintura, e o tijolo foi arrancado da mão dela. O movimento estava em toda parte. Lorraine gritava e arranhava na agitação que corria e berrava em todo canto do universo. Uma mulher alta e parda de vestido verde e preto, lançando as mãos no ar, chorando: "Por favor, por favor".

A festa no bairro

Chuva. Começou na tarde depois da morte de Ben e caiu dia e noite durante uma semana inteira, de modo que a Brewster Place não tinha sido capaz de se reunir em torno do muro e levar a cabo um réquiem dos comos e porquês da morte dele. Foram forçados a partilhar opiniões entre só dois ou três de cada vez, e o mais perto que conseguiam chegar do muro era nas janelas das salas da frente dos apartamentos que davam para a rua. Estavam presos em casa e aos próprios pensamentos, enquanto ficava cada vez mais difícil distinguir um céu noturno de um céu diurno atrás das nuvens negras esfumaçadas. A chuva ficava mais pesada depois do anoitecer; a água serpenteava pelos tijolos cinzentos e corria pelas sarjetas obstruídas sob as luzes sulfurosas da rua feito um líquido escuro e espesso. Cheiros de comida gordurosa se infiltravam pelas paredes úmidas dos apartamentos; os bolos não cresciam, e os lençóis das camas continuavam viscosos e frios. As crianças se tornaram apáticas, os homens permaneciam fora de casa mais tempo à noite ou voltavam e arranjavam discussões que lhes dessem um motivo compreensível para ter de sair de novo. O faturamento do bar da esquina bateu recordes naquela semana, e as contas de luz subiram vertiginosamente, já que os aquecedores, os televisores e as lâmpadas ficavam ligados noite e dia enquanto a Brewster Place tentava em desespero conjurar qualquer tipo de calor e luz naquele seu mundo. Lá pelo meio da semana, as expectativas pela festa no bairro começaram a desaparecer, as semanas de planejamento levadas pelos bueiros enferrujados com os detritos das sarjetas.

Embora só algumas admitissem isso, todas as mulheres na Brewster Place tinham sonhado naquela semana chuvosa com a mulher alta e parda de vestido verde e preto. Tinha aparecido para elas em meio ao suor frio de um pesadelo, ou perambulado pelas beiradas de um sono intermitente. Garotinhas acordavam gritando, e não conseguiam ser tranquilizadas pelas mães perplexas que sabiam, e ainda assim não sabiam, a razão do sono perdido das filhas. As mulheres se tornaram agitadas e morosas, e as mais supersticiosas começaram a ver nas chuvas algum tipo de sinal, mas tinham medo de perguntar de que jeito e por quê, e colocavam Bíblias abertas ao lado da cama à noite para evitar que as respostas rastejassem até elas no escuro. Até mesmo o sono de Mattie estava irregular, os sonhos perturbados...

"Srta. Johnson, cê quer dançar?" Um adolescente bonito parou na frente de Etta de um jeito sedutor e atrevido. Ela passou a mão pelo cabelo e tirou o avental.

"Não importa se eu quero." E contornou a mesa se exibindo.

"Mulher, volta aqui e respeita a tua idade." Mattie tirou uma costeleta da grelha.

"Eu respeito — tenho 35!"

"Humpf, cê tem *arrependimentos* mais velhos que isso."

O menino rodopiava Etta nos braços para lá e para cá. "Agora cuidado, querido. Ainda tá funcionando, mas tenho que manter as engrenagens girando num ritmo mais lento." Piscou para Mattie e dançou em direção ao meio da rua.

Mattie sacudiu a cabeça. "Senhor, mantenha ela a salvo, já que não consegue manter ela sã." Sorriu e bateu o pé sob a mesa para acompanhar a batida da música enquanto olhava para o final da rua e inalava a esperança que ricocheteava nos quadris que rodopiavam, nos dedos cobertos de molho e nas bocas que sorriam.

Uma mulher magra de pele marrom carregando uma capa de chuva e uma maleta abria caminho devagar pelo quarteirão. Parava a intervalos para se virar e responder às pessoas que gritavam para ela — "Ei, Ciel! Bom ver você, garota!".

Ciel — um nó se formou na base do coração de Mattie, e ela prendeu a respiração. "Não."

Ciel foi até Mattie e parou na frente dela, tímida.

"Oi, Mattie. Quanto tempo."

"Não." Mattie balançou a cabeça devagar.

"Sei que você provavelmente está zangada comigo. Eu devia ter escrito ou pelo menos ligado antes agora."

"Menina." Mattie pôs uma mão gentil na bochecha de Ciel.

"Mas pensei em você o tempo inteiro, Mattie, mesmo."

"Menina." Mattie tinha as duas mãos em concha no rosto de Ciel.

"Eu tinha que ir embora. Você sabe disso. Precisava deixar a Brewster Place tão pra trás quanto pudesse. Só fui indo e indo até que a autoestrada chegou ao fim. E quando me dei conta estava em San Francisco e não tinha nada a não ser o oceano na minha frente, e, já que não sabia nadar, eu fiquei."

"Menina. Menina." Mattie puxou Ciel para ela.

"Foi horrível não escrever — sei disso." Ciel estava começando a chorar. "Mas eu ficava dizendo, um dia, quando

A festa no bairro   221

me livrar das cicatrizes, quando estiver bem de verdade e tiver superado tudo o que aconteceu para ela poder sentir orgulho de mim, nesse dia eu vou escrever e dar notícias."

"Menina. Menina. Menina." Mattie pressionou Ciel de encontro ao peito enorme e a embalou suavemente.

"Mas esse dia nunca chegou, Mattie." As lágrimas de Ciel caíam no peito de Mattie enquanto abraçava a mulher. "E parei de acreditar que chegaria."

"Graças a Deus você descobriu isso." Mattie soltou Ciel e apertou os ombros dela. "Ou eu ia ter que esperar até o dia do Juízo Final por esta alegria aqui."

Entregou um guardanapo de papel a Ciel e assoou o nariz dela. "San Francisco, cê disse? Minha nossa, é uma boa distância. Aposto que cê não tem nada disso lá." Cortou para Ciel uma fatia enorme do bolo dos anjos que estava na mesa.

"Ah, Mattie, isso tá com uma cara ótima." Comeu um pedaço. "O gosto é igual ao daquele bolo que a minha avó costumava fazer."

"Era pra ter — a receita é dela. Na noite em que cheguei na casa da srta. Eva, ela me deu um pedaço desse bolo. Não sabia até aquele momento por que chamavam ele de bolo dos anjos — provei um pedacinho e achei que tinha morrido e ido pro céu."

Ciel riu. "É, a vovó sabia cozinhar. A gente realmente viveu momentos felizes naquela casa. Lembro como o Basil e eu costumávamos brigar. Eu ia pra cama à noite e rezava. Deus, por favor abençoe a vovó e a Mattie, mas só abençoe o Basil se ele parar de quebrar meus gizes de cera. Você alguma vez teve notícias dele, Mattie?"

Mattie franziu o cenho e se virou para regar as costeletas. "Nah, Ciel. Acho que ele ainda não teve tanta sorte quanto você. Ainda não chegou no fim da autoestrada pra parar e pensar."

Etta voltou para a mesa sem fôlego. "Bom, olha só pra você!" Agarrou Ciel e a beijou. "Garota, cê tá ótima. Onde cê tava se escondendo?"

"Eu moro em San Francisco agora, srta. Etta, e estou trabalhando numa companhia de seguros."

"Frisco, é, é uma cidade bacana – passei por lá uma vez. Mas não me diz que é a água salgada que tá colocando um brilho nesse rosto." Deu palmadinhas na bochecha de Ciel. "Aposto que arranjou um cara novo."

Ciel corou. "Bom, conheci uma pessoa e estamos meio que pensando em casamento." Ergueu os olhos para Mattie. "Estou pronta pra começar outra família agora."

"Deus seja louvado!", Mattie sorriu.

"Mas ele não é negro." Ciel alternou o olhar entre Etta e Mattie, hesitante.

"Ah, aposto que ele *não* tem dois metros e meio de altura, e que *não* é tão bonito quanto o Billy Dee Williams, e que *não* é presidente da Iugoslávia também", Etta disse. "Sabe, a gente fica tão presa naquilo que um homem *não é*. É aquilo que ele é que importa. Ele é bom pra você, menina?"

"E ele é bom com você?", Mattie acrescentou com gentileza.

"É muito." Ciel sorriu.

"Então vou fazer o bolo do casamento." Mattie deu um sorriso largo.

"E eu vou dançar na festa", Etta estalou os dedos.

Mattie se virou para Etta. "Mulher, cê não dançou o suficiente pra uma vida inteira?"

"Ah, fica quietinha aí. Ciel, diz pra essa mulher que isso daqui é uma festa e que supostamente a pessoa tem que se divertir."

"E você diz pra essa mulher", Mattie disse, "que remexer os quadris é pra garotada, e que velhas decrépitas

A festa no bairro 223

feito nós supostamente têm que ficar atrás dessas mesas vendendo comida".

"Vocês duas não vão mudar nunca." Ciel riu.

"Não é uma sorte que cê tenha tirado férias nessa época?", Etta disse, recolocando o avental. "Ia ser uma pena se cê tivesse perdido a festa."

"Não, não estou de férias." Ciel olhou ao redor devagar. "Sabe, foi a coisa mais esquisita. Choveu a semana passada inteira, e então uma noite sonhei com essa rua, e alguma coisa simplesmente me disse que eu devia estar aqui hoje. Então peguei uns dias de folga e vim – só um impulso. Engraçado, não?"

Mattie e Etta se obrigaram a não olhar uma para a outra.

"Que tipo de sonho, Ciel?" Mattie agarrou o pincel que usava para molhar a carne.

"Ah, não sei, uma daquelas maluquices que parecem todas confusas na tua cabeça. Algo a respeito daquele muro e do Ben. E então tinha uma mulher que supostamente era eu, acho. A aparência dela era um pouquinho diferente, mas por dentro eu sentia que era eu. Você sabe como os sonhos são bobos."

Etta passou os dedos pelo dinheiro no bolso do avental. "Como era a aparência da mulher?"

Ciel deu de ombros. "Não sei, tipo eu, acho – alta, magra." Franziu o cenho por um instante. "Mas tinha a pele clara e o cabelo era diferente – é, mais comprido, mas preso pra cima de algum jeito." Olhou para Etta no momento em que as palavras começaram a sair de sua boca como se tivessem vontade própria. "E ela estava com um vestido verde com tipo enfeites pretos, e então tinha uns arabescos vermelhos ou flores vermelhas ou algo assim na frente." Os olhos de Ciel começaram a ficar turvos. "E algo ruim tinha acontecido comigo perto do muro – digo, com ela –, algo ruim tinha acontecido com ela. O Ben estava metido no meio de algum jeito." Encarou o muro e estremeceu. "Ah, e daí? Foi só um sonho maluco, só isso."

Sorriu para Etta e Mattie, mas algo no rosto dela o abafou. "Por que vocês tão me olhando desse jeito? Qual é o problema?"

Mattie se concentrou em pôr molho nas costeletas, e Etta respondeu: "Nada, querida. Só estava tentando descobrir que número jogar a partir do teu sonho. Bom, sei que cobras é o 436 e um Cadillac azul é o 224, mas tenho que olhar no meu livro para ver qual que um muro é. O que é que cê joga por um muro, Mattie?"

Mattie continuava com os olhos baixos na direção da grelha. "Mulher, cê sabe que eu não tô nem aí pra essa palhaçada. Se quiser jogar meu dinheiro fora, posso atirar ele pela janela. Não tenho que dar ele pra nenhum coletor de aposta. Ciel, agora essas costeleta tão pronta. Quer um sanduíche antes que acabem todas? Esse pessoal tá comendo pro resto do ano hoje."

"Agora não, aquele bolo me encheu." Ela olhou ao redor da rua e estalou os dedos. "Agora sei o que tá faltando – cadê o velho Ben? Lá embaixo dormindo de ressaca?"

Mattie de repente decidiu que a carne estava muito seca, e manteve os olhos ocupados à procura do molho. "Querida, o Ben morreu no sábado."

"Ah, fico triste em saber. O vinho deve ter finalmente acabado com ele."

"Dá pra ver a coisa desse jeito." O maxilar de Etta estava trincado.

A música e o barulho se tornaram menos audíveis aos ouvidos de Mattie, e ela viu os corpos deslizando e se retorcendo, agitando-se no ar em um vácuo amorfo.

A festa no bairro   225

Dentes rasgavam carne e gargantas sorviam o líquido de latas de alumínio enquanto crianças corriam loucamente por entre as pessoas reunidas, produzindo gritos silenciosos e chutando papéis soltos e garrafas vazias para o lado. Rostos escuros se desfiguravam em máscaras de prazer, surpresa, decisão e satisfação – máscaras finas que eram mantidas no lugar pelo ar cálido do sol de outubro.

"Ah, Deus", Mattie implorou em silêncio, erguendo o rosto para o céu, "por favor, não permita que chova". Com o canto do olho, viu que Etta também olhava para o firmamento com uma expressão no rosto que era o mais próximo de uma oração que Mattie já vira na amiga.

Uma bola de praia vermelha e amarela voou no meio da grelha de Mattie, e os barulhos da rua se precipitaram sobre ela de novo. "Misericórdia!" Mandou a bola para longe da grade antes que derretesse em cima do carvão.

"Foi mal, Mattie." Kiswana correu até a mesa. "Estava jogando com o Brucie e ele lançou ela longe demais."

"Tá tudo bem, menina. Só não achei que alguém ia querer churrasquinho de borracha."

Kiswana pegou a bola e voltou para o alpendre de Cora Lee.

"Tá vendo o que eu te falei?", Cora disse, sentada nos degraus com as mãos apoiadas na barriga protuberante. "Ele não faz nada direito." Ela gritou para Bruce: "Agora vem aqui e fica sentado. Chega de bola pra você".

"Não quero sentar. Quero um pedaço de bolo."

"Não tenho mais dinheiro pra bolo."

"Você deu um pedaço de bolo pro Dorian – quero pedaço de bolo!" Bruce começou a chutar a balaustrada do alpendre.

"Isso aí, quebra o teu pé. Cê não ficou satisfeito quebrando o braço – agora quer quebrar o pé."

"Eu compro um pedaço pra ele", Kiswana se ofereceu.

"Não, ele já comeu um. E se ele não der o fora daqui, não vai sobrar dente nenhum nele pra comer nada!" Cora fez menção de se levantar do alpendre.

"Sua barriguda velha!", Bruce berrou e correu rua acima.

Cora voltou a se sentar com um suspiro. "Miserável. Um puro e simples miserável. Cê acha que eles têm a mínima pena de mim nessa condição? Nem de longe. Quase me deixaram maluca na semana passada e com toda aquela chuva eu não podia despachar eles lá pra fora. E não dormi um minutinho. Quando cê tá grávida cê não consegue dormir bem à noite — fica tendo todo tipo de sonho esquisito."

"Eu sei." Kiswana assentiu. "Esperava que parasse de chover pra festa de hoje. Não é ótimo? Sabe, a gente já conseguiu mais de 100 dólares."

"Tanto assim?", uma mulher ali perto perguntou.

"Acho que depois que a gente conseguir um advogado e moer o senhorio na porrada no tribunal, ele vai estar mais do que disposto a instalar algum aquecimento pra gente este ano", outra disse.

"Dá pra imaginar, ele só mandou entregar combustível duas vezes no inverno passado."

"Eu sei", Cora disse. "Tive que manter o forno ligado e a conta de gás ficou ridícula."

"Acho que ele pensa que os neguinhos não precisam de aquecimento nenhum."

"É, a gente supostamente vem da África, de qualquer forma. E lá é tão quente que o pessoal nem sabe o que é combustível."

Todo mundo riu, menos Kiswana. "Sabe, isso não é verdade. Neva em algumas partes da África, e a Nigéria é um dos exportadores de combustível mais importantes do mundo."

A festa no bairro 227

As mulheres pararam de rir e olharam para ela como se olha para alguém que não entendeu absolutamente nada de uma piada que nem precisava de explicação.

Theresa saiu do prédio ao lado, pôs algumas caixas em cima das latas de lixo e voltou a entrar.

"Achei que ela já tinha se mudado", alguém sussurrou.

"Não, acho que tá indo embora hoje."

Um silêncio inquieto recaiu sobre todas as mulheres no alpendre.

"Então, de quanto a gente ainda precisa pra ter o suficiente pra um advogado?", Cora Lee perguntou a Kiswana.

"Oi?" Kiswana estivera encarando o muro, como se tentasse se lembrar de alguma coisa importante que lhe escapara. "Ah, bom, talvez mais 100, mais ou menos. Mas não vai ser um problema, no ritmo em que estamos." Ergueu depressa os olhos para o céu. "Contanto que não caia uma tromba d'água."

"É", as mães murmuraram.

"Melhor voltar e tentar vender mais algumas coisas."

"É, tenho mais alguns cubos de gelo no congelador. O pessoal não quer comprar refri quente."

"Alguém viu a Sonya?" Cora Lee de repente se deu conta de que o bebê tinha sumido. Içou o corpo volumoso dos degraus. "Senhor, foi o pior dia da minha vida quando aquela menina começou a caminhar." Passou a andar em meio às pessoas reunidas chamando por ela. "Sonya! Sonya!"

Kiswana suspirou. "Acho que eu devia dar uma circulada pra coletar mais dinheiro."

Uma nuvem tinha praticamente coberto a faixa estreita de céu azul situada entre dois conjuntos de edifícios, e um vento frio começou a mover as cordinhas finas dos balões e a desenrolar o papel crepom trançado à balaustrada dos alpendres. As cores na Brewster Place haviam se diluído em uma massa de cinza-chumbo que combinava com os tijolos dos prédios. A multidão diminuía depressa à medida que as pessoas das ruas vizinhas reuniam as crianças e começavam a correr em direção às casas.

Kiswana foi até uma das mesas. "Acho que é melhor a gente começar a recolher tudo – vai chover."

A mulher tinha acabado de tirar a embalagem de plástico de um bolo de coco fresco. "Não vai chover", ela disse, e começou a fatiar o bolo e a pôr os pedaços em pratinhos de papel.

"Não faz isso – vai molhar tudo! Você pode guardar pra depois."

A mulher olhou bem para Kiswana com a faca equilibrada no meio do prato. "Não vai chover." E baixou a faca com uma pancada que fez a garota dar um salto, e ela virou as costas.

Os alto-falantes enormes e retangulares ainda lançavam música na rua, mas o ar denso começava a soprar mais pesado e a embotar o som. As únicas pessoas dançando eram as que viviam na Brewster Place. Não ergueram os olhos para o céu que estava ficando escuro depressa ou pararam de se mexer quando a estática sobrepujou a música. Dançavam de memória, até a batida calculada alcançá-los de novo.

Kiswana disparou na direção dos dançarinos e foi até o menino que punha os discos para tocar. "É melhor você desplugar o som antes que a chuva acabe com ele."

"As pessoas ainda tão dançando."

"Sei que ainda estão dançando", ela choramingou. "Mas vai chover logo!"

As nuvens escuras haviam se embolado em um punho grosso e enfumaçado, e o vento estava tão forte agora que soprava as tranças no rosto dela.

A festa no bairro   229

"Tenho que continuar tocando se as pessoas querem dançar." O menino esticou a mão para pegar outro álbum.

Kiswana tirou o cabelo dos olhos. "Isso é insano!" E correu até a mesa de Mattie.

"Deixa aquele frango pra lá agora." Um homem de outra rua estava dizendo: "Melhor eu ir indo pra casa. Não quero ser pego pelo aguaceiro".

Etta continuava a embrulhar o sanduíche. "Olha, essa daqui é uma festa pra ajudar nosso bairro. Cê pediu esse sanduíche, e agora vai ficar aqui e comer ele!"

"Senhora, olha, eu te dou o dinheiro, mas vou pegar pneumonia aqui." Ele pôs 1 dólar na mesa e começou a ir embora.

"Não, espera. Cê não tem que pagar. Só fica aqui e come – por favor."

Ele lançou um olhar intrigado por cima do ombro e quase correu rua abaixo.

"Não é um babaca?", ela disse a Kiswana, e jogou o sanduíche de frango com raiva na mesa.

Kiswana se afastou de Etta devagar e, o coração martelando, se virou para Mattie.

"Mattie, vai chover", ela implorou. "Por favor, a gente tem que pegar o dinheiro coletado. A gente tem que..." E a voz dela se dissolveu em lágrimas.

"Não se preocupa, menina." Mattie parecia estar rearrumando as costeletas na grelha em câmera lenta. "Tá vendo, cê é uma garota da cidade. De onde eu venho, a gente sabe que as nuvens nem sempre significam chuva – não é, Etta?"

"Com certeza. Muitas vezes tava trabalhando nas plantações do meu pai e via uma nuvem e rezava pra ela mandar alguma chuva pra poder descansar. E nove em dez vezes eu rezava em vão."

As duas se viraram para Kiswana e sorriram. Pareceu levar uma eternidade para Kiswana balançar a cabeça para as mulheres, e então apelou entorpecida para uma jovem de capa de chuva que estava parada ali ao lado.

"Vai chover." Havia lágrimas manchando o rosto de Kiswana.

"Eu sei", Ciel sussurrou, e apertou a capa em torno dela, olhando devagar de um lado a outro da rua, para o papel crepom pendendo de balaustradas avariadas de alpendres e para os balões soltos subindo pela fachada dos prédios e passando por peitoris apodrecidos e escadas de incêndio enferrujadas. Quando os olhos dela completaram o círculo e chegaram ao muro vergado, ela estremeceu: "Ah, Deus, eu sei".

A primeira bruma leve atingiu os braços de Kiswana enquanto Cora Lee se dissolvia diante dela.

"Sonya! Alguém viu a Sonya?"

A garotinha estava acocorada diante do muro, raspando a base dele com um palito de picolé sujo. O corpo inchado de Cora flutuou em direção à criança.

"Te procurei por toda parte – larga isso! Como se eu não tivesse preocupação suficiente pra você ficar brincando com sujeira na rua." Ela se abaixou para tomar aquilo e dar uma palmada na mão da criança.

Uma forte tromba d'água desabou no rosto de Kiswana como um jato de cuspe frio.

Cora afastou a mão de Sonya e descobriu uma mancha escura no canto do tijolo que a menina raspava. A mancha começou a ficar mais larga e mais profunda.

"Sangue – ainda tem sangue nesse muro", Cora sussurrou, e caiu de joelhos. Pegou o palito de picolé e começou a escavar na argamassa ao lado do tijolo. "Não tá certo; simplesmente não tá certo. Não devia estar aqui a essa altura." O palito frágil se partiu, então usou as unhas, o cimento duro lacerando os nós dos dedos dela. "Não tá certo que o sangue continue aqui a essa altura."

A festa no bairro   231

Enquanto arrancava o tijolo, o menino que punha os discos para tocar no som passou por ela apressado com um dos alto-falantes nos braços; dois outros homens correram atrás dele, carregando as outras partes. Outro homem pegou Sonya e a pôs debaixo das cornijas do prédio. Todos os homens e crianças estavam agora amontoados diante das portas. Cora correu até a mesa de Mattie e segurou o tijolo diante dela.

"Ah, srta. Mattie – olha! Ainda tem sangue no muro!"

"Ah, Deus", Mattie disse enquanto via a chuva respingando no carvão em brasa, fazendo o vapor se elevar da grelha de ferro. Viu a chuva martelar costas e ombros, cair em rostos e narinas, ensopar toalhas de mesa de papel e transformar bolos e tortas em uma massa empapada de farelos e frutas.

"Tira isso daqui!" Pegou o tijolo e o entregou para Etta, que o levou para a mesa ao lado. E ele foi passado pelas mulheres de mão em mão, mesa em mesa, até o tijolo deixar a Brewster Place e rodopiar em direção à avenida.

Mattie agarrou Cora pelo braço. "Vem cá, vamos conferir se era o único."

Correram de volta para o muro e começaram a olhar para ver se havia outro tijolo manchado, Mattie escavando a argamassa que se esfarelava com o garfo de churrasco. Finalmente o removeu e o atirou para trás. Etta o pegou e começou a passá-lo rua abaixo.

"Esse também tem!" Cora começou a extrair outro tijolo.

"A gente vai precisar de uma ajudinha aqui", Mattie gritou. "Está se espalhando por tudo!"

As mulheres se lançaram contra o muro, quebrando-o com facas, garfos de plástico, saltos afiados de sapatos e até com as mãos nuas; a água escorria do queixo delas, colava as blusas e os vestidos contra os seios e as dobras do quadril. Os tijolos se empilhavam atrás delas e eram lançados e passados por cima de mesas, de moedas espalhadas e de maços amassados de dinheiro até deixarem a Brewster Place. Elas voltavam com cadeiras e grelhas de churrasco e as esmagavam contra o muro. A bandeira "Hoje a Brewster — Amanhã o país" havia sido destruída até restarem só longas faixas vermelhas e douradas que aderiam aos braços e rostos molhados das mulheres.

A capa de Ciel tinha se aberto com o vento, e a argila barrenta manchava a parte da frente da blusa dela. Tentou passar um tijolo para Kiswana, que dava a impressão de ter adentrado um pesadelo.

"Não tem sangue nesses tijolos!" Kiswana agarrou Ciel pelo braço. "Você sabe que não tem sangue — está chovendo. Está só chovendo!"

Ciel pressionou o tijolo na mão de Kiswana e a forçou a curvar os dedos sobre ele. "Isso importa? Isso importa mesmo?"

Kiswana olhou para baixo, para a pedra molhada, e as tranças ensopadas pela chuva gotejavam em sua superfície, fazendo a mancha escura se espalhar. Ela secou o tijolo manchado com o sangue dela e se apressou a lançá-lo na avenida.

Os carros freavam com violência e contornavam os tijolos que voavam da Brewster. A janela lateral de uma perua foi espatifada em uma teia de vidro, e ela derrapou na traseira de um Datsun preto, empurrando-o para fora da rua até um poste telefônico.

Theresa saiu do prédio com uma maleta na mão.

"Aqui!" Um táxi encostou e ela abriu a porta de trás. "Tenho outra mala dentro de casa — não consegui carregar ela com o guarda-chuva. Espere um minuto."

A festa no bairro 233

"Senhora, ficou maluca? Tem um motim nessa rua!" E o motorista acelerou, um tijolo errando por pouco a calota.

"Filho da puta", ela gritou atrás do táxi. "Você ainda está com minha maleta nesse carro!"

Ela se virou e olhou a extremidade da rua. As mulheres tinham começado a arrastar móveis de dentro dos apartamentos, espatifando-os contra o muro.

"Cretino desgraçado, elas só estão dando uma festa barulhenta. E não me convidaram."

Cora Lee veio ofegante com uma mãozada de tijolos, a barriga arfando e quase visível sob o vestido ensopado.

"Aqui, por favor, pega esses. Tô tão cansada."

Theresa lhe deu as costas.

"Por favor. Por favor." Cora segurava os tijolos manchados.

"Não diz isso!", Theresa gritou. "Não diz isso nunca mais!" Pegou os tijolos de Cora e os atirou na avenida, e eles explodiram em uma nuvem de fumaça verde.

"Agora vai lá e me traz mais, mas não diz isso nunca mais — pra ninguém!"

O grito agudo das sirenes de polícia podia ser ouvido abrindo caminho em meio ao tráfego até a Brewster Place. Theresa lançou o guarda-chuva para longe, a fim de ficar com as duas mãos livres para ajudar as outras mulheres que agora traziam os tijolos. De repente, a chuva explodiu em torno dos pés delas em um aguaceiro renovado, e as águas frias lhes martelavam o topo da cabeça — quase em sincronia perfeita com a batida do coração.

Mattie se virou na cama, a transpiração escorrendo pelo peito, colando a camisola aos braços e às costas. Ergueu a mão até a testa suada e se perguntou por que estava tão quente no quarto.

Forçando os olhos a se abrirem, viu que o sol tinha finalmente saído, mas o aquecedor elétrico ainda estava ligado no máximo.

"Deus seja louvado. Não vou precisar disso hoje." Desligou o aquecedor, foi até a janela da sala e abriu as cortinas.

Depois de uma semana de chuva ininterrupta, a Brewster Place agora transbordava de luz solar. As pessoas já estavam na rua arrumando as coisas. Longas tiras de papel crepom ondulante estavam sendo desenroladas e balões estavam sendo atados às balaustradas dos alpendres. Kiswana estava pendurando sua bandeira no muro, e as letras douradas brilhavam tanto ao sol que era quase doloroso olhar para elas.

"É uma espécie de milagre", Mattie abriu a janela, "pensar que parou de chover logo hoje, depois de tantos dias".

O brilho do sol incidia em tudo: nos brincos dourados de Kiswana, no vidro quebrado na avenida, nos prédios da prefeitura no centro — até mesmo nas nuvens tempestuosas que haviam se formado no horizonte e se moviam em silêncio na direção da Brewster Place.

Etta foi até o alpendre e olhou para cima, para Mattie na janela.

"Mulher, cê ainda tá na cama? Não sabe que dia é hoje? A gente tem uma festa."

Crepúsculo

Ninguém chora quando morre uma rua. Não há uma fileira de enlutados para andar atrás do caixão conduzido pelo eixo da terra e coberto pelo céu. Nenhum órgão toca a marcha fúnebre, não há orações sussurradas, não há homenagens. Não há ninguém lá quando morre uma rua. A rua não morre quando a última porta é trancada e os últimos passos ecoam pela calçada, relutando em dobrar a esquina e em se fundir com outra realidade. Morre quando os cheiros da esperança, do desespero, da luxúria e do cuidado são varridos pelos ventos sazonais; quando a poeira se acumulou nas fendas e cicatrizes, nivelando sua espessura e seu desbotamento — sua razão de ser; quando o espírito está aprisionado e começa a sumir na lembrança de alguém. Então, quando a Brewster morrer, vai morrer sozinha.

Ela viu a última geração de filhos ser bruscamente arrancada dali por ordens judiciais e notificações de despejo, e estava cansada e doente demais para ajudar. Aqueles que deram origem à Brewster Place, incontáveis pores do sol atrás, agora ditavam que ela devia ser condenada. Sem aquecimento ou eletricidade, os canos congelavam no inverno, e o frio artrítico não abandonava os prédios até bem entrada a primavera. Corredores eram pontos cegos, e o gesso se esfarelava em fendas transbordantes. As pragas se reproduziam no lixo não coletado e se espalhavam pelas paredes.

A Brewster deu o que tinha que dar — tudo o que tinha — para os filhos "da África", e simplesmente não havia mais. Então teve de assistir, morrendo mas não morta, enquanto empacotavam os restos dos sonhos e iam embora — alguns para os braços de um mundo que iam ter de abrir à força para aceitá-los, a maioria para herdar outra rua decrépita e o privilégio de se agarrar à decadência dela.

E a Brewster Place está abandonada, os cheiros vivos atenuados pelas estações e seus ventos, a gordura e a sujeira cobrindo-a com uma mortalha anônima. Apenas esperando a morte, que virá um segundo depois da expiração do espírito dela na mente dos filhos. Mas as filhas negras da Brewster, espalhadas no painel do tempo, ainda despertam com os sonhos fundidos num bocejo. Elas se levantam e prendem aqueles sonhos com a roupa molhada pendurada para secar, misturam-nos com uma pitada de sal, os atiram em panelas de sopa e os enrolam com a fralda em volta de bebês. Eles declinam e se elevam, declinam e se elevam, mas nunca desaparecem. Então a Brewster Place ainda espera para morrer.

Posfácio
BIANCA SANTANA

Um dos meus projetos de escrita que ainda não saíram do papel se chama "Avenida do Poeta, 595". Esse é o endereço do prédio de apartamentos onde vivi na infância, na Cohab Fernão Dias, zona norte de São Paulo. Planejei escrever sobre as personagens que me encantaram quando menina, uma maioria de pessoas negras e pobres com histórias de vida e subjetividade riquíssimas. Mas depois de ler Gloria Naylor e conhecer a Brewster Place a partir das mulheres que a habitaram, meu coração ficou mais tranquilo. A história que eu sentia necessidade de escrever foi muitíssimo bem escrita por Gloria, que narra a partir dos Estados Unidos, sobre os Estados Unidos, mas nos conta da diáspora africana, incluindo o Brasil, o Sudeste e a periferia paulistana onde cresci.

O livro também me lembra *Becos da memória*, romance de Conceição Evaristo escrito em 1986 e só publicado vinte anos depois, em 2006, pela Mazza Edições. Ao nos levar pelos becos da favela onde cresceu, Conceição Evaristo nos apresenta mulheres e homens negros de Belo Horizonte, Minas Gerais, que também poderiam viver na Brewster Place ou em qualquer grande cidade da diáspora africana nas Américas.

Publicado nos Estados Unidos em 1982, *As mulheres da Brewster Place* foi premiado pelo National Book Award em 1983, transformado em série de TV em 1989, mas só agora é traduzido e publicado no Brasil pela primeira vez. A autora, Gloria Naylor, nasceu em Nova York em 1950, estudou inglês na graduação e fez mestrado em Estudos Afro-Americanos na Universidade de Yale. Faleceu em 2016, aos 66 anos de idade, depois de publicar outros sete romances e receber inúmeras premiações e homenagens.

O conjunto habitacional nascido para conciliar interesses comerciais e políticos de quem jamais moraria ali foi ocupado, inicialmente, pela comunidade irlandesa. Com a cidade prosperando, os mais brancos se foram para lugares melhores e a Brewster Place passou a abrigar mediterrâneos de cabelo escuro, ainda mais isolados pela construção de um muro que deixou a rua sem saída. Mas os filhos desses mediterrâneos também se foram. E antes mesmo da lei que colocou fim à segregação racial nos Estados Unidos, Ben, um homem negro de pele clara, chegou para trabalhar como faz-tudo, em uma espécie de antessala para receber as negras e negros que então ocupariam a Brewster Place.

Histórias que encarnam a complexidade de cada uma dessas mulheres, tão diferentes entre si. Tantas vezes narradas como se fossem sempre idênticas, mulheres negras — mesmo que tenhamos origem, gênero e classe comuns — são tão únicas quanto qualquer outro ser humano. Mas a literatura hegemônica majoritariamente publicada e consumida no Brasil ao longo de mais de um século foi produzida por pessoas brancas que escreveram sobre si, mesmo quando criavam personagens, como seres complexos, multifacetados e diversos. Já as outras e outros, diferentemente do ser complexo, tantas vezes foram pasteurizados como se tivessem a mesma história, os mesmos gostos e opiniões. Tanto no Brasil como nos Estados Unidos, mulheres negras foram objeto da escrita literária dos homens brancos por tempo demais.

A possibilidade de mulheres negras saírem desse lugar de objeto e se tornarem sujeito de narrar a própria história foi nomeada por Conceição Evaristo como "escrevivência".

Escrever a partir do que se vive, mais na primeira pessoa do plural – nós – que na primeira pessoa do singular, trazendo para a literatura a complexidade de pensar e sentir a partir das múltiplas experiências de ser mulher e negra. Gloria Naylor – peço perdão pelo anacronismo e também pela ampliação territorial do Brasil para a diáspora – produziu a escrevivência em *As mulheres da Brewster Place*.

"Eram duras na queda e tinham coração mole, faziam exigências brutais e eram fáceis de agradar, essas mulheres da Brewster Place. Elas chegaram, partiram, cresceram e envelheceram com extraordinária sabedoria. Feito uma fênix de ébano, cada uma tinha, no próprio tempo e na própria estação, uma história." E como Gloria Naylor foi generosa em nos contar ao menos sete dessas histórias, com cores, cheiros, texturas e mistérios.

Mattie Michael, a primeira mulher a quem somos apresentadas, está chegando ao conjunto habitacional, com pena de suas plantas que não teriam mais tanto espaço e luz como na casa onde vivera antes, quando sente o aroma de uma panela. Parecia cana-de-açúcar recém-cortada. E por este cheiro somos levadas para a juventude de Mattie, no Tennessee, onde, segundo ela mesma, "tudo começou".

Gloria Naylor nos apresenta Mattie sem pressa. Conhecemos detalhes, presenciamos cenas e perdemos o ar nas reviravoltas da vida dessa personagem. O sentimento de conhecer Mattie profundamente está conectado à habilidade descritiva e narrativa de Gloria, sem dúvida, mas também pela similaridade com as histórias de nossas avós, tias, vizinhas que têm tantos pontos de conexão com a mulher que se encanta por um homem descompromissado, engravida dele, sai de casa, se defronta com a violência e a escassez das ruas, recebe ajuda, organiza a própria vida e mesmo assim não está protegida de mais violência racial e acaba longe do filho amado.

Ao ler a história de Mattie em detalhes, consigo entender melhor os silêncios e vazios nas raras conversas em que minhas mulheres contaram períodos difíceis de suas vidas. Além de nos permitir conectar, a história de Mattie nos ajuda a preencher lacunas e imaginar os detalhes dolorosos e felizes da vida de nossas mais velhas.

Etta Johnson é o próprio jazz: cadência elegante, marcada por batidas e repleta de improvisos. Podemos sentir seu perfume e a textura de sua roupa. Chegamos a embarcar com ela no jogo em que só ela parecia jogar com consciência. Tememos a escuridão da noite no muro — e mais adiante, com Lorraine, saberemos que o temor tinha razão de ser. E sentimos o amor profundo entre amigas que se cuidam e consolam.

Para mulheres negras escolarizadas, que acessam a universidade e tantas vezes se sentem distantes de suas comunidades de origem, Kiswana Browne é a caricatura perfeita da busca por uma negritude inventada que, ao mesmo tempo, resulta em potência e possibilidades positivas concretas para a vizinhança. A raiva e o amor que senti por Kiswana, principalmente por sua ingenuidade repleta de compromisso, só podem ser mesmo espelho.

Assim como Ciel e Mattie têm um tanto de espelho de uma para a outra. Parece-me que esse reconhecimento mútuo, mais do que conexão por um passado comum, adiantava a Eugene como seria o futuro de Ciel e, consequentemente, seus próprios limites. A confiança irracional e o abandono, tão frequentes em famílias negras, parecem incompreensíveis para quem vive em outro contexto e faz um julgamento externo desconectado dos detalhes. Mas quando mergulhamos no que pensa e no que sente Ciel, somos cúmplices de sua tentativa de viver o amor. Talvez por isso seja tão doloroso o final surpreendente de sua relação, ao mesmo tempo tão previsível.

O julgamento externo desconectado de detalhes fica ainda mais explícito na história de Cora Lee. Ele fica materializado no espanto da assistente social: "Não entendo, Cora Lee, simplesmente não entendo você. Tendo todos esses filhos, ano após ano de Deus sabe quem". Assistente social que não sabia do encantamento de Cora Lee, desde menina, pelos bebês. Ou de sua desconexão com o fato de os bebês crescerem. Ou de não ter recebido apoio e cuidado suficiente para lidar com sua compreensão do mundo. Quantas pessoas que estão no balcão das políticas públicas entendem realmente a vida das pessoas assistidas pelas políticas que executam? Quais delas têm a disposição de trabalhar para de fato melhorar a situação de quem tem a vida enquadrada nas limitações causadas pela combinação perversa de racismo, machismo e desigualdade de classe?

Uma diferença que me marcou da comunidade da Brewster Place para a Cohab onde cresci e demais conjuntos habitacionais e cortiços por onde circulei foi a intolerância da comunidade com o amor entre Lorraine e Thereza. Não que se falasse abertamente sobre amor lésbico, mas um respeito silencioso se impunha. Talvez o crescimento de um extremismo religioso neopentecostal no Brasil esteja aproximando nossas comunidades do perverso tratamento recebido pelas duas mulheres lésbicas na Brewster Place. Tratamento perverso que culminou no pior dos pesadelos. Que me arrancou lágrimas doídas ao ler. Que tirou a vida de Ben, o homem negro de pele clara que havia preparado a Brewster Place para a presença de tantas pessoas negras que viriam.

Além das histórias de cada uma, o livro nos dá como presente o encontro, a solidariedade, as discordâncias entre elas, em uma história que é própria da Brewster Place mas que fala de mais de nós. As relações comunitárias, por mais desafiadoras que sejam, são centrais para que as personagens do livro possam cuidar umas das outras e reproduzir suas vidas mesmo no contexto racista, machista e de profunda desigualdade de classes, como também acontece no Brasil.

Em condições econômicas desfavoráveis, na fictícia Brewster Place e no Rio de Janeiro de carne e osso, as mulheres negras criam soluções colaborativas para a manutenção de suas vidas e suas comunidades: compartilham os cuidados de crianças e idosos, dividem alimentos, moradia e amor entre núcleos familiares distintos. Também manifestam dores a partir das cicatrizes do que cada uma viveu individualmente, além da herança carregada. Por mais que Gloria não explicite, a desumana travessia do tráfico transatlântico está em cada uma das histórias, assim como a brutal violência da escravização, a constante discriminação e as violações de direitos decorrentes do racismo.

Ler cada mulher negra da Brewster Place — e também alguns de seus homens — nos aproxima da possibilidade de reconhecer a humanidade diversa de pessoas negras e de partilhar coletivamente a experiência de sentir a violência do racismo e do machismo pela escrevivência de mulheres negras.

BIANCA SANTANA é jornalista e escritora. Doutora em ciência da informação pela Escola de Comunicações e Artes da Universidade de São Paulo e mestra em educação também pela USP. Autora de *Diálogos feministas antirracistas (e nada fáceis) com as crianças* (Camaleão, 2023), *Quando me descobri negra* (Fósforo 2023, SESI-SP, 2015), *Arruda e guiné: resistência negra no Brasil contemporâneo* (Fósforo, 2022) e *Continuo preta: a vida de Sueli Carneiro* (Companhia das Letras, 2021). É professora do curso de jornalismo da Faap e da pós-graduação em estratégias de comunicação digital da Fundação Getúlio Vargas. Também é comentarista do Jornal da Cultura.

Sobre a capa

A capa deste volume reproduz a tela *Elenice*, de Ana Paula Sirino. O trabalho presta uma homenagem à pessoa retratada, no sofá de sua sala, na casa frequentada pela artista mineira durante muitos anos. A obra faz parte de uma série de pinturas a óleo iniciada durante a pandemia, em 2021, quando Ana Paula reencontrou seu acervo de fotografias tiradas na infância. Na cena reproduzida, Elenice está, como explica a artista, "imersa em seu momento de autocuidado" quando a sala é invadida pela luz da tarde. "O diálogo entre luz e sombra nos revela seu olhar e suas expressões marcantes e nos transporta para sua casa e seu momento."

ANA PAULA SIRINO nasceu em 1997, em Sabinópolis, na região do quilombo do Torra (MG), onde cresceu e passou o maior tempo de sua vida. Autodidata, realiza uma pesquisa utilizando fotografia e pintura para representar personagens, elementos, paisagens e cenas que despertam familiaridade e nostalgia e contribuem para a permanência da memória de quem vive ou viveu em contexto de aquilombamento ou afastado dos grandes centros. Sua intenção é ampliar o entendimento da noção de comunidade presente nessas narrativas, reelaborando histórica e culturalmente a ideia de preservação da região de seu quilombo.

PREPARAÇÃO Silvia Massimini Felix
REVISÃO Débora Donadel e Tamara Sender
CAPA Casa 36
IMAGEM DA CAPA Ana Paula Sirino (*Elenice*, óleo sobre tela, 2021)
PROJETO GRÁFICO DE MIOLO Bloco Gráfico

DIRETOR-EXECUTIVO Fabiano Curi

EDITORIAL
Graziella Beting (diretora editorial)
Livia Deorsola (editora)
Laura Lotufo (editora de arte)
Kaio Cassio (editor-assistente)
Gabrielly Saraiva (assistente editorial/direitos autorais)
Lilia Góes (produtora gráfica)

RELAÇÕES INSTITUCIONAIS E IMPRENSA Clara Dias
COMUNICAÇÃO Ronaldo Vitor
COMERCIAL Fábio Igaki
ADMINISTRATIVO Lilian Périgo
EXPEDIÇÃO Nelson Figueiredo
DIVULGAÇÃO/LIVRARIAS E ESCOLAS Rosália Meirelles

EDITORA CARAMBAIA
Av. São Luís, 86, cj. 182
01046-000 São Paulo SP
contato@carambaia.com.br
www.carambaia.com.br

copyright desta edição © Editora Carambaia, 2023
copyright © Gloria Naylor, 1980, 1982.

Esta edição foi publicada mediante acordo com a Viking, um selo da Penguin Publishing Group, divisão da Penguin Random House LLC.

Título original: *The Women of Brewster Place – A Novel in Seven Stories* [Nova York, 1982].

CIP-BRASIL. CATALOGAÇÃO NA PUBLICAÇÃO
SINDICATO NACIONAL DOS EDITORES DE LIVROS, RJ

N244m
Naylor, Gloria [1950-2016]
As mulheres da Brewster Place: um romance em sete histórias Gloria Naylor; tradução Camila Von Holdefer;
posfácio Bianca Santana.
1. ed. – São Paulo: Carambaia, 2023.
248 p.; 21 cm.

Tradução de: *The Women of Brewster Place: A Novel in Seven Stories*
Posfácio
ISBN 978-65-5461-046-9

1. Romance americano. I. Von Holdefer, Camila.
II. Santana, Bianca. III. Título.

23-86371   CDD: 813   CDU: 82-31(73)
Gabriela Faray Ferreira Lopes – Bibliotecária CRB-7/6643

FONTE
Antwerp

PAPEL
Pólen Soft 80 g/m²

IMPRESSÃO
Geográfica